낼모레 서른, 드라마는 없다

서른, 내 맘대로 되는 드라마는 없다

방황하는 청춘을 위한 찌질하지만 효과적인 솔루션

펴 낸 날 | 2013년 1월 22일 초판 1쇄

지 은 이 | 이혜린
펴 낸 이 | 이태권
책임편집 | 김은경
책임미술 | 이슬기
펴 낸 곳 | (주)태일소담
서울시 성북구 성북동 178-2 (우)136-020
전화 | 745-8566~7 팩스 | 747-3238
e-mail | sodam@dreamsodam.co.kr
등록번호 | 제2-42호(1979년 11월 14일)
홈페이지 | www.dreamsodam.co.kr

ISBN 978-89-7381-590-6 03810

낼모레 서른, 드라마는 없다

방황하는 청춘을 위한 찌질하지만 효과적인 솔루션

이혜린 지음

소담출판사

이 세상의 부조리와 어서 빨리 손잡고, 보란 듯이 살아남아라

방황하는 청춘을 위한 찌질하지만 효과적인 솔루션

뒤늦게 데뷔해 지금 큰 인기를 모으고 있는 한 가수는 과거를 회상하며 다음과 같이 말했다.

"가수가 되고 싶었는데 주위에서 걱정을 많이 했어요. 텔레비전을 보면 잘생기고 노래 잘하는 애들이 저렇게 많은데 네가 할 수 있겠느냐고. 맞는 말이었죠. 그런데 저는 이렇게 생각했어요. 망한다고 치자. 그래도 남는 게 있지 않겠느냐. 가수로 실패해서 나중에 떡볶이를 판다고 해도, 노래했던 아저씨가 판다고 하면 조금이라도 더 잘되지 않을까. 그럼 망해도 길이 있는 거니까, 용기가 나더라고요."

그의 긍정적인 마인드는 결국 그를 '대기만성형' 가수로 만들었다. 음원은 냈다 하면 1위고, 콘서트를 하면 표가 없어서 못 판다. 정말 멋지다. 나도 팬이다. 험난한 도전 앞에 잔뜩 겁먹은 20대 젊은이들에게 귀감이 될 만한 이야기로, 강력 추천한다.

지금, 고개를 끄덕이며 주먹을 불끈 쥐었나? 나도 저렇게 성공해야지? 자, 그럼 이 책은 덮자. 이 책은 희망과 용기로 가득한 젊은이를 위한 게 아니다. 목표 의식 분명하고, 꾸준히, 성실하게 노력해온 20대를 위한 것도 아니다. 노력만 한다면, 드라마 속 주인공처럼 일과 사랑, 우정을 모조리 휘어잡고 이 세상을 평정할 수 있다고 믿는 순수한 어린이를 위한 건 더더욱 아니다.

어찌어찌해서 세상이 시키는 대로 고분고분 살았는데 뒤늦게야 '내 인생 뭐 이래' 싶은, 평범한 '낼모레 서른'을 위한 책이다. 꿈이고 나발이고 당최 뭔가 하고 싶은 게 있어야 망할 걸 각오하고 멋지게 도전이나 하지. 딱히 내 적성이 뭔지도 모르는데, 지금 당장 먹고사는 게 지상 최대의 과제로 떨어진 신입 사원을 위한 책이다.

사람들은 말한다. 청춘은 아프다고. 그래, 맞다. 아프다. 그런데 '졸라' 아프다. 이렇게 아픈 게 과연 정상인가 싶다. 이렇게 아파서 성인이 되면 안 아프나? 글쎄, 우리 눈에는 중년도 노년도 그리 안 아파 보이지는 않는다. 백번 양보해 안 아프다고 치자. 그런데 안 아프면 뭐하나, 늙기 시작했는데. 살날보다 살아온 날이 더 많아져버렸는데. 그렇다면 우린 이렇게 아플 가치가 있는가. 우린 도대체 무엇을 위해서 이렇게 아픈 건가.

최근 대한민국을 휩쓴 《아프니까 청춘이다》의 저자 김난도 교수는 청춘들을 위로하면서 이렇게 말했다. 여러분의 일생을 하루의 시간으로 환산해보라고. 지금 여러분의 나이는, 이제 겨우 오전 7시에 불과하다고.

맞다. 우리는 이제 겨우 아침 7시를 살고 있다. 그런데, 푹 자고 일어나 활기차게 하루를 시작하는 7시가 아니다. 싸구려 매트리스에서 겨우 눈을 붙이고 일어나 변기 앞에 털썩 쓰러져 밤새도록 퍼먹은 술과 안주를 두 눈으로 똑똑히 확인하는 아침이다. 30분 후에는 회의가 시작되며, 상사가 시켜놓은 말도 안 되는 미션은 여전히 '임파서블'한 상태임을 기억해내는 오전 7시다. 상쾌하게 일어나 하루를 준비하기보다는, 저기 어디 멀리서 소행성이라도 날아와 지구 전체가 가뿐하게 박살 났으면 좋겠다고 생각하는 아침이란 말이다.

어른들은 자꾸 우리보고 '가장 좋을 때'라고 하는데, 그 말이 맞다면 도대체 이 인생 살아서 뭐하나 싶다. 아무것도 없다. 드라마 주인공들이 누리고 있던 것들, 그래서 나도 '낼모레 서른'이 되면 가질 줄 알았던 것들, 막상 현실엔 아무것도 없다. 우리는 실력 하나로 승승장구하는 커리어우먼도 아니며, 지나가던 개도 뒤돌아보게 하는 S라인도 아니다. 사랑에 목숨 거는 멋진 남자친구도, 최고급 에스테틱에 명품 가방을 사고도 남아도는 통장 잔액도, 내 능력을 발휘해보라고 따뜻하게 응원하는 상사도 없다. 고로, 지금 대한민국에서 방영

되고 있는 드라마는 죄다 '개뻥'이었던 거다.

이미 성공한 사람들의 말은 한 귀로 흘려들어라. 그들은 성공했다. 고로 모든 고난과 역경이 아름답게 보일 거다. 나도 성공만 하면, 그런 소리는 충분히 해줄 수 있다. 젊어서 고생은 사서도 한다! 욕심만 부리지 말고 눈을 낮춰 작은 회사부터 들어가라! 실패 없인 성공도 없다! 도전하라! 조건 보지 말고 진짜 사랑을 해라! 외면보다 내면을 가꿔라!

빌어먹을. 고생이 그렇게 좋으면 너희들이나 실컷 사지 그래? 작은 회사에서 월급 못 받으면 누가 대신 주나? 도전했다 망하면, 다시 일어설 기회나 주니, 너희들이? 전셋값이 매년 1억 원씩 오르는 이 땅에서 감히 사랑을 들먹이는 거야? 그깟 내적인 아름다움, 백날 가꿔봐야 들여다보기나 하느냐고!

우리는 매우 바쁘다. 1분이라도 빨리 퇴근하는 요령을 익혀야 하고, 사귀긴 싫지만 결혼 상대로는 괜찮을지 모를 남자를 어장에 넣어 관리해야 한다. 야근 후 지친 몸을 이끌고 친구들의 배부른 소리를 들어줘야 하며, 고급 브랜드의 아이크림과 넥크림을 구입하는 동시에 돈도 모아야 한다.

이 책에는 무수한 일반화의 오류와 심히 속물적인 솔루션이 난무할 것이다. 어떤 건 솔루션도 없다. 살아남기 위해서는 이 구역질 나는 부조리와 흔쾌히 손잡고 쎄쎄쎄를 해야 하는 것이다. 누군가는 짱돌을 들라고 하고, 너희들끼리 연대해서 세상을 바꾸라는데, 그 사람들은 절대 우리 인생을 대신 책임져주지 않는다. 누차 말하지만, 그들은 '이미' 잘 먹고 잘산다. 우리도 일단 잘 먹고 잘산 다음에 그만 소리에 맞장구쳐주자. 괜히 "이 세상은 나와 안 맞아"라고 푸념하며 어설픈 아웃사이더가 되지 말자는 거다(투표나 잘하자).

나는 직장생활에서 가장 중요한 것은 라인 타기이며, 로맨스의 시대는 막을 내렸고, 외모도 실력이라고 믿는다. 가장 최근에 '낼모레 서른'을 겪은 사람으로서, 결코 바람직하진 못하더라도 가장 현실에 근접한 결론일 것이다.

그러니 '비현실'적인 사람들은 이 책을 덮는 게 좋다. 방구석에서 남몰래 뭔가를 뚝딱뚝딱 만들어 세계를 바꿀 수 있다고 생각한다면, 옳은 일이라면 사장님의 싸대기를 갈기고서라도 해내야 직성이 풀린다면, 이 책은 아무짝에도 쓸모없다.

'88만원세대' 문제는 최대한 배제했다. 그들의 이야기는 보다 더 심도 깊게 다뤄져야 하므로. 대신 이 책은 우리 사회가 비교적 '복 받은 것들'로 구분 지어놓은 일반 20대 후반을 대상으로 했다. 학교도 졸업하고, 어쩌다 보니 취업도 했는데, 인생은 여전히 캄캄한 여자들 말이다. 나름 열심히 살았는데 남은 게 없고, 자존심은 있는데 유아독존 잘 버틸 배짱은 없는, 꿈은 있지만 월세와 적금이 더 급한 '당신'과 '우리'를 위한 책이다.

저자인 나조차도 아직 성공하지 못했으므로, 이 책을 읽는다고 해서 여러분이 성공한다는 보장은 없다. 그래도 아주 조금, 마음은 편해질 것 같다. "내 얘기야!"라며 공감도 해주길 기대한다. 그러다 보면, 밑도 끝도 없이 힘내라는 세상의 무성의한 조언보다는 도움이 되리라 믿는다.

▪ 차례 ▪

작가의 말

1. 커리어우먼은 없다

2. 로맨스는 없다

3. 화려한 싱글은 없다

1.
커리어우먼은 없다

왜 우리는 "먼저 퇴근하겠습니다"라고 말하기가 그토록 어려운 걸까. 차라리, 외로움을 토로하는 친구에게 "넌 성격도 문제지만 얼굴부터 좀 고쳐봐"라고 말하는 게, 수년째 사귀고 있는 남자친구에게 "넌 내 성감대가 어딘지 전혀 몰라"라고 말하는 게 더 쉬울 것 같다.

상사의 고함에 대처하는 방법

오후 1시 15분, 그가 말라비틀어진 소시지 같은 아랫입술을 자그맣게 모으고 쿵쿵 걸어 들어왔다. 우리는 그의 눈에 띄지 않아야 한다는 사실을 직감하고, 온몸을 자유자재로 접었다 폈다 하는 중국 곡예사처럼 목을 최대한 접어 넣고 모니터 아래로 시선을 떨궜다.

쿵쿵. 걸음 소리가 더 가까워진다. 그에 맞춰 내 시선 역시 뚝뚝 떨어진다. 키보드 사이사이를 유영하는 박테리아라도 찾아낼 기세다. 눈동자를 단 1밀리미터도 옮기지 않고서도, 옆자리에 앉은 동기들 역시 나와 똑같은 자세를 하고 있다는 걸 알 수 있다.

걸음 소리는 나를 지나, 동기들을 지나, 자기 자리로 가는 듯하다. 그래, 네 자리에 앉아서 혼자 화를 식히렴. 뭔지는 몰라도 말이야. 그러나 이내 걸음 소리가 멈춘다.

"어이, 김인영!"

심장이 툭 떨어져 허벅지 어디론가 박혀버릴 것 같다. 그와 동시에, 동기들이 상체를 펴는 소리가, 분명 그 관절이 움직이는 소리가 들린다.

"네, 부장님."

나는 미소도 썩소도 아닌 희한한 표정을 지으며 천천히 몸을 일으킨다.

"네가 오늘 점심 당직이었지?"

점심 당직이란, 점심시간에 사무실을 지키며 혹시 모를 거래처의 급한 전화를 받는 일을 하는 것이다. 사실 급한 전화라는 건 그냥 핑계일 뿐, 대체로 12시가 다 돼서 술이 깬 사장 놈이 느닷없이 전화를 걸어 잔소릴 늘어놓는 걸 상대하는 일이다.

"네, 저였습니다."

"일 그따위로 할 거야? 전화 받는 게 그렇게 어려워? 네가 회사 와서 하는 일이 뭐 있다고 그깟 전화 한 통을 못 받아!"

점심시간에 전화 안 받았다고 사장 놈이 한 소리 퍼부은 게 틀림없다. 녹차삼계탕을 먹어야겠다며 굳이 옆 동네까지 기어가기 직전에만 해도 "우리 회사는 인영이 아니면 안 굴러가"라고 지껄인 걸 벌써 잊었느냐고 부장에게 퍼붓고 싶지만, 나는 그 말 대신 침을 꼴깍 삼킨다.

"부장님께서 심부름 시키셨잖아요. 그래서 잠깐 자리 비운 건데요."

"뭐! 뭐! 내가 대체 뭘 시켰는데!"

로커의 귀환을 알리는 저 고함 소리. 부장은 금방이라도 내게 달려들어 목을 비틀어버릴 듯하다. 갑자기 오기가 생겼다. 난 큰 소리로 외쳤다.

"로또 사놓으라면서요! 불가리스 한 병하고요!"

나는 단숨에 후루룩 뱉어내버렸다. 1초, 2초, 3초, 사무실에 고요한 정적이 흐른다.

그냥, 내 잘못이다

직장생활을 하다 보면, '현명'이라는 단어의 애매모호함을 절실하게 느낀다. 특히 상사라는 작자가 만인이 보는 앞에서 내게 소리를 꽥 지를 때, 그런데 나는 그 상황이 너무 억울할 때 말이다. 상사를 앞에 앉혀두고 재잘재잘 한두 시간 설명하면 그도 나의 억울한 사연에 연신 고개를 끄덕이고 오히려 내게 사과를 하게 될 것 같을 때, 그런 상황에서 우리는 어떻게 대처해야 하는가. 도대체 어떻게 해야 현명한 행동이란 말인가. 선배를 앉혀놓고 차분하게 내 사연을 말해볼까?

"그게 있잖아요, 그런 게 아니거든요. 저번엔 이렇게 하라고 하셨잖아요. 저는 그대로 했어요!"

그럼 어떻게 될까. 논리정연한 나의 설명을 듣고, 선배가 드넓은 가슴으로 납득해줄 것이다? 불행히도 세상사는 언제나 우리의 예상을 비껴간다. 우선 나는 그렇게 차근차근 말할 수 없다. 당황하고 억울하고 쪽팔리고 어이없어서 횡설수설하게 마련이고, 나의 어설픈 반격에 짜증이 난 상사는 더욱 미쳐 날뛸 것이다. 미쳐 날뛰는 와중에도 내 말 중에서 치명적인 빈틈을 캐치할지도 모른다. 그럼 나는 일도 못하는 주제에 변명도 제대로 못하는 얼간이가 된다. 최악의 부하직원이다.

만에 하나, 평소 규칙적인 운동을 해온 덕에 심장박동을 시종일관

슬로 잼slow jam 비트로 유지할 수 있다면? 그래서 손석희도 울고 갈만큼 유려한 말솜씨로 상대를 제압한다면? 적어도 얼간이로 판명 나는 것은 피할 수 있겠지만 회사생활은 더 피곤해진다. 회사 시스템이 꽤나 분화되어 '내 일'이라는 게 진짜 '내 일'을 뜻하면 몰라도, 대개의 경우처럼 '내 일'이 곧 '상사가 시킨 일'을 뜻한다면 슬로 잼 비트만 믿고 내가 하고픈 말을 다 뱉어내 말싸움에서 이겨봤자 이는 비 바람 피하다 쓰나미 만나는 격이기 때문이다.

만인 앞에서 내가 상사의 자존심을 짓눌러버린다면 상사는 몇 가지 전략에 착수할 것이다. 그는 일단, 나의 가치를 떨어뜨리려 할 것이다. 당연히 내게 주어지는 업무의 질은 급격한 하향곡선을 그리게 될 것이다. 그렇다고 쉬운 일만 시켜서 노는 꼴을 볼 수는 없는 법. 트레이닝과 후배 사랑이라는 미명을 앞세워 업무량은 엄청 늘려줄 것이다. 한마디로 쓸데없는 일만 잔뜩 맡게 된다는 것이다.

3~4옥타브를 넘나드는 상사의 고함 앞에 눈을 최대한 내리깔고 무조건 "네, 네" 하고 대답하는 것, 이 방법은 상황을 최대한 빨리 종결시킬 수 있다는 장점이 있다……고 하고 싶지만 사실 꼭 그렇지는 않다. 상사의 고함은 (대개의 경우) 부하직원을 혼내려는 것이 목적이 아닌, 사생활에서 오는 짜증 해소가 목적일 가능성이 높기 때문이다.

'아이씨, 주식은 왜 또 떨어졌어.'

'아이씨, 사장은 왜 또 저 지랄이야.'

'아이씨, 오늘도 변비야.'

이 모든 말들은 평소 상사의 성대 언저리에 대기하고 있다가 내게서 꼬투리를 발견하는 순간, "일 이따위로 할 거야?" 하는 고성으로 바뀌어 튀어나온다. 한마디로 내가 눈 내리깔고 "네, 네"거린다고 사그라질 성격의 것이 아니란 말이다.

실제로 내가 근무했던 회사에서 만난 어떤 분은 연신 "죄송합니다" 하며 우는 신입 사원한테 "네가 책임질 거야?", "네가 제대로 하는 게 뭐 있어", "이따위로 할 거면 그만둬", 달랑 이 세 마디로 30분 동안 고래고래 노래를 부르셨다. 진짜 30분! 가사 한 번 틀리지 않는 그분의 혼신의 무대에 〈나는 가수다〉 1등이라도 안겨드리고 싶었다.

사실 이 같은 상황은 아무리 좋게 해석하려 해도 답은 하나밖에 없다. 겉으로는 미안한 표정을 유지하면서 속으로는 '저 인간 아침밥 못 먹었나 보다' 하고 그냥 비웃어주면 되는 거다.

그럼 이게 정답인가? 사실 이는 아무나 시도할 만한 게 아니다. 이런 상황을 안 당해봤을 리 없는 상사는 그 즉시 내 마음을 읽는다. 속으로만 비웃는다는 게 그만 입꼬리가 살짝 올라가는 경우도 반드시 생기게 마련이다. 미쳐 날뛰던 상사는 그런 반응만큼은 사나운 매의 눈으로 반드시 잡아낸다. 그러면 1절로 끝날 노래는 4절로 늘어난다.

아니면 아예 울음을 터뜨려 복수를 해줄 수도 있다. 특히 상사의 상사가 볼 때 울음을 터뜨리면 금상첨화. 상사와 그의 상사가 껄끄러운 사이라면 더더욱 좋은 기회다. 만인이 보는 앞에서 "신입 사원 울리지 말고 너나 잘해" 하고 면박을 당하는 상사의 똥 씹은 얼굴을 보는 운이 따를지도 모른다.

그러나, 천운이 따라줘 그런 상황이 왔다고 해서 그 상사의 상사가 내 편을 들어줄 거라 생각하면 오산이다. 보통 드라마에서는 날 괴롭히는 여팀장 위에 매력적이고 온화한 재벌 2세 남자 이사가 있어, 표독한 여팀장으로부터 날 구해주고 프러포즈까지 하지만, 현실 속 상사의 상사는 다르다. 그냥, 상사의 지랄맞음에 제곱을 한 놈이라고 보면 된다. 현실 속의 그놈은, 이후에 상사가 나를 더 악랄하게 괴롭히든 말든 눈곱만큼의 관심도 없을 거다.

그런데, 만약 내 상사가 여자라면? 이제부턴 전쟁이다. 남자들과의 피 튀기는 전쟁에서 승리해 '상사'의 자리에 오른 대부분의 커리어우먼은, 새파랗게 어린 부하직원이 자신보다 더 높은 사람의 힘을 빌려서 손쉽게 일을 해결하는 것을 매우 경멸하기 때문이다. 결국 부르르 떨리는 손으로 사표를 쓰는 건 나다.

이쯤 되면 방법은 하나, 억울하더라도 일단 마음을 비우고 내가 정말 잘못했다고 생각하는 거다. 그들이 말하면 말하는 대로, 소리지르면 지르는 대로, 무시하면 무시하는 대로, '네, 모든 게 제 잘못입니다. 지당하신 말씀입니다'라고 생각해버리는 거다. 그러고는 최대한 빨리 잊어버려라. 그러면 3옥타브짜리 '노래'를 두 시간 동안 들어도, 옆 사무실 동료가 찾아와 위로하는 척 속을 긁어도 마음은 편하다. 더 웃긴 건, 그러면 어느새 상사도 아무 일 없었다는 듯 실실거린다는 거다.

단, 한 가지 부작용이 있는데, 그렇다고 너무 비굴하게 납작 엎드려 있으면 나중에 화가 다 풀린 상사가 살짝 고개를 갸웃하며 이렇게 생각할 수도 있다.

'저 인간, 어디 모자라나?'

고로, 상사의 고함에 대처하는 현명한 방법은 없다. 그냥 받아들이면 된다. 원래 고고한 내 모습과 직장생활은 마치 새누리당과 민주당처럼 상생할 수 없는 것이며, 상사의 고함 없는 직장생활은 몸싸움 없는 국회의사당처럼 어딘가 허전하기까지 한 것이 우리의 현실이다. 모두가 잘못된 것이라고 입을 모아 말하지만 정작 뜯어고치겠다고 나서면 나만 바보 신세가 되기 십상이다.

그래도, 굳이 뭔가 하고 싶다면 애교를 추천한다. 직장을 조금 더 오래 다닌 '언니'들의 의견에 따르면, '선 끄덕, 후 애교'가 그나마 타율이 좋다. 어차피 상사가 고성을 질러대기 시작했다면, 내가 어디서부터 어디까지 잘못했는지 팩트가 문제가 아니라, 상사가 스트레스를 얼마나 풀 수 있는지가 관건이 되므로 우선은 고개를 푹 숙이고 "잘못했습니다"로 대응해라. 그럼 다른 사람이 보기에도 우리 부서 서열이 확실하다고 느낀다. 이건 모든(거의가 아닌 모든!) 상사가 가장 중시하는 항목 중 하나다!

그리고 끈기를 갖고 기다려라. 상사가 기분 좋아지는 순간, 그리고 내게 조금 미안하다는 생각이 들 때 즈음 '넌 날 혼냈지만, 난 변함없이 열심히 일했어'를 보여줄 수 있는 성과를 갖고 슬쩍 다가가는 거다. 그리고 내 억울한 심경을 아주 간략하게 요약한 한두 문장을 최대한 애교를 섞어 흘리는 거다. 절대 구구절절은 안 된다.

"어제 말씀하신 자료 다 정리했습니다! 그리고 부장님, 점심 당직 소홀히 해서 죄송합니다. 실은 아까 부장님께서 시키신 로또 심부름을 다녀왔어요. 더 빨리 갔다 왔어야 했는데, 으힝힝, 죄송해요" 하고 작게, 애교를 섞어 속삭여주는 거다.

미친놈이 아닌 이상, 상사는 웃으며 어깨를 토닥여줄 거라는 게 직장녀들의 공론이긴 한데…… 뭐, 미친놈은 어디에나 널려 있으니까 책임은 못 진다.

도대체 어느 타이밍에 웃어야 하나

나는 프린터에서 출력된 A4용지 세 장을 탁탁 두드린 후, 스테이플러를 꾹 눌러 집었다. 그리고 천천히 몸을 일으켰다. 동료들의 시선이 느껴졌다. 나는 호흡을 한번 가다듬고, 부장님 자리에 다가갔다. 한 발짝, 두 발짝, 조금씩 그에게 다가갈 때마다 가벼운 긴장감이 출렁였다. 드디어 부장님과 마주 섰다. 나는 공손하게 세 장의 보고서를 건넸다.

"예나 씨, 고마워."

부장님은 내게 친절하게 웃어줬다. 제발, 이것으로 끝이기를. 나는 서둘러 미소를 지었다. 여전히 동료들의 시선은 내 옆얼굴 어딘가에 꽂혀 있다. 부장님은 갑자기 입고 있던 재킷을 활짝 벌렸다. 올 것이 왔다. 나는 꿀꺽 침을 삼켰다.

"자, 얼른 가져가, 내 마음!"

나는 슬쩍 동료들을 본다.

'절대 져서는 안 돼!'

협박에 가까운 응원의 눈빛들이 반짝 빛났다.

"고마운 내 마음, 얼른 꺼내 가!"

부장님은 자신의 재치에 매우 만족한 눈치였다. 그는 이내 사무실이 떠나가라 껄껄 웃었다. 나는 따라 웃어줘야 한다는 엄청난 심적 부담을 느꼈지만, 내기에 질 순 없었다. 나는 공손하게 고개를 숙이고 조용히 자리에 돌아오는 데 성공했다. 동료들은 다시 자신의 앞에 놓인 모니터로 눈을 돌렸다.

우리는 내기 중이다. 부장님의 말도 안 되는 농담 세례에 지칠 대로 지친 우리는, 부장님의 농담에 절대 필요 이상의 리액션을 보여주지 말자며 무려 5만 원을 걸었다.

그러든가 말든가 부장님의 공격은 계속됐다. 동기가 무슨 말을 해서, "아, 정말 어이가 없네" 하고 받아쳤더니, 옆에 있던 그는 "어의가 없으면 일반 의사라도 불러!" 하고 말하고는 혼자 웃어댔다. 김 선배가 뭘 보고하면서 "그건 이익이 별로 없는데요" 하고 말했더니 부장님은 "그럼 저익은 어때?" 하고 물었다. "정수기 물이 떨어져서 사람을 불러야겠다"는 과장님의 말에 부장님이 "떨어졌으면 주워" 하고 말할 때쯤엔 내기를 빨리 끝내고 차라리 웃어드리고 싶다고 생각할 지경이었다. 그러나 부장님의 저 시답잖은 농담에서 벗어나기 위해서는, 이까짓 양심의 가책 정도는 이겨내야 했다. 물론 5만 원이라는 돈도 적지 않았다.

피곤한 하루가 겨우 저물었다. 내기 멤버들은 회사 1층에 위치한 스타벅스에 몰려갔다. 서로의 표정만 봐도 하루 동안 얼마나 많은 죄책감을 느꼈는지 알 수 있었다.

"며칠만 더 견디자! 이건 부장님을 위해서이기도 해. 자기들, 뭐

마실래?"

계산대 앞에 서서 김 선배가 말했다.

"전 아메리카노요."

동기가 말했다. 그 동기의 머리 뒤로, 헐레벌떡 따라 들어오는 부장님의 모습이 보였다.

"난 머라카노 한 잔!"

부장님이 큰 소리로 외쳤다. 실로 무거운 침묵이 우리 어깨 위에 내려와 앉았다. 참아야 한다. 참아야 한다. 하나, 둘, 셋, 푸핫! 내 입에서 다량의 타액과 함께 상당량의 공기가 빠져나왔다. 나는 조용히 지갑에서 신용카드를 꺼낸다. 오히려 마음이 편해진 것 같기도 하다.

"부장님! 머라카노는 없대요! 와이라노는 어떠세요!"

에라, 모르겠다. 나도 크게 외쳤다. 부장님은 부장으로 승진했던 그 순간보다 더 해맑게 웃었다.

대화의 기술

나는 실로 우수한 성적으로 대학을 졸업했지만, 그것만큼은 진짜 배운 적이 없었다. 바로 어른과 재미있게 대화하는 방법. 어색한 침묵이 흐르지 않고, '제발 좀 닥쳐'라는 표정이 내 얼굴에 드러나지 않는 대화는, 도대체가 불가능한 걸까.

회사 선배와 단 둘이 밥을 먹어야 할 상황이 올 때마다 나는 없던 배탈과 급한 은행 볼일을 만들기 바빴다. 스타벅스 구석 자리에서 혹시 회사 선배 눈에 띌까 봐 고개를 푹 처박고 베이글을 입에 쑤셔 넣는 한이 있어도 선배와 단 둘이 밥을 먹는 것보다는 차라리 그게 더 나았다.

그 날의 기억은 아직도 생생하다. 그분은 꽤 높으신 분이었다. 얼마나 높은 건지 감도 오지 않지만, 그분 말 한마디면 내가 이 회사에서 튕겨 나가는 건 일도 아니겠다는 생각이 드는 위치였다. 그는 신입 사원에게 밥을 사겠다며 나를 데리고 식당으로 갔다. "나이는?", "사는 곳은?", "학교는?", "남자친구는?" 등의 질문이 차례로 나를 덮쳤다. 이 몇 마디로, 우리 집 가정 형편과 내 학벌, 연애관, 다른 회사로 갈아탈 가능성까지 모두 간파한 상사는 "난 몇 살로 보이니?"라는 질문을 던짐으로써 어색 게이지를 극도로 높였다. "야, 이 새끼, 너 나랑 동갑이지?" 하고 답해주길 바라는 걸까, "딱 봐도 우리 부모뻘이십니다" 하고 바짝 엎드리길 바라는 걸까.

대화는 어이없는 방향으로 진행됐다. 너희 학교에 이유정이라고 알아? 몰라? 너랑 같은 과인데 왜 몰라? 걔가 96학번인가? 96학번, 몰라? 넌 몇 학번인데? 헉, 그때도 대학교가 신입생을 받았단 말이야? 네가 몇 년생이라고 했지? 우와! 난 그때 대학교에 들어갔다! 고향이 부산이라고? 우리 고모부 친구가 부산에서 횟집을 하는데, 알아? 글쎄, 이름은 모르겠는데. 광안리에서 요렇게 돌아가면 높은 건물 있어. 알지? 몰라? 왜 몰라? 부산에서 공부만 했냐?

그래도 이렇게 뭔가를 나불거리기라도 해주신다면 나는 땡큐다. 하지만 침묵은 난데없이 우리를 덮친다. 갑자기 그가 입을 딱 다물고 내 뒤에 위치한 텔레비전을 멍하니 보거나, 혹은 초점도 없이 동공을 풀고 생각에 잠길 때마다 나는 정말 미치고 팔짝 뛸 지경이었다. 도대체 무슨 말을 꺼내야 하는 걸까. 업무와 관련된 질문을 하자니 내가 참 재미없는 애 같고, 그렇다고 어젯밤에 본 드라마 얘기를 꺼내기도 뭐하고.

제일 만만한 건, 그나마 지금 먹고 있는 음식이 맛있다고 한마디 하는 건데, 그마저도 상사가 단답형으로 대답해버리면 본격 고문이 시작된다. 그때부터 우리는, 절세미인과의 소개팅 자리에 나가 어떻게든 그녀를 웃겨야 애프터를 받아낼 수 있는 절박한 노총각의 기분이 된다. 당연히 입으로 들어가는 게 밥인지 똥인지 구분하기도 힘들어진다.

사회 초년생 시절, 나는 선배들과 밥만 먹으면 체하기 일쑤여서 소화제를 입에 달고 살았다. 나는 언제쯤 저 재미도 없는 농담에 "선배, 이번 농담은 재미없는데요?"라고 말할 수 있을까, 나는 언제쯤 "저 그거보다 훨씬 더 재미있는 얘기 알아요"라며 대화를 주도할 수 있을까, 진짜 궁금했다.

하지만 이런 간절한 바람과는 별개로, 우리 사회 초년생들은 한동안 대화의 '주도자'보다는 일방적인 '희생자'로 있게 마련이다. 가해자는 누구냐고? 어느 회사에나 진을 치고 있는 '비운의 개그맨'들이다. 상사의 눈 밖에 나지 않으려는 우리의 헤픈 리액션을 있는 그대로 믿고 개그 욕심을 버리지 못하는 사람들 말이다. 특히 이들의 유머 코드는 사회 초년생인 우리에게 외계어보다 더 낯설다. 그나마 언어유희는 저 유머가 어디서 기인했고, 어느 시점에서 웃음을 유발하려 한 것인지 눈치 정도는 챌 수 있다. 그런데 듣도 보도 못 한 연예인을 닮았다며 히죽대거나, 내 가치관에서 볼 때는 명백한 폭력인데도 그걸 아주 즐거운 유머로 승화시켰다고 생각하는 경우는 '대략 난감'이다.

내가 만난 한 선배는 여자의 가슴을 '젖'이라고 부름으로써, 상대를 웃겨 보이겠다는 확고한 의지를 갖고 있었다. 엄격한 회사 같으면 성희롱으로 난리가 날 수도 있겠지만, 가벼운 성희롱쯤은 아무것도 아니라고 웃어넘겨줘야 쿨한 커리어우먼으로 인정하는 분위기인 회사가 아직도 많다. 더구나 내 가슴을 두고 '젖'이라고 하면 화라도 내지, 지나가는 여자의 가슴을 보고 '젖'이라고 하는데 내가 어설프게 나서기도 민망한 상황이다. 말도 안 된다고? 내가 비겁하다고? 그렇게 생각하는 그대가 진심으로 부럽다. 나도 옛날에는 몇 번인가 나서기도 했지만 이제는 그냥 포기하고 살기로 했다. 왜냐고? 그들은 절대 바뀌지 않는 반면, 내 평판은 급속도로 떨어지니까.

다 포기했다고는 하지만 그 선배의 말에 따라 웃을 수는 없었다. 모든 선배들이 웃음을 터뜨리는(하물며 여자 선배까지도) 그 순간, 나는 급하게 뭘 먹는 척을 하면서 "이 질 낮은 새끼!" 하고 포효할 뻔한 위기를 넘길 수 있었다. 쉽다. 그런 말이 툭 튀어나오려 하면, 눈앞에 있는 먹을 것을 집어서 입안에 잽싸게 넣으면 된다. 그럼 내 얼굴에 떠오르는 경멸을 희석시킬 수 있다.

상사가 자꾸만 군대 얘기를 하는 것도 고역이다. 군대 얘기로 웃기려고 하면 더 고역이다. 또래 남자면 그만하라고 눈치라도 줄 수 있지, 상사가 하는 군대 얘기는 블록버스터 영화 줄거리라도 되는 양 흥미진진하게 들어줘야 한다. 물론 진짜 재미있는 에피소드도 있다. 그러나, 도무지 무슨 말인지 알아들을 수 없는 이야기가 태반이다. 딱히 뭐라 받아칠 리액션도 떠오르지 않아 고개를 갸우뚱하는 순간, 옆에 앉은 동기 녀석이 발작이라도 하듯 웃어젖히면 괜히 불안해지기까지 한다. 저놈만 점수 따는 것 같고, 그에 반해 난 뚱하기만 한 여직원이 된 기분이다.

특히 동기 간 경쟁이 치열한 인턴이나 신입 때는 남자 동기들이 일부러 군대 얘기를 꺼내는 밉상짓을 하기도 한다. 한참 자기들끼리 웃고 떠들다가 소재가 다 떨어진 후에야 "아참, 넌 재미없겠다" 하고 한마디 하는 동기 입에다 주먹을 날리고 싶었던 기억, 누구나 있을 거다. 그럴 땐 순순히 패배를 인정하는 수밖에 없다. 지루한 내색 하지 않고, 섣불리 화제를 바꾸려 하지도 않고, 참을성 있게 기다리면 자기들끼리 더 이상 칠 '뻥'이 없어져 자연스럽게 다른 데로 화제가 바뀌게 마련이다.

한번은 귀여운 복수를 시도하기도 했다. 툭하면 상사들 앞에서 군대 얘기를 꺼내서 점심시간에 화제를 주도하던 녀석을 데리고, '아줌마' 선배들과 밥을 먹기로 한 것이다. 나는 일부러 요즘 유행하는 네일 아트부터 시작해서, 최근 유명 미용실 동향, 떠오르는 남자 아이돌 신상 명세를 줄줄 읊었다. 그리고 드라마 상세 줄거리까지 가면 게임 끝……일 것이라고 예상했으나, 나는 승리를 코앞에 두고 생각지도 못한 반격에 한 방 먹고 말았다. 그는 지상파 3사의 월화, 수목, 주말 드라마의 시청평과 더불어 각 주연배우의 성형 의혹을 거침없이 늘어놓았다. 김수현의 명대사로 시작해 임성한 드라마의 역사까지 짚을 때쯤엔 나도 두 손 두 발 다 들고 말았다. 강적이었다.

그래도 이 모든 상황은 차라리 낫다. 안 우스운데 웃어야 하는 상황은 그나마 난감 수준에서 그친다. 문제는 그 반대일 때 발생한다. 모두가 심각한데 나만 혼자 우스운 상황. 웃음을 참는 것은 진짜 보통 일이 아니다. 웃음이 나오려고 하는데, 절대 안 된다는 생각을 하면 할수록 희한하게도 웃음은 더 크게 터져 나온다.

내 친구 임모 양은 이사와의 술자리가 제일 힘들다고 했다. 이사는 술이 오르면 얼굴이 새빨개지는데, 그때마다 반드시 물수건으로 얼굴을 닦는다고 한다. 그런데 문제는, 그 물수건이 얼굴을 지나 꼭 드넓은 이마 위까지 올라가는 것이다. 평소엔 점잖게 이마를 가리고 있던 머리카락이 훌렁 뒤로 넘어가고 물수건이 그 위를 쓱싹쓱싹 닦으며 돌아다니는 걸 보자면, 도무지 웃음을 참을 수가 없는 것이다.

그 광경을 수년 동안 봐온 선배들은 아무렇지도 않게 고기를 굽고 술을 따르는데, 내 친구는 혼자서 재채기를 하는 척하거나 멀리 있는 텔레비전을 보는 척하느라 바빴다고 한다. 하지만 시선을 돌리고 있어도 우스운 광경은 자꾸 떠오르게 마련. 상상 속의 그 장면이 실제보다 더 우스워서 차라리 눈앞에서 가발 아래를 닦는 모습을 쳐다보는 게 더 나을 뻔할 정도였다고 한다. 이렇듯 눈물을 머금고 겨우겨우 웃음을 참고 있는 상황에서, 텔레비전에서마저 심각한 뉴스가 나와 진짜 어찌해야 할지 알 수가 없었다고 한다.

내게도 낭패의 순간은 있었다. 내가 알던 선배 중에 정말 착한 선배가 있었다. 똑같은 짓을 해도 유독 정이 가고, 조금 더 챙겨주고 싶은 스타일의 사람이 있지 않나. 그 선배는 툭하면 "이러니 내가 여자가 없지" 하고 말하면서 동정심을 유발했다. 누가 운동 좀 하라고 해도 허허 웃으며 "내가 괜히 여자가 없겠어?" 하고 말하고, 갑자기 약속을 취소하게 돼 미안해죽겠다는 표정을 짓는 상대에게도 "괜찮아. 여자친구도 없는데, 뭐" 하고 답했다. 나는 늘 "선배 정도면 정말 매력적이에요" 하고 빈말을 했지만, 선배는 "됐다. 난 여자 없는 내가 좋다" 하고 웃어넘겼다.

그러던 어느 날이었다. 저녁 자리에서 선배는 삼겹살을 2인분 더 시켰다.

"요즘 먹을 게 왜 이렇게 당기지?"

선배의 말에 다른 남자들이 선배의 불룩한 배를 가리키며 구박했다. 나는 웃음을 터뜨리며 덧붙였다.

"선배, 그러니 여자친구가 없죠. 으히히!"

내 말은 왁자지껄한 삼겹살집 소음에 묻혔다. 화기애애한 분위기 속에서 단 한 명, 그 선배의 눈은 살기로 희번덕거렸다. 난 그때 깨달았다. 역시, 상사는 친구가 아니다.

꿈, 그게 뭐야?

그녀의 꿈은 영화감독이다. 아니, 영화감독이었다. 10대들의 풋풋한 사랑도 그리고 싶었고, 갈수록 빈부격차만 극심해지는 사회 부조리도 고발하고 싶었고, 노처녀의 화끈한 러브스토리도 만들어보고 싶었다. 외계 행성에서 엄청나게 많은 남자들이 넘어와 여자들이 신이 나서 연애만 하는 내용의 시나리오도 거의 다 완성됐다. 머릿속엔 늘 이야기, 이야기, 또 이야기였다.

춥고 배고플 거라는 건 충분히 예상했다. 각오도 돼 있었다. 월세와 최소한의 생활비만 있다면, 그녀는 영화만을 꿈꾸고 살 수 있다고 믿었다. 그래서 지금의 회사에 취직했다. 한 달 월급 110만 원. 나름 큰 포털 사이트에서 각종 프로모션을 돕고, 온라인상에서 바람몰이를 하는 일이었다.

그녀가 속한 팀은 늘 바빴다. 유명인들을 초대해 취업 준비생을 위한 강연을 열기도 하고, 자원봉사자들의 후기를 모집해 시상도 했다. 아이돌 그룹의 컴백 티저 영상을 단독으로 입수해 먼저 공개하기도 했다. 물론, 그녀가 하는 일은 보잘것없었다. 강연회가 끝난 후 기념품을 나눠주고, 후기 공모 게시판에서 스팸 글을 삭제하고, 아이돌 컴백 영상을 여기저기 퍼 나르는 게 그녀의 업무였다. 그래도 그녀는 이 다양한 경험이 시나리오 작업에 큰 도움이 될 거라고 확신했다.

경험은 보다 더 많아졌다. 밤 10시, 11시 퇴근이 잦아졌고, 벌건 대낮에도 꾸벅꾸벅 졸게 됐다. 스트레스도 좀 받았다. 그럴 때마다 인터넷 쇼핑몰에 접속해서 저렴하고 예쁜 옷을 골랐다. 필feel 받으면 몇 벌씩 잔뜩 사기도 했는데, 그러면 또 스트레스가 기가 막히게 사라졌다.

그녀는 일을 잘했다. 회사에서도 그녀의 능력을 알아줬다. 그녀의 상사는 선심 쓰듯 이렇게 말했다.

"이대로 가다간 다음 달에 정직원 되겠어."

그녀는 신이 났다. 정직원이 되면 월급은 170만 원으로 오른다. 좀 더 비중 있는 일을 맡게 될 것이다. 그녀는 점심시간에 짬을 내 은행에 들렀다. 매달 30만 원씩 부은 적금 통장에는 벌써 270만 원이 모여 있었다. 영화 아카데미의 한 학기 수업료인 100만 원은 이미 모아진 거다. 하지만 그녀는 왠지 적금을 깨기가 싫었다. 차곡차곡 쌓이는 잔액은 보기만 해도 배가 불렀다. 다음 달엔, 50만 원짜리 적금을 하나 더 들어야겠다고 다짐했다.

회사로 돌아오는 길, 대형 전광판에 붙은 영화 포스터 하나가 눈길을 끈다. 어마어마한 돈을 쏟아부은 할리우드 영화인데, 외계 남자와의 러브스토리가 주요 줄거리란다.

"말도 안 돼!"

그녀의 노트북에 잠들어 있는 시나리오와 비슷했다. 하늘에서 벼

락이 내리치는 것만 같다. 도무지 그 앞을 떠날 수가 없다. 결국 그녀는 휴대전화로 심야 영화표를 예매한다.

오후에도 역시 일은 많았다. 하지만 집중할 수가 없었다. 내가 여기서 뭘 하고 있는 거지? 내 인생은 어디로 가고 있는 거지? 지금 당장 그만둬야 해. 아니야. 여기서 한 일이 얼만데, 그걸 그만둬? 그것도 정직원 발령을 앞두고? 딱 1,000만 원만 모으고 멋있게 그만둘까. 영화감독으로 성공하면 그깟 1,000만 원은 아무것도 아닐 텐데? 내 꿈을 고작 1,000만 원에 파는 거야? 아니, 누가 판대? 일단, 그 돈만 벌고 이후에 열심히 시나리오 쓰면 되잖아.

일은 더디게 진행됐다. 야근을 해야 하는 상황이지만, 내일 잔뜩 깨질 걸 각오하고 먼저 뛰쳐나왔다. 시간은 아슬아슬했다. 무단 횡단을 두 번 하고, 길 가는 사람과 다섯 번 세게 부딪히며 달려온 덕에 겨우 제시간에 도착했다. 자리를 찾아 앉으니 광고가 시작됐다. 아휴, 다행이다. 그녀는 숨을 훅 내쉬었다.

광고는 몇 편이고 계속됐다. 이제 영화를 보여줘. 내 시나리오가 휴지 조각이 되게 생겼단 말이야. 얼마나 비슷한지, 혹시 내 시나리오보다 훨씬 훌륭한 건 아닌지 당장 확인해야겠어. 하지만 그녀의 마음을 아는지 모르는지 끝났다고 생각하면 이내 또 다른 광고가 시작됐다. 눈이 따끔따끔하다. 모니터를 너무 오래 봤나. 그녀는 잠깐 눈을 붙였다. 목이 좀 뻐근해 눈을 떴더니, 동시에 조명이 켜졌다. 눈앞에선 자막이 올라가고 있었다. 사람들이 하나둘 일어난다. 허탈함도 잠시, 그녀는 영화고 나발이고 여기 누워서 10분만 더 자고 싶다고 생각한다.

월급은 꿈보다 힘이 세다

"제 연봉, 너무 낮아요. 앞으로 계속 이 수준이라고 생각하면 너무 우울해요."

어떤 후배가 말했다.

"그럼 지금 당장 때려치우고 공부해서 더 좋은 데 가."

나는 쿨하게 답했다. 하지만 후배는 소주잔에 술을 가득 채웠다.

"몇 달만 더 다니고요."

"왜?"

"적금이 그때까지라서요."

진짜 미친놈 아닌가? 그 녀석이 붓고 있다는 적금은 한 달에 50만 원짜리였다. 지금까지 500만 원이 모였는데, 두 달 후면 만기라는 것이다. 이자 몇십만 원 받겠다고, 적성에도 안 맞고 경력에 도움도 안 되는 회사를 두 달이나 더 다니겠다는 거다.

"두 달 후에 그만둬, 그럼."

"안 돼요."

"왜, 또?"

"올 연말에 보너스가 좀 있을 거래요. 그건 받아야죠."

"연말이면 6개월은 남았다."

후배는 단숨에 소주를 들이켰다.

"근데요, 괜히 그만뒀다가 재취업 못 하면 어쩌죠? 이나마도 못 벌면?"

"그럼 더 좋은 데서 연락 올 때까지 버티다가 그때 옮겨."

나는 점점 성질이 나는 걸 숨기고 말했다.

"안 돼요."

"왜, 또!"

"전 대기업에 신입으로 들어가고 싶어요. 회사에 다니면서 입사 시험 준비를 어떻게 해요. 공부할 시간이 필요해요."

"아, 어쩌라고!"

나는 소리를 버럭 질렀다.

사실 이 같은 대화는 후배들만 만났다 하면 반복되는 레퍼토리다. 자기 회사가 맘에 든다는 놈은 강남에서 자연미인 찾는 것보다 힘들다. 꿈은 저기 63빌딩 위에서 내려올 생각을 하지 않고, 그러는 사이 시간은 하루 이틀 후딱 지나간다. 그러다 문득 발견해버리고 마는 것이다. 이 쥐꼬리만 한 월급이라도 받겠다고 영혼까지 팔아치우고 있는 자신을. 그 쥐꼬리라도 받으면 잠시나마 헤벌쭉해서 이것저것 지르는 데 집중하는 자신을. 이렇게, 빌어먹을 소시민이 돼버린 자신을.

갑갑하고 우울하고 불안하고 두려운 마음에 고민 상담을 해보지만, 그래 봤자 상대의 반응은 둘 중 하나다. 짜증 내거나, 지루해하거나. 하긴, 당연한 결과다. 본인 스스로도 고민을 명확히 정리하기가 쉽지 않은데 상대는 어련하랴. 나는 더 큰 도전을 하고 싶은 걸까, 여기 눌러앉고 싶은 걸까. 하루에도 수십 번씩 이랬다저랬다 한다.

"지금의 상황에 만족하지 말고 박차고 일어나 더 큰 꿈을 위해 네 한 몸을 불 싸질러라!"

이렇게 말하고 싶지만, 그렇게는 못 하겠다. 내 말대로 진짜 불 싸지르고 났더니, 꿈을 이루기는커녕 원래 있던 것도 다 까먹고 재투성이가 된 비루한 몸뚱이만 남았다며 나를 찾아오면 해줄 말이 없기 때문이다. 그렇게 될 가능성이 높은 것도 사실이고. 사실, 늦었다고 생각할 땐 진짜 늦은 것이다. 지금이라도 늦지 않았다며 기세 좋게 큰길로 기어 나갔다간, 뙤약볕에 말라 죽거나 스포츠카에 깔려 죽기 십상이다. 요즘이 어떤 세상인가. 개천에선 흑룡도 지렁이가 되는 세상 아닌가.

그래도 한 가지 기준은 줄 수 있을 것 같다. 내가 뛰쳐나가야 하는 건지, 눌러앉아야 하는 건지 결정하는 기준 말이다. 부끄럽지만 나도 같은 고민을 한 적이 있다. 나는 드라마 작가가 되고 싶었지만, 그렇다고 기자 일을 그만둘 용기는 없었다. 그래서 친구 얘기인 척 인터뷰 도중에 고민을 상담한 적이 있었다. 상대는 엄청난 재능을 갖고 있는 연기파 배우 S씨였다. 영화 홍보 때문에 인터뷰 자리에 나왔다가 난데없는 질문을 받았는데도, 그는 의외로 매우 간결하고 정확한 답을 내놨다.

"그런 고민을 한다는 것 자체가……."

"S씨는 처음 배우가 되려고 했을 때 그런 고민 안 하셨어요?"

"연기하고 싶다는 생각밖에 안 들던데요. 미쳤었죠. 미치면 그것밖에 안 보여요."

그래, 고민을 한다는 것 자체가 미치지 않았다는 증거지. 미쳐도 성공할까 말까 하는 판에, 너무나 멀쩡한 정신으로 계산기나 두드리고 있는 나는 절대 안 되겠다고 생각했다. 그날 이후 나는 S씨의 행보를 유심히 지켜봤다. 하지만 연기에 그렇게 미쳐 있다는 그조차도 일이 다 잘 풀리진 않았다. 열심히 홍보하던 그 영화는 홀랑 망했고, 이후로도 쭉쭉 하향세였다. 비비 꼬인 나는 내 '고민'을 이해하지 못한 그가 괜히 얄미웠고, 그도 지금쯤이면 '고민'이란 걸 하고 있지 않겠느냐고 위안 삼기도 했다.

하지만 미친 사람은 진짜 뭘 해내긴 하나 보다. 그는 언제 그랬느냐는 듯 다시 일어섰고, 사람들은 그의 열정에 침을 튀겨가며 열광했다. 당신도 비슷한 고민 중인가? 그렇다면 S씨를 만났다고 가정하라. 그리고 고민을 털어놔봐라. 그는 "진짜 미쳐 있다면 그런 고민할 겨를도 없을걸요" 하고 쿨하게 말할 거다.

두 가지 길에서 갈팡질팡하고 있다는 것 자체가, 지금 당신이 그 일에 미치지 않았음을 증명하는 것은 아니라고 설득할 자신이 있나. 없다면, 소시민이 된 자신을 보고 한숨부터 푹 내쉬기 전에 자신의 꿈이 진짜 꿈인지 백일몽인지부터 체크해야 할 것이다. 미치지 않았다면, 별수 없다. 소시민으로 사는 즐거움을 찾을 수밖에.

맨날 술이야

하늘이 빙빙 돈다. 빌딩이 고꾸라지고 땅이 솟아오른다. 내 몸 속에서도 회오리가 친다. 방금은 쓸개즙 냄새가 코까지 올라왔다. 위 안에 서걱거리는 모래가 한 움큼 들어앉은 것 같다. 뭔가 찐득한 게 식도를 타고 스멀스멀 올라온다.

꾸어억.

찐득한 것은 방금 최고점을 찍었다. 입을 조금만 더 벌리면 그대로 뚫고 나올 기세다. 나는 이것들에게 세상 구경을 시켜줄 것인가, 초인적인 힘을 내서 도로 삼켜버릴 것인가를 잠깐 고민한다. 빌어먹을. 오늘따라 버스는 지랄맞게도 흔들린다. 근육 하나 없는 내 팔이 버스 손잡이를 따라 곡예를 부린다. 이대로 토해버리고 싶다. 그럼 버스 창문에 기가 막힌 데칼코마니가 하나 찍히겠지.

의자에 앉은 여자가 주섬주섬 휴대전화를 핸드백에 넣더니, 지퍼를 잠근다. 내린다는 뜻이다. 나는 잠시나마 천국을 맛본다. 빨리 앉고 싶어 오금이 저리다. 그러나 여자는 벨을 누르지 않는다. 본격적으로 한숨 주무실 태세다. 이 여자 정수리에 꿀밤을 한 대 먹이고 싶다.

나는 진짜 대단한 것 같다. 어제 새벽 5시까지 이어진 회식을 끝까지 견뎌내고도 9시 정시에 출근하는 중이다. 나 같은 여자가 성공하지 않으면 누가 할까. 시계를 보니 겨우 15분밖에 안 늦었다. 소주 세 병을 들이붓고도 아침 일찍 회사 문을 따고 들어가 선배들의 해장 커피를 챙겨주면 다들 인정하지 않을 수 없을 것이다.

"저거, 뭐가 돼도 될 년이야."

나는 신이 나서 사무실에 들어섰다. 지금만큼은 식도를 오르내리는 찐득한 액체는 느껴지지 않는다. 짜잔! 내가 왔소이다!

헉. 사무실에는 이미 출근한 사람들로 가득했다. 불과 네 시간 전까지만 해도 개로 변해 있던 사람들이 양복을 챙겨 입고 넥타이를 고쳐 매고 아무 일도 없었다는 듯 자기 책상을 지키고 있다. 소주 한 병

을 원샷하고 업혀 나간 김 상무님, 폭탄주에 빨대를 꽂아 쉬지 않고 빨아대던 최 주임님, 나를 택시에 태워 보내고 5차를 또 간다고 하던 동기 녀석까지 모두 나보다 먼저 출근한 것이다.

"지금 몇 신가."

김 상무님이었다.

"죄송합니다."

그러니까, 지금 이게 죄송한 시추에이션인 거지?

"회식 좀 했다고 그렇게 풀어져서야 되겠나."

다 마시고 죽자며 내게 소주와 맥주를 1대 1로 섞은 폭탄주를 네 잔이나 먹이던 놈이 내뱉은 말치고는 정말 잔인했다.

"주의하겠습니다."

나는 오전 내내 우울했다. 그동안 뼈 빠지게 일한 게 한순간에 도루묵이 된 것 같았다. 다들 안쓰러울 정도로 열심히 살고 있구나 하는 생각에 슬프기까지 했다.

점심 메뉴는 해장국이었다. 김 상무님이 내 맞은편에 앉았다.

"다들 속 많이 쓰리지? 아줌마, 여기 소주 한 병이랑 맥주 두 병이요."

응? 내 눈이 동그래지자 그가 덧붙였다.

"술은 술로 푸는 거야."

식탁 위에 또 소맥이 돌기 시작했다. 김 상무님은 오늘 아침 일은 마치 없었던 일인 양 숟가락으로 소맥을 휘휘 저어 내게 건넸다.

"아, 저는 속이 좀 아파서."

"술 마시면 소독돼. 얼른 받아."

술잔이 점점 내게 다가온다. 나는 보기만 해도 역겨운 저것을 탁 쳐내고 싶은 충동에 휘말린다. 김 상무님은 그 어느 때보다 진지한 얼굴로 잔을 권한다. 결국, 나는 술잔을 받아 든다.

회식에서의 꼼수 베스트

인정한다. 나는 한때 나쁜 년이었다. 나는 술자리에서 내 맞은편에 앉은 사람을 무조건 '죽여야' 직성이 풀렸다. 그래서 그 운 없는 사람이 백기를 들고 바닥에 자빠질 때까지 집요하게 술을 먹였다. 당연히 누군가 하나는 자아를 잃고 희한한 실수를 하거나 갯과로 변신하곤 했는데, 나는 그 광경을 하나도 빠짐없이 지켜보며 한참을 낄낄거리고 나서야 '아, 오늘 술 좀 즐겁게 마셨구나'라고 생각했다. 내 위장은 아무리 소주를 들이부어도 멀쩡했으며, 총명한 두뇌는 폭탄주 몇 잔으로 결코 버벅거리는 법이 없었다. 나는 내 자신이 술이 센 줄 알았다.

하지만 그건 착각이었다. 어느 날, 갑자기 간단한 단어가 기억이 날 듯 말 듯 깜빡깜빡하더니, 물 한 잔을 마시고도 토하는 사태가 발생했다. 나처럼 술이 어설프게 센 애들이 오히려 이렇게 금방 탈이 난다는 사실을 몰랐다. 그리고 음주불능자가 돼서야 나는 이 사회의 부조리에 눈을 떴다. 의사의 협박에 못 이겨 술을 끊고 나서야 이 사회가 술을 잘 마시는 사람 위주로 돌아간다는 것을 알게 된 것이다. 이름과 나이, 사는 곳과 직업을 묻고는 곧바로 주량을 체크하는 사회 아닌가. 술자리에서 사이다를 시켰다는 이유만으로 분위기를 깬다고 대놓고 구박하는 게 너무나 자연스러운 사회 아닌가.

정말 궁금하다. 진짜 죽을 만큼 힘든데, 악마 같은 상사가 소주와 맥주를 2대 1의 끔찍한 비율로 섞고 자빠졌을 때, 우리는 어떻게 해야 하나.

1. 줄행랑.

별수 있나. 냅다 튀는 거다. 그냥 튀면 모양이 빠지니, 페이크로 벨을 울리게 해주는 어플을 하나 미리 받아둬라. 이 어플은 소개팅에 나갔다가 폭탄을 만났을 때에만 유용한 게 아니다. 목구멍까지 술이 차올랐을 때, 폭탄주를 피하기 위해 더없이 좋은 수단이 된다. 통화하는 척하고 밖에 나가서 찬 바람도 좀 쐬고, 15분쯤 쉬다 들어오면, 한두 잔 정도 건너뛸 수 있다.

2. 버리기.

비교적 허름한, 시멘트로 된 선술집에서 쓸 만한 수법이다. 천천히 마시는 척하다가 상사의 목이 먼저 뒤로 꺾이면 그대로 바닥에 휙 쏟아버리는 것이다. 주위에 술이 너무 흥건하다 싶으면, 실수인 척 그 위에 물이라도 한번 쏟으면 딱이다. 좀 더 단련이 되면 벽에 부어버리는 것도 가능하다. 천부적인 눈치와 재빠른 운동신경이 필요한 수법이다.

신발을 벗고 들어가는 술집에서는 여분의 물컵을 하나 받아서 무릎 앞에 준비한다. 그리고 마셔야 할 차례가 오면, 마시는 척하면서 잽싸게 물컵에 붓는다. 그러면 금방 컵 하나가 투명한 술로 찰랑 찰랑 차는데, 그땐 물인 척하고 테이블 구석에 올려두면 된다. 이미 만취한 누군가가 물인 줄 알고 마셨다가 내뿜지만 않으면 걸리지 않는다.

물론 이 방법은 당신을 주시하는 누군가가 있을 땐 쓰기 어렵다. 하지만 그렇게라도 해서 자리를 지키려는 당신의 노력을 좋게 봐주는 경우도 있긴 하다. 선배들과의 술자리에서 상 밑을 한번 슬쩍 보라. 꽤 많은 유리잔을 보게 될 것이다.

진짜 급하고 절박할 땐, 찌개에 붓는 방법도 있다. 사람들의 시선이 분산됐을 때, 슬쩍 부어버리는 거다. 술자리 내내 찌개는 끓고 있는 경우가 많으므로 별로 티가 안 난다, 흐흐.

3. 슬쩍 일어나기.

술을 마시면 화장실에 자주 간다며, 최대한 자주 자리에서 일어선다. 입사 초기에 자신의 이미지를 이렇게 설정해두면 편리하다. 정신없이 내달리는 분위기가 좀 사그라질 때까지 화장실에서 몰래 통화할 애인이 있으면 금상첨화. 물론, 통화하는 게 걸리면 마이너스이므로 조심해야 한다.

4. 이도 저도 안 되면.

이도 저도 안 되면, 약 봉지를 꺼내 드는 방법도 있다. 이건 내가 자주 쓰는 방법인데, 술을 마시다 말고 갑자기 약 먹는 걸 깜빡했다며 약 봉지를 꺼내는 것이다. 아무래도 그 이후에는 술을 권하는 강도가 주춤해진다.

술을 마시기 전에 굶는 건 절대 금지. 술자리 초반, 내달리는 분위기가 되기 전에 양해를 구하고 반드시 찌개에 공깃밥을 시켜서 배를 든든히 해두는 것도 도움이 된다. 비싼 고깃집에 갔다고 고기에 소주부터 달리기 시작하면, 집에 가는 길에 그 고기와 또 만나게 될 수도 있다. 아까 점심을 부실하게 먹었다며 먼저 밥을 시키도록 하자.

이렇게까지 설명해줬는데도, 이도 저도 다 실패했다면, 그냥 면전에서 토하거나 울어버려라. 비호감이 될지언정, 목숨은 구할 수 있다.

중은, 절을 고칠 수 있을까

불길한 예감은 언제나 들어맞는다. 임원 회의가 평소보다 훌쩍 길어지고, 사내 분위기가 묘하게 어수선하다 싶더니, 올 게 왔다. 출근 시간이 무려 한 시간이나 앞당겨진다고 한다. 그럼 7시다. 씻고 화장하고 마을버스 타고 지하철 타고 7시까지 회사에 오려면 도대체 몇 시에 일어나야 한다는 거야? 5시? 화장을 건너뛴다 해도 5시 30분이다. 고3들도 이렇게는 안 산다. 차라리 해고자 명단을 회사 정문에 떡하니 붙이는 게 낫겠다. 이건 코피 터질 때까지 굴리고 또 굴려서 절로 나가떨어지게 하겠다는 거 아니겠나.

새벽잠 없기로 유명한 사장 놈은 일찍 일어나는 새가 벌레를 많이 잡아먹는다며 7시 출근의 필요성을 설파했다고 한다. 그 벌레, 너나 실컷 먹어라! 물론, 모든 임원들은 꿀 먹은 벙어리 신세가 돼서 돌아왔고, 각자의 부원들에게 이 끝내주는 뉴스를 전했다. 처음엔 저 부장이라는 놈도 안쓰러웠다. 아침잠 많기로 유명한 그에겐 이 소식이 완전 청천벽력이었을 테니까. 그럼에도 부원들을 잘 설득시켜 좋은 리더로 인정받아야 하는 그는 이 상황이 얼마나 짜증 나겠나. 저 인생도 참 고달프지 싶다.

그러나 그런 마음도 오래가진 못했다. 부원들을 모아놓고 한다는 소리가, “사장님께 잘 보이기 위해선 7시도 모자라니 매일 한 명씩 당번을 정해서 6시 30분까지 출근하자”라니. 입이 가장 많이 툭 튀어나와 있던 내게 던진 클로징 멘트는 거의 예술의 경지였다.

“좀 더 자서 뭐해? 죽으면 실컷 잘 텐데. 이참에 살도 빼고 좋잖아.”

우리 팀이 최근 부진하다는 건 나도 안다. 사장이 툭하면 쪼는 것도 잘 안다. 그럴 만도 했다. 회사 이미지 개선을 위해선 홈페이지를 젊은 감각으로 다 뜯어고쳐야 한다며 예산을 들이부었는데, 희한하게도 메인 페이지에만 가면 컴퓨터가 멈춰버렸다. 내 컴퓨터만이 아니었다. 회사 내에서만 수만 번의 재부팅이 이루어졌지만, 홈페이지가 어떻게 꾸며졌는지 본 사람은 아무도 없다. 예술가는 뭐니 뭐니 해도 특이한 데가 있어야 한다며 부장이 강추한 프로그래머는 “굿바이 코리아”를 외치고 어디론가 사라졌다.

부장의 절박한 심정, 모르는 바 아니다. 그렇다고 일찍 출근하기 따위로 점수 딸 생각이나 하다니. 새벽에 출근하는 것보다 저 무능한 부장을 자르는 게 회사에 훨씬 더 도움이 된다고! 사장 놈은 대체 언제 이 사실을 알아차리려는지, 답답한 마음뿐이다.

점심시간을 앞두고 이사가 부장을 부른다. 부원들 간에 의미심장한 눈길이 오간다. 우리끼리 남은 점심시간엔 늘 전략 회의가 펼쳐진다. 역시, 이럴 때 보면 전략기획부답다. 차장이 입을 열었다. 우리가 얼마나 비효율적인 근무를 하고 있는지, 다른 부서와 커뮤니케이션이 얼마나 안 되는지를 떠들고 나니 곧 주임이 그 바통을 받았다.

집에 들어가기 싫어하는 부장 덕에 온 부원들이 얼마나 쓸데없는 야근을 하는지, 재미도 없는 술자리는 얼마나 또 많은지를 토로하자 이번에는 대리가 끼어들었다. 이 모든 문제의 근원은 부장이라는 그의 대사는 10년 동안 가려웠던 곳을 박박 긁어주는 듯했다!

우리는 근무시간엔 절대 보일 수 없었던 활기를 띠고 이 문제를 어떻게 부장한테 어필할 것인지 모의했다. 7시 출근만큼은 막아보자! 부장을 어르고 달래든, 협박하고 목을 조르든, 반드시 막아보자! 완벽한 시나리오와 결연한 의지, 칼은 뽑혔다.

회의실로 들어서는 부장의 낯빛은 어두웠다.

"무슨 일이야?"

무거운 침묵이 감돈다. 오프닝을 책임지기로 했던 차장이 쭈뼛쭈뼛 일어선다.

"차 한잔 드실래요?"

뭐야, 저건. 원래 그가 해야 할 멘트는 "이대로는 못 견디겠습니다"였다.

"됐어."

차장이 엉거주춤 앉으려는데, 책상 위에 놓인 수첩이 떨어진다.

"어이쿠."

차장은 귀여운 척까지 하며 수첩을 집어 든다. 저 수첩엔 우리의 시나리오가 정리돼 있다.

"분위기가 왜 이래. 뭐냐고."

부장의 히스테릭한 말투에 또 다시 침묵. 주임과 내 눈이 잠깐 마주친다. 주임은 재빨리 시선을 돌린다.

계속 침묵.

뭐야, 이 사람들 정말. 이런 것들을 선배랍시고 모시고 있다니. 결국 내가 입을 떼기로 했다.

"부장님. 드릴 말씀이 있습니다."

부장의 날 선 눈이 나를 향했다.

입을 열면 짧은 길도 돌아간다

그 입, 다물라. 이미 늦었다면, 화장실에 가고 싶다고 말하고 회의실을 나와라. 주머니에서 휴대전화 진동이 울리는 척하면서 나와도 좋다. 어쨌든, 닥치고 가만있어라. 어차피 당신은 아무것도 바꾸지 못한다. 뭐 이렇게 비관적이고 불쾌하고 덜떨어진 책이 다 있나 싶은가? 인정한다! 사실 너무 비관적이긴 하다. 그런데, 그게 현실이더라. 그래, 좋다! 그럼 한번 당신 뜻대로 해보자.

당신은 부장을 설득할 수 있는가. 모든 부원들이 지켜보는 가운데서 (즉, 부원 중 한 명을 흉보거나 다른 부원들의 뜻을 왜곡하지 않고) 오로지 말발 하나로 부장을 당신 편으로 만들 수 있는가. 설사 그런 환상적인 언변의 소유자라 할지라도, 일단, 부장은 당신의 말을 가만히 들어주지 않을 거다. '사장님의 말씀'과 '조직의 생리', 딱 이 두 가지면 부장은 필연적으로 이긴다. 조직이 원래 그렇게 생겨먹었다는데, 달리 할 말 있나.

백번 양보해서, 당신이 부장을 설득하는 데 성공, 부장이 고개까지 끄덕였다고 치자. 너희들이 얼마나 고생했는지 알겠다고, 내가 그동안 너무 무심했다고, 사장님도 우리들의 고충을 알아주셔야 한다고, 참회의 눈물이라도 흘렸다 치자. 그래 봤자 마지막 멘트는 뭔지 아나.

"그래. 말해줘서 고맙다. 내일 다시 생각해보자."

이게 무슨 타이어에 바람 빠지는 소리냐. 진짜 '쇼'는 다음 날 시작된다. 당신을 포함, 부원 전원이 새벽 6시 50분에 출근했다는 사실에 놀라고, 누구도 그 일에 대해 언급하지 않는 데에 다시 한 번 놀랄 것이다. 아무 일도 없었다는 듯 하루 일과를 보고 퇴근하며 부장은 이렇게 말할 것이다.

"수고했다. 내일 보자. 내일 6시 30분에 출근할 당번은 누구지?"

놀라지 마시라. 차장은 이미 당번 순서를 다 짜놨을 것이다. 부원들의 표정이 일그러지는 순간, 부장은 이 세상에서 가장 인자한 표정을 지으며 이렇게 말하겠지.

"너희들 마음 안다니까. 조금만 고생하자. 당분간이야. 다들 알잖아, 회사 사정."

자, 당신은 무엇을 얻었을까. '주제도 모르고 나대는 놈'이라는 타이틀. 아마 그 타이틀은 당신의 목숨이 붙어 있는 한 영원히 함께할 것이다. 축하한다! 이제 당신은 부장의 마음을 다시 얻기 위해 뼈 빠지게 노력해야 할 것이며, 그 스트레스는 아침 7시 출근보다 더 끔찍할 것이다. 그 장면도 상상해보라. 당신이 없는 자리에서 부장이 "싸가지 없는 애"라며 당신을 욕할 때, 6시 50분에 칼같이 출근한 당신 동료들이 어떤 표정을 지을 것인지, 어떤 리액션으로 '나도 동의함'을 표하며 부장과 눈을 맞출 것인지, 매우 쉽게 상상되지 않나.

그래도 이 정도면 아름다운 결말이다. '앗싸! 우리 구조조정 하지롱' 모드로 나와 당신부터 자를 수도 있고, 전 직원이 보는 앞에서 죽도록 혼을 내서 개망신을 줄 수도 있다. 즉, 어떤 식으로든 당신은 손해다. 아니, 더 정확히 얘기하면 당신만 손해다.

만에 하나, 정말 그럴 가능성은 적지만, 부장이 당신의 완벽한 논리에 압도돼 간이 탱탱 부은 나머지 사장실에 찾아가 7시 출근을 취소시키고 돌아왔다 하더라도, 당신은 찍힌다. 부원들이 당신 덕분에 8시에 출근하는 행복(!)을 만끽하는 동안, 당신은 부장과의 어색한 관계 때문에 밤잠을 설치다 천근만근 무거운 눈꺼풀에 힘을 주며 자판기 커피를 원샷할 것이다.

내게도 할 말은 반드시 해야 했던 시절이 있었다. 욱하는 성격 때문에 참 시원시원하게 살았는데, 그 한순간의 '욱'을 회복하는 건 참 오래 걸린다. 덕분에 코앞에 길을 두고 멀리 돌아가야 하는 일이 자꾸 생겼다. 정말 미치고 팔짝 뛸 일이었다.

"참아야 해요. 조금만 참으면 인생이 편해진다니까."

어느 중견 피디의 말이다. 그는 젊은 시절, 방송사의 구습을 깨기 위해 노력했다. 동료들의 열렬한 박수가 쏟아졌던, 지금 생각해도 참 빛나는 이력이다. 그러나 승진은 박수만 열심히 치던 동료들이 3년 더 빨랐다. 자, 이제 선택은 당신의 몫이다.

실적의 압박

나는 유명 보험회사의 FC Financial Consultant다. 신입 시절, 나는 슈퍼스타였다. 고모, 이모, 삼촌, 외삼촌, 친구, 전 애인, 아는 오빠, 알았던 오빠를 총동원해서 빛나는 실적을 이루어냈다. 지점장은 나를 볼 때마다 "우리의 슈퍼스타"라며 함박웃음을 지었다. 구석에 찌그러져 있는 선배들에게 나를 본받으라고까지 했다. 내 어깨에는 늘 힘이 들어가 있었다. 나는 우리 지점을 먹여 살릴 상위 1퍼센트의 천재였고, 그 천재는 하루하루가 정말이지 행복했다.

하지만 그 행복은 딱 두 달짜리였다. 내 인맥은 두 달 만에 바닥났다. 다리 건너 또 다른 다리를 소개받아 열심히 뛰었지만, 그들은 그리 우호적이지 않았다. 자꾸만 따져 물었고, 의심했으며, 이것저것을 재더니 계약 직전에 판을 깨버렸다. 나는 이 일이 재미없어졌다. 사람을 만나는 것도 지긋지긋했고, 사람들한테 몇 번씩 고개를 숙여야 한다는 것도 짜증 났다.

곧, 지점장에게 나는 투명인간이 됐다. 어쩌다 같은 엘리베이터를 타도, 좁은 길목에서 마주쳐도, 그는 묵묵히 앞만 보고 갈 뿐이었다. 그는 옆에 있는 게 나인지, 내 또래의 다른 FC인지 전혀 분간하지 못하는 것 같았다.

'슈퍼스타' 자리는 옆 팀의 체육학과 출신이 가져갔다. 운동 좀 했다는 그의 학교 동기들이 수도 없이 나타나 보험을 들어주고 사라졌다. 지점장은 그 사원만 보면 "슈퍼스타"라고 외쳤고, 그때마다 나는 최대한 고개를 숙이고 한껏 찌그러졌다.

오늘은 마魔의 금요일이었다. 매주 금요일마다 그 주의 실적을 보고해야 하는데, 난 정말이지 보고할 게 없었다. 그래도 있는 것 없는 것 죄다 끌어모아서 끼적거리고는 팀장이 가장 바빠 보일 때 그의 책상에 보고서를 슬쩍 올려놓고는 뒤돌아섰다. 팀장이 보기 전에 사무실을 뜨려고 서두르는 순간, 팀장의 목소리가 내 뒷목을 날카롭게 베는 듯했다.

"이거밖에 안 돼?"

나는 얼음이 돼서 멈춰 섰다. 팀장이 덧붙였다.

"이번 주도?"

심장이 미친 듯이 쿵쾅거린다. 뭐라고 해야 할지, 머릿속이 하얘진다.

"죄송합니다."

나는 이 세상에서 가장 못난 직원이 돼서 사죄를 하고는 내 자리로 돌아와 앉는다. 낡은 의자가 삐거덕 소리를 낸다.

"잘했어!"

옆 팀 팀장이 '슈퍼스타'를 향해 소리쳤다.

"휴우."

우리 팀장이 길게 한숨을 내쉬었다. 마구 쿵쾅거리던 내 심장이 쪼그라들었다.

여전사는 죽지 않는다

우리나라 교육 현실을 개탄할 때 늘 하는 소리가 있다. 어린애들한테 친구를 밟고 올라서야 하는 피비린내 나는 경쟁을 시키는 건 잘못된 거라고. 그런 말을 들으면 학생들은 진짜 분노의 주먹질이라도 하고 싶은 충동이 든다. 그래, 이 나라가 잘못됐어! 밝고 해맑아야 할 우리가 이렇게 무참한 경쟁을 치러야 하다니!

물론, 딱 10년 후 그들은 깨닫게 된다. 학생 때 했던 경쟁은 경쟁도 아니라는 것을. 생존권을 걸고 싸우는 직장에서의 경쟁은, 그야말로 전쟁이다. 물론 전쟁은 고민이나 감수성을 허락하지 않는다. 본격적인 전쟁터에 겨우 비집고 들어와놓고 하나하나 예민하게 반응하고 스트레스 받기 시작하면 30년 가까이 가꿔온 인생이 나락으로 떨어지는 건 한순간이다. 20대 후반에 이루어내야 할 일은 정말 많지만, 그중 우선은 이제야 제대로 직면하게 된 진짜 경쟁에 적응하는 것이다.

누군가는 기절할 만큼 매운 음식을 찾아 먹고, 누군가는 강박적으로 운동을 하고, 누군가는 연애에서 해답을 찾는다. 나 같은 경우는 정답이 게임에 있었다. 온라인 게임을 한다는 게 아니고, 나를 게임 속 아바타로 설정하는 것이다.

이전 직장은 다른 신문사 기자와 나를 매번 비교했다. 기사가 나간 시간을 초 단위로 비교해 누가 먼저 썼나, 누가 더 많이 썼나를 따져 물었다. 거기서 끝이 아니었다. 그와 동시에 기사의 질도 좋아야 했다. 진짜 미치고 팔짝 뛸 노릇이었다. 나는 도무지 그걸 '현실'로 받아들일 수가 없었다.

그래서 나는 회사에 출근할 때마다 '로그인'을 했다. 기존의 '여리고 감수성 예민한 나'는 잠시 버리고 전투적이고 승부 근성 강한 '직장인 이혜린'으로 옷을 갈아입은 것이다. 그리고 게임 미션을 하나하나 깨나가듯 일을 해치웠다. 그렇게 1라운드, 2라운드에 하나씩 돌입하는 데에 성공할 때마다 내 귀에선 유명한 전쟁 영화 OST라도 들리는 듯했다.

지겨운 일이면 어떻고, 좀 짜증 나는 일이면 어떤가. 우리는 아바타 계급 하나 올리겠답시고 하루 종일 도끼 하나 들고 괴물과 싸워온 세대 아닌가. 미션이 클리어되지 않아도 괜찮았다. 퇴근 후엔 로그아웃하고 잊어버리니까. 온몸이 만신창이가 돼서 널브러진 '직장인 이혜린'은 내가 아닌, 내 아바타에 불과하다고 생각했으니까. 다 망쳐놓은 일은 내일 다시 로그인하면 어떻게든 해결되게 마련이니까.

상사한테 잔뜩 깨질 때에는, 악당과의 싸움에서 밀리고 있는 안젤리나 졸리를 상상했다. 단단히 물을 먹었을 때에는 좀비한테 쫓기고 있는 밀라 요보비치를 상상했다. 나는 여리고 소중한 내가 아니라, 그저 위기에 처한 게임 속 주인공인 거라고.

효과가 없을 것 같나. 일단 한번 해보시라. 경쟁이 힘겨운 건, 절박함 때문이다. 현실에서 한 발짝 떨어져, 이것도 게임 1라운드에 지나지 않는다고 생각하면 오히려 더 '잘' 이기고 '잘' 싸우는 방법이 보

Log out

인다. 그리고 그때만큼은 평범한 여직원인 나도 여전사들 못지않게 섹시하다고 느낀다. 경쟁에서 이기는 방법은 의외로 '거리 두기'라는 거, 한번 믿어보시라.

나보다 어린 상사

그녀는 나보다 두 살 어렸어. 하지만 회사에선 나보다 1년 선배였지. 요즘에도 그런 애가 있더라고. 스트레이트로 착착 학교 졸업해서 스물다섯 살도 되기 전에 떡하니 입사해 이듬해에 후배 직원을 받는 여자 말이야.

반면 나는 나이만 많은 취업 준비생이었어. 1년 재수하고, 1년 학비 벌고, 1년 어학연수를 다녀온 뒤에 이 회사 저 회사 기웃거리며 시간을 보냈지. 나이는 곧 서른을 바라보는데, 번듯한 명함 한 장 없다는 사실이 나를 불안하게 만들었어. 그래서 당연히 뭐든지 괜찮다고 생각했어.

"나이가 많은 편인데, 막내 역할 할 수 있겠어요?"

아니, 그깟 막내 역할이 대수야? 나는 식모에 하녀 역할까지 할 수 있었어. 정말이야.

하지만 출근 첫날 만난 내 직속 상사는 정말 어렸어. 머리에 피도 안 마른 년이 또각또각 걸어와 잘할 수 있겠느냐고 묻는데, 온몸을 휘감는 희한한 기분에 털끝이 곤두섰어. 그래도 별수 없지 않겠어? 이 회사를 택한 건 나잖아. 막내 역할도 괜찮다고 한 건 나잖아.

나는 미소를 지으면서 대답했어.

“잘 부탁드립니다, 선배님.”

도도하게 고개만 까딱하는 그녀를 보면서, 나는 앞으로 회사생활이 쉽게 풀리지 않을 거라고 직감했어.

“정은 씨, 엑셀은 할 줄 알아요? 엑셀이 중요한데.”

나는 당연히 엑셀을 다룰 줄 알았어.

“하긴, 요즘 대학생치고 엑셀 못 하는 사람 없지.”

그녀는 혼잣말인지 내게 하는 말인지 헷갈리는 말투로 말했어. 난 그 말을 되받아치고 싶었어. 너는 요즘 대학생 아니냐고.

“학교에서 배운 건 다 필요 없을 거예요. 여기선 얼마나 보기 좋게, 깔끔하게 정리하느냐가 제일 중요해. 별거 아니라고 생각하겠지만, 진짜 중요해. 나도 요렇게 만드는 데 시간 엄청 걸렸어요, 정은 씨.”

그저 얇은 글자와 굵은 글자가 뒤섞인 숫자표였지만, 그녀는 어마어마한 기밀이라도 알려주는 듯 생색을 냈어.

“정은 씨, 이게 이번 달 거래 내역이거든. 요렇게 만들어서 거래처에 돌려야 돼요. 이게 지난달에 내가 한 거니까 똑같이 만들어봐요. 똑같이.”

계속 듣다 보니, 그녀는 내 이름에 붙이는 ‘씨’에 일부러 힘을 주어 말하는 것 같았어. 그녀의 그런 말투가 묘하게 거슬렸지만, 그렇게 부르지 말라고 할 수도 없는 거 아니겠어? 나는 이 세상에서 가장 바보가 된 기분으로 “알겠습니다” 하고 답했어. 그리고 30분도 안 돼 이번 달 거래 내역서를 완성했지. 파일을 받아 든 그녀는 시큰둥하게 한마디 했어.

“정은 씨, 예상보다 잘했네. 그런데 요건 굴림체가 아니라 바탕체여야 해요. 이런 것도 세세하게 지적해야 해요, 내가? 딱 보면 모르나?”

내 생애 단 한 번도 느껴본 적 없는 수치심이었어. 내가 수능을 봤을 때, 넌 코나 찔찔 흘리던 고1이었다고. 고1이면 코는 안 흘리나? 암튼, 넌 어리다고, 나보다.

“일어나요. 사람들 더 소개해줄게요.”

그녀는 마치 동생 대하듯 내게 어깨동무를 했어. 난 굴욕적으로 그녀에게 끌려가 이 사람 저 사람과 인사를 해야 했지.

“이제 막내 딱지 떼는 거야? 우리 희진이 많이 늙었네.”

그녀는 과장되게 웃었어.

“호호호! 전무님, 저 아직 20대 중반이에요!”

깔깔대는 그녀와 눈이 마주쳤어. 나는 어떤 반응을 보여야 할까. 그저 이 세상에서 가장 바보스러운 표정을 짓고 있을 뿐이었지.

“우리 신입은 몇 살이야?”

“이분은 스물여덟이래요.”

내가 입을 채 떼기도 전에 그녀가 대답을 가로챘어. 스물여덟이 뭐 어때서? 그게 뭐 대수라고? 하지만 난 그녀보다 훨씬 덜떨어진 뭔가가 된 기분이었어. 나도 알아. 나 혼자만의 피해의식이라는 거. 자격지심이라는 거. 하지만 그녀가 시킨 소소한 심부름을 할 때마다, 나는 그녀보다 더 챙겨 먹은 내 2년치 밥을 자꾸만 떠올리지 않을 수 없었어.

난 내 나이를, 그녀의 나이를 까먹기 위해 최선을 다했어. 그녀는 그냥 내 선배다, 나는 그냥 그녀의 후배다, 여긴 군대다, 나이보다 직책이 먼저다. 정말 온 힘을 다해서 나를 세뇌시켰지. 그리고 깨달았어. 그녀도 그리 나쁜 여자는 아니라는 걸. 학교에서 만났더라면, 친구의 여동생으로 만났더라면 즐겁게 수다도 떨고 어울려 놀 수 있는 재미있는 여자라는 걸 알게 됐지. 나는 그렇게 조금씩 회사에 적응해가는 듯했어.

그러던 어느 날, 회식 자리가 생겼어. 살인적인 폭탄주가 여기저기에서 돌았지. 세 바퀴쯤 술이 돌았는데, 난 이미 정신이 나가기 직전이었어. 전무님은 또 폭탄주를 만들기 시작했지. 저걸 마셨다간 다 토해버릴 것 같았어. 전무님은 매우 진하게 한 잔을 만들더니 그녀에게 건넸어.

"희진이도 이제 후배가 생겼구나."

전무님은 그녀를 꽤 예뻐하는 듯했어.

"어휴. 저보다 훨씬 언니인데요, 뭐."

훨씬 언니는 또 뭐야?

그녀는 능숙하게 잔을 받아 들더니, 갑자기 내 앞에 놨어.

"이건 우리 후배가 마실 거예요. 그치?"

나는 하늘이 노래졌어. 고개를 들어 전무님에게 도와달라는 눈빛을 보냈지만, 전무님은 누가 마시든 상관없는 듯했어.

"아, 선배. 전 술을 잘 못해서."

나는 하드코어 회식에 깜짝 놀란, 순진한 신입 사원 캐릭터를 연기했어.

"그래, 재는 적응할 시간이 필요할 거야. 희진이 네가 마셔."

전무님이 내 앞에 있는 잔을 들려 하는데, 그녀가 다시 입을 열었어.

"에이. 적응할 시간이 뭐 필요해요. 나이도 많으신데, 나보다 술도 더 많이 마셔봤겠죠."

그녀가 내 눈을 빤히 봤어. 그리고 일순간 정색했어.

"마실 수 있지, 언니? 선배가 시키는 건데, 안 그래?"

말로만 듣던 일타쌍피였어. 난 순식간에 선배 말을 안 듣는 후배이자, 나잇값도 못하는 언니가 됐으니까. 나는 순순히 잔을 건네받았어.

"착하다, 우리 언니!"

그녀는 또 과장되게 귀여운 척을 했어. 장담할 수 있어. 내가 술을 딱 한 잔만 더 마셨더라면, 그래서 이성을 아주 조금만 더 놨더라면 저 얄미운 주둥이에 내 주먹을 처박아줬을 거야.

"선배가 주시는 건데, 당연히 마셔야죠."

나는 떨리는 목소리로 말했어.

"그렇지! 언니, 센스 있다. 원샷!"

나는 폭탄주를 벌컥벌컥 마셨어. 이 술이 더 쓸까, 내 인생이 더 쓸까, 쉽게 결론이 안 났어.

어린 상사 엿 먹이는 요령

우리는 장유유서의 가치를 배우며 자란다. 우리나라는 대대로 어린 사람이 나이 많은 사람을 공경하고 잘 모시는 나라라고 배웠다. 그래서 동생들은 늘 좋은 것을 언니에게 양보했고, 언니는 동생과 똑같이 싸우면 혼이 나며 자랐다. 동방예의지국의 국민은 그래야 한다고 배웠다.

그러니 당연히 직장생활은 어렵기만 하다. 주민등록증에 잉크도 안 마른 여자가 나보다 사회생활 좀 더 했답시고 윗사람 노릇 하는 거, 이거 웬만한 비위 가지고는 맞추기 힘들다. 남자들은 군대에서 예행연습이라도 하고 왔지, 평생을 나이순으로 사람들을 정렬시키며 언니 동생을 따져온 여자들은 직장에서 맞닥뜨린 나이 어린 상사가 목에 걸린 가시만큼이나 성가시다.

어린것이 자꾸 이래라저래라 하는 것도 짜증 나는데, 저 쬐끄만 것과 싸워서 이겨보겠다고 으르렁대는 나는 또 얼마나 한심한가. 단지 한 발이 늦었을 뿐인데, 평생을 저들 뒤에서 달려야 한다고 생각하면 치가 떨리고 잠도 안 온다.

그런데, 따지고 보면 잠이 안 올 문제도 아니다. 우선, 우리나라에 과연 장유유서가 대대로 인정받아왔는가를 따져보자. 사극만 봐도 콩알만 한 왕세자가 할아버지뻘 되는 신하에게 반말로 이래라저래라 하는 장면이 숱하게 나오지 않나. 그 많은 도련님들은 얼핏 봐도 자기보다 나이가 많은 몸종을 짐승 취급하며 노동력을 착취했다. 따지고 보면 우리나라도, 나이보다 신분이 중요한 나라였던 것이다. 단지 나이가 많다는 이유로, 세상이 나를 떠받들어줄 거라는 기대는 애초에 하지 않는 게 좋다.

그리고 한 번 더 따져보자면, 당신이 나이가 많아 봐야 얼마나 많겠나. 20대 때야 두세 살 차이가 어마어마해 보이겠지만, 나이 들면 피차 같이 늙어가는 사이다. 사회에서 두세 살 차이는 아무것도 아니란 말이다. 아들뻘인 재벌 3세가 유유히 지나가는 동안 90도 배꼽 인사 하고 고개 조아려야 하는 50대 임원쯤이 돼봐야, "××, 더럽고 치사해서 못 해먹겠네"라고 말할 수 있는 거다.

우리는 하루빨리 결론을 내야 한다. 이도 저도 아닌 채 미적대봐야, 당신만 뚱하고 나이 많은 후배가 될 뿐이니, 백발백중 당신이 손해다. 그녀를 당신의 편으로 끌어들일 것인가, 아니면 서로 불편해 죽을 것 같은 관계로 만들어 둘 중 하나가 먼저 떨어져 나가게 할 것인가.

그녀를 동지로 만드는 데에는, 별거 없다. 그녀의 불안감을 해소해주면 된다. 티는 내지 않겠지만 사실 그녀는 불안한 상태다. 나이 많은 당신이 어느 날 갑자기 자신을 넘어서버릴까 봐. 당신 눈에는 몇 년의 경력차가 커 보이겠지만, 그녀는 안다. 까딱 잘못하면, 그녀는 아직 접해보지 못한 어떤 연륜을 갖춘 당신이 그녀를 가볍게 제압해버릴 수도 있음을. 그녀 앞에서야 선배라고 깍듯하게 불러도, 뒤에서는 "역시 어린애는 안돼"라고 무시할 수도 있음을. 그녀는 은연중에 당신이 보내는 경고음을 알아채고 불안해하고 있다.

그러므로 당신은 우선 그녀를 안심시켜야 한다. 모두가 알고 있는 것을 마치 자기만 아는 것마냥 으스대며 가르쳐도 "선배 아니었으면 몰랐을 것"이라며 치켜세워줘야 한다. 결정적일 땐 나이 핑계를 대며 어려운 일을 당신에게 슬쩍 넘겨도 "그래도 선배 없었으면 못 했을 것"이라며 공을 넘겨줘야 한다. 이렇게 말만이라도 당신은 절대 그녀의 자리를 넘보지 않으며, 넘볼 능력도 없다며 철저하게 그녀의 자리를 인정해줄 때, 그녀는 비로소 마음을 열 것이다. 당신을 제거해야 할 경쟁자가 아닌, 함께 나아갈 동료로 인식하기 시작하는 거다.

특히, 다른 사람과 있을 때 그녀에게 더 잘하라. 그녀의 또 다른 공포 중 하나는 바로, 당신으로 인해 자신의 평판이 나빠지는 것이다. 그녀에게도 상사는 있다. 그 상사들에게 자신이 '나이 많은 후배를 괴롭히는 여자'로 낙인찍히는 순간, 그녀 역시 사회생활이 복잡해진다. 그러므로, 다른 사람이 있을 때 그녀에게 더 잘하고, 그녀의 말을 더 잘 따르라. 그녀가 진짜 '나쁜 년'이 아닌 이상, 당신에게 고마움을 느낄 거다. '역시 연륜 있는 언니는 달라'라고 내심 놀랄지도 모른다. 그리고 놀랍게도, 나이 어린 선배에게 깍듯하면, 당신 역시 점수가 올라간다. 조직을 위해 희생할 줄 아는 이미지가 당신에게 덧씌워지기 때문이다.

여기까진 판에 박힌 정답이었다. 이 세상이 선한 사람들로 가득하다는 전제 아래 가능한 답변이다. 하지만 현실이 꼭 그렇지는 않지 않은가. 내 편으로 만들려고 잘해주면, 그런 나를 실컷 이용해먹기만 하고 결정적일 때 남의 편에 서는 애들이 꼭 있다. 진짜 자기가 엄청 잘나서 나이 많은 후배가 고개를 조아린다고 생각해 우쭐하는 애들도 있다. 선배라서 좀 잘해줬더니 기고만장해서 앞뒤 못 가리는 애들도 있다. 그런 애들, 진짜 있다.

그런 경우라면 죽었다 깨어나도 윈윈win-win을 바랄 순 없다. 죽어도 못 하겠는 건 못 하는 거다. 내 이미지고 나발이고, 저 얄미운 여자를 골탕 먹이고 싶어서 죽을 지경인가? 내가 회사에서 잘리는 한이 있어도 저 여자를 가만둘 수 없을 것 같나? 그러면 정반대로 행동하면 된다.

매번 그녀를 넘어서라. 특히 단 둘이 있을 때, 그녀가 하는 말마다 바로잡아주고, 그녀가 하는 일마다 같이 도전해라. 후배한테서 도전받는 것만큼 기분 나쁘고 견디기 힘든 일은 없다. 지금은 내가 널 선배로 모시지만, 몇 년 후면 상황이 달라질 것임을 늘 강조해라. 당신만 생각하면 자다가도 하이킥을 할 만큼 경기驚起를 하게 만들어라.

그녀의 아킬레스건도 건드려라. 다른 사람이 있을 땐 업무와 관계없는 일에도 군기가 바짝 든 모습을 보여라. 누군가 당신을 배려하면, "선배가 알면 어쩌죠?" 하고 안절부절못하는 모습도 보여라. 당신의 어린 선배는 "나이도 어린 게, 후배한테 너무하는 거 아니야?" 하는 평판에 직면할 것이다. 가끔 빨간 눈으로 화장실에서 나오는 장면이 목격되는 것도 괜찮다. 아직 이 사회는 나이 어린 여자가 권력을 갖고자 하는 데에 매우 부정적이기 때문에, 웬만하면 여론은 당신 편일 것이다. 당신은 무조건 착한 역을 맡으면 된다. 더구나 사리 분별이 맹한 남자 직원이 많다면, 백발백중 당신이 이기는 게임이다. 그러면 어린 선배에게 당신은 불편한 후배가 된다. 어차피 이 게임의 핵심은 '누가 더 불편한가'이므로, 당신이 이기는 거다.

물론 뒷일은 책임 못 진다. 그녀도 나이만 어렸지, 당신보다 더 여우일 수 있으니까. 직장생활의 하루하루는 마일리지를 쌓는 것과 같기 때문에, 선배는 후발 주자가 절대 따라잡을 수 없는 눈치와 처세법을 쌓아놓고 있을 수도 있다. 그녀의 마일리지는 얼마나 쌓여 있나, 당신이 너끈히 상대할 수 있는 수준인가, 혹은 되로 줬다간 말로 돌려받을 수도 있는 수준인가, 매우 냉정하게 판단해야 할 것이다.

물론 이 모든 판단에 앞서, 한 가지 해야 할 일이 있다. 동료 남자들을 떠올리는 거다. 생각해보라. 당신은 재수를 하느라, 어학연수를 다녀오느라, 학비를 버느라 사회에 늦게 발을 내딛었지만 남자는 무슨 죄인가. 그들은 자신의 뜻과 전혀 관계없이 군대에 다녀오느라 여자보다 늦게 사회에 입성해 자신보다 평균 세 살 이상 어린 여자들을 선배로 모셔야 한다.

자, 그래도 당신이 겪고 있는 그 '어린 상사'가 당신의 커리어를 다 내걸 만큼 심각한 문제라고 생각하나? 철수나 영수가 겪고 있는 것보다 더 억울한 일이라고 생각하나? 그렇다면 뭐, 건투를 빈다.

겨우 이걸 하려고 대학 나왔어?

남자는 고고했다. 그 길고 섬세한 손가락을 쭉 뻗어 책상 구석구석을 가리키면 나는 두 눈을 사뿐히 내리뜨고 고개를 끄덕일 수밖에 없었다.

"저기, 보이지? 그리고 저기도."

"네."

남자가 손가락으로 가리킨 쪽에는 종잇조각이 아무렇게나 구겨져 처박혀 있다. 나는 고개를 끄덕이다 말고, 이것도 모자라다고 느낀다. 그래서 재빨리 허리를 숙여 종잇조각을 집어 들었다. 남자의 입가에 만족스러운 미소가 얼핏 스친다. 돈돈삼겹살 6만2,000원. 때가 꼬질꼬질하게 묻은 이 영수증은 곧 본래 모습대로 펴져서 법인카드 사용 내역 정산서에 첨부파일로 붙을 것이다.

"아, 저기도 하나 떨어졌다."

나는 굴욕적으로 허리를 숙여 책상 밑으로 들어갔다. 티셔츠가 달랑 올라붙어 허리춤으로 서늘한 에어컨 바람이 스며들었다. 나는 가까스로 종잇조각을 주워 들었다. 미스캣 72만 원. 남자가 영수증을 빼앗아 든다.

"아이씨, 여기 있었네. 난 또 잃어버린 줄 알고……."

나는 남자를 올려다본다. 남자는 헛기침을 하더니 지갑 속에서 뭔가를 잔뜩 꺼낸다. 역시나, 대충 접어놓은 영수증들이다.

"이거 오늘까지 정산해야 하거든? 근데 지금 내가 너무 바빠. 내 컴퓨터에 보면 7월 법인카드 정산 파일 있어. 거기에 날짜별로 좀 써넣어라. 날짜 안 바뀌게 조심하고. 너, 산수 잘하지? 으하핫."

몇 시간 전, 출근하고 한 시간도 채 되지 않은 시각. 그는, 아침에 과장님이 내게 시킨 서류 정리와 김 대리님이 시킨 온라인 서치를 한 시간 안에 끝내고 부리나케 달려오라고 나를 재촉했다.

"네가 처리해야 할 중요한 일이 있어. 급한 일이야."

그 말에 홀딱 속아 잽싸게 일을 정리하고 달려간 내게 떠넘긴 일이란, 바로 자기가 지난 한 달 동안 법인카드로 실컷 먹고 싼 것들을 정리하는 것이었다.

남자는 순식간에 시야에서 사라졌다. 나는 겨우 한 시간 수면을 취한 피곤한 몸뚱이를 의자에 털썩 앉혔다. 엑셀 파일에 숫자를 써넣는데, 눈알이 튀어나올 것 같다. 엑셀을 배우기 시작했을 때, 나는 이 조그마한 칸 안에 룸살롱 이름이나 써넣을 오늘을 결코 예상하지 못했다.

"강효진!"

카페인 과다 섭취로 벌벌 떨리는 양손으로 눈두덩을 누르고 있는데 과장님이 내 이름을 외친다.

"네!"

나는 반사적으로 일어난다. 쏜살같이 어디론가 달리던 과장님은 손으로 뭔가를 가리킨다.

"어이, 거기! 어, 그거 갖고 뛰어와!"

과장님은 자취를 감췄다. 과장님이 말한 '그거'가 뭔지는 알 길이 없다. 주위에 도움을 요청하고 싶지만, 다들 자기 모니터에 코를 박고 있다. 그거가 뭘까. 과장님이 가리킨 쪽엔 알 수 없는 서류 뭉치와 노트북, 아이패드, 그리고 동양 난이 있다. 대체 뭘까.

"빨리 안 오고 뭐 해!"

어느새 다시 나타난 과장님이 소리쳤다. 나는 아이패드를 들고 뛰었다.

"에이씨! 그거 말고 저거!"

나는 과장님 자리로 돌아가, 조심스럽게 동양 난을 집어 들었다. 이걸 대체 왜!

"저게 돌았나. 그거 말고 노트북!"

진작 그렇게 말하든가. 나는 노트북을 들었다.

"그래, 그거! 그리고 최 대리는 어디 있어?"

최 대리는 방금 내게 영수증 정리를 시킨 그 남자였다.

"바쁜 일 있다고……."

"찾아와! 급해!"

상사가 급히 찾을 때 선배를 찾아 상사 앞에 즉각 대령하는 일도 내 몫이었다. 최 대리는 전화를 받지 않았다. 나는 회의실과 휴게실, 다른 부서까지 꼼꼼히 훑어봤다. 엘리베이터를 타고 1층으로 내려갔다. 로비에도 없었다. 차에 뭘 가지러 갔나? 지하 2층 주차장에 내려

갔지만 최 대리의 차는 그곳에 그대로 있었다.

'설마.'

나는 지하 1층 식당가로 갔다. 20년 전통을 자랑한다는 만둣집. 만두 1인분에 3,000원이라는 조악한 표기 사이로 낯익은 남자의 뒤통수가 보였다. 그의 급한 일이란, 만두를 먹는 것이었다. 나는 성큼성큼 걸어가 문을 쾅 열었다. 남자는 군만두를 반쯤 입에 욱여넣던 참이었다. 나와 눈이 마주쳤다.

"정산 다 했어?"

남자가 만두를 채 씹지 않고 말했다. 큼지막한 만두피 한 조각이 툭 튀어나왔다.

잡무는 내 운명

생각해보면, 우리는 정말 열심히 살았다. 초등학생 때는 중학교에서 밀리지 않으려고 영어 단어를 줄곧 외웠고, 중학생 때는 고등학교에서 밀리지 않으려고 삼각함수를 미리 풀었다. 대학생 때는 회사에서 밀리지 않으려고 어학연수에 생돈을 들이부었다. 청년 백수가 수백만이라는 뉴스를 채찍 삼아 이리 뛰고 저리 뛰었다. 우리는 정말 열심히 살았다.

그런데 그런 우리에게 사회가 시키는 일들을 보자. 내 친구 중 한 명은 유명 은행에 인턴으로 들어가 고객들에게 웃으며 인사만 하다가 퇴근했고, 또 다른 친구는 유명 의류 회사에 들어가 선배들 뒷담화만 실컷 들어주다가 퇴근했다. 선배의 일인 게 분명하지만 선배가 하기에 귀찮고 사소한 일들은 모두 우리의 '사명'이 되고, 내가 좀 재미있게 해보자 하는 일은 시작도 하기 전에 무시당했다. 그래놓곤 계약 기간이 끝날 때쯤엔 "네 능력이 대체 뭔지" 하고 고개를 갸웃하는 '어른 놈'들의 면상을 마주해야 한다.

그렇다고 그 '어른 놈'들이 나보다 일을 잘하는 것도 아니다. 어른들이 일하는 모양새를 보자면 더욱 기가 찬다. 우리는 몇 번이나 "야! 그걸 일이라고 하고 자빠졌냐" 하고 소리치고 싶은 욕망을 겨우 눌러 앉힌다. 저딴 식으로 일하고도 그 어마어마한 연봉을 받다니, 자다가도 벌떡 일어나 고함을 칠 일이다. 그 연봉, 내게 주면 우리 회사도 삼성만 하게 키울 수 있을 것 같다.

여기까지, 고개를 끄덕이며 봤나? 다 맞는 소리라고 박수를 짝짝 쳤나? 그렇다면, 당신은 사회를 모른다. 믿기지 않겠지만 당신은 잡무부터 하는 게 맞다. 그것도 매우 고마워하면서 하는 게 맞다. 젊은이의 의견이 활발하게 반영돼야 회사가 잘된다고? 선배들보다 나은 의견을 낼 자신이 있다고? 뭐, 맞는 말일 수도 있다. 그러나, 회사가 원하는 그림은 아니다.

회사가 당신을 뽑을 때, 당신의 창의성이 대단해 보였다고, 열정이 엄청나 보였다고, 그 당당함이 마음에 들었다고 지껄였다고 해서 그걸 믿으면 큰일 난다. 회사는 자고로, 잘난 애들을 데려다가 바보로 부려먹고 싶어 하는 곳이다. 첫 출근 하는 그 순간, 내 캐릭터 따위 몽땅 지우고 새하얀 캔버스가 돼야 한다. 가수 오디션 프로그램 보면 심사위원들이 입이 마르도록 칭찬하는 그 캔버스. 아직 아무것도 그려지지 않은, 앞으로 뭐든지 그릴 수 있는 가능성의 종이.

"난 아무것도 몰라요", "일단 시키는 것만 열심히 할게요", "뭐든 그려넣으세요. 쭉쭉 그려지네요" 이렇게 나오면, 선배들이 "어이구, 잘한다. 다음엔 뭐 그려줄까" 하게 된다. 그런데, "이건 아니거든요", "저건 저러는 거 어때요", "그건 이거예요" 해버리면, "저 잡것은 뭔데 저렇게 나대?" 하는 말 듣기 십상이다.

물론 신입 시절부터 두각을 나타내며 동료, 선배들 팍팍 제치고 최연소 임원이 되는 사례도 있다. 말도 안 되는 회사를 때려치우고 집 차고에 쭈그리고 앉아 세상을 깜짝 놀라게 할 뭔가를 발명해내는 사람도 있긴 하다. 하지만, 이건 남의 얘기다. 나도 아니고, 당신도 아니다. 선배가 하는 저 일, 지금 내게 시켜주면 잘할 것 같나? 선배가 말하는 저 일, 아무래도 비효율적인 거 같나? 참아라. 우리가 틀렸을 가능성이 더 높다, 그것도 매우.

사회는 대학에서 배운 얄팍한 지식이 전혀 통하지 않는 곳이다(그나마 가르치기는 하는지도 의문이다). 다시 말해, 상식적인 세계와는 전혀 딴판인 곳이다. 오로지 직접 깨지고 느낀 '경험치'만이 인정받는 곳이다. 당신이 무슨 대학을 나왔든, 뭘 전공했든 그 정도 경험치로는 선배들한테 상대가 안 된다. 도덕적으로 맞지 않고, 아무리 생각해도 비효율적인 것 같아도 선배들은 회사가 원하는 그림 딱 그대로 하고 있는 거다. 그들도 몰라서 그렇게 하는 게 아니다.

"당연히 번거롭지! 그런데 이렇게 해야 부장한테 일했다는 티를 낼 수 있거든."

그들에겐 효율보다 이런 이유가 더 중요하다. 지금이야 이 말이

어이없겠지만, 사실 이는 직장에서 살아남는 데 매우 중요한 요령이다. 이건 그 누구도 떳떳하게 말해주는 게 아니므로, 선배들 옆을 맴돌면서 '눈치'로 배우는 수밖에 없다. 세상을 대하는 룰을 새로 세팅하기까지, 좀 나쁜 말로 하면 '무난한 조직원'이 될 때까지, 신입 사원은 잡무가 딱이다.

믿기 어렵겠지만 그들도 한때는 당신처럼 패기 넘치는 젊은이였을 때가 있었다. 그 패기 넘치는 젊은이가 '저렇게' 된 데에는 그럴 만한 이유가 있는 거다. 가끔 신입들 중에선, 능력 없는 선배를 대놓고 경멸하는 경우도 있는데, 그건 진짜 어리석은 행동이다. 능력도 없으면서 높은 자리를 꿰차고 있는 것, 그것이야말로 아무나 하는 게 아니다. 진짜 존경받을 만한 위인은 바로 그일지도 모른다.

하긴, 신입 때는 이런 말이 별로 와 닿지 않는다. 나 같은 경우엔, 입사하고 처음 받은 미션 중 하나가 선배들 책상 위 화분을 정리하는 일이었다. 하지만 그것도 결코 쉬운 일은 아니었다. 난은 툭하면 죽었고, 그때마다 선배는 화분에 물 주는 날도 깜빡하는 애가 뭘 하겠느냐고 잔소리를 해댔다. 달력에 물 주는 날 체크하는 게 그렇게 어려우냐고 소리를 지를 때마다, 나는 속으로 '내가 무슨 화훼업자냐, 이 똥구멍아!'라고 욕을 했다.

그런데 이제 와서 보니 선배의 잔소리가 맞았다. 회사에서 하는 일은 화분 관리보다 훨씬 더 어렵고 복잡했다. 나는 화분에 물 주는 것을 깜빡했듯이, 수많은 중요 사항들을 깜빡했다. 결정적인 실수로 시말서까지 쓴 후에야 수첩에 즉시 메모하는 습관을 들였다. 하하, 이렇게 쓰고 보니, 정말이지 나도 그 선배들과 닮았다. 자기가 하기

나, 미친 스펙의
신입 사원!

스펙터클한
분무기 신공을
보여주마!
젠장

싫은 잡무를 미루면서, 온갖 합리화와 핑계로 말만 번지르르하게 하던 그 선배들.

방법이 없다. 그냥 버텨라. 참고 또 참아서 끝까지 살아남아라. 그리고, 선배가 된 후 생각해봐라. 후배는 어떻게 가르쳐야 하는지. 그때에도 '신입 사원에게 발언권을 똑같이 줘야 하며, 그가 중요한 일을 할 수 있도록 잡무는 다 같이 나눠 하는 게 맞다'고 생각한다면, 나는 당신을 존중하겠다.

여자가 더 싫다

내 사수는 남자였다. 딱히 열심히 사는 것 같지도 않은데 그는 매사에 불평불만이 많았고, 늘 술기운에 찌들어 있었다. 궁금한 게 있어 좀 물어보려고 하면, 날 한여름 밤 그의 얼굴에 달라붙은 모기 취급했다.

우리 회사는 미국으로부터 주문을 받아, 지방 원단회사에 연락해 물건을 확보한 후 다시 미국에 넘겨주는 원단 전문 무역회사였다. 나는 심드렁한 사수 밑에서 밑도 끝도 없이 원단 샘플만 잘라대고 있었다. 진짜 외롭고, 또 외로웠다.

그러다 옆 팀 그녀들을 만났다. 미국 회사의 추상적인 주문을 그림으로 구체화하는 디자인팀 팀장님은 유치원생 아들을 키우는 주부였다. 주임 언니는 돈 잘 쓰는 골드미스였고, 막내 언니는 4차원 정신세계로 중무장한 코믹하고 독특한 여자였다. 회사에서 미녀 삼총사로 불리는 그녀들은, 어느 날 구세주처럼 내게 다가와 이것저것 말을 걸어주고, 웃어주고, 일을 가르쳐줬다. 회사생활이 이렇게 따뜻할 수도 있음을, 이렇게 재미있고 늘 웃음꽃이 필 수도 있음을 그제야 알았다.

나는 늘 그녀들과 점심을 먹었다. 어제 놓친 드라마의 줄거리를 세세하게 알 수 있었고, 요즘 새로 뜨는 브랜드 이름을 들을 수 있었고, 연애를 못 해서 우울한 인생이 나 말고도 있다는 사실에 위안받을 수 있었다. 퇴근 후에 일을 가르쳐준다며 포토샵 작업이나 가위질 같은 사소한 일을 시킬 때는 내가 해야 할 업무가 아니라는 생각이 잠시 들기도 했지만, 무뚝뚝하기만 한 전무님의 요란한 사생활과 꽃미남 신입 사원의 절절한 이별 스토리를 전해 듣는 재미가 쏠쏠했다. 우리 팀에서 어이없는 일이 생기면, 제일 먼저 언니들에게 얘기해줘야겠다는 생각에 하루 종일 좀이 쑤시기도 했다.

어느 날이었다. 팀장님이 단발로 머리를 짧게 자르고 나타났다. 화장실에서 만난 주임 언니와 막내 언니는 여느 때처럼 거울 앞에 바짝 붙어 서서 마스카라를 덧칠하고 있었다.

"팀장님 머리 바꾸셨던데, 훨씬 낫지 않아요?"

나는 발랄하게 말했다.

"그래? 머리가 커 보이지 않아?"

"완전 커 보이던데. 일은 안 하면서 미용실은 뻔질나게 다닌다니까."

여자들의 세상에 제대로 진입하는 순간이었다. 어떤 말을 해야 할지, 머릿속에 아무것도 떠오르지 않았다.

"아…… 네……."

이후로 나는 신경이 날카로워지기 시작했다. 내 앞에서 싱긋 웃어주고 있는 이 언니가 과연 진짜 웃는 것일까 궁금해 몸이 달았다. 자리를 비웠다 돌아오면 혹시 그새 내 욕을 하고 있지는 않았나 불안해 미칠 것 같았다. 새로 산 핸드백을 메고 출근하는 날이면, 뒤에서 그녀들이 뭐라고 쑥덕일까 하는 생각에 신경이 쓰였다.

한편, 늘 심드렁한 남자 직원들은 모여서 무슨 얘기를 하는지가 궁금해지기 시작했다. 저들은 이 회사에서 성공하는 비법을 몰래 나누고 있을지도 몰랐다. 나 몰래 고급 정보를 주고받으며, 저 위로 쑥쑥 올라가고 있는지도 모르는 일이었다. 나 혼자 뒤처지는 기분이었다.

또각또각또각.

점심시간, 하이힐 군단의 소리가 들려왔다.

"밥 먹으러 가자."

그녀들이었다. 나는 쭈뼛쭈뼛 일어나 속이 좀 안 좋다고 했다.

"그래도 가자. 죽 사줄게."

그녀들은 매우 친절하게 말했다.

"아니에요. 일도 좀 있어서."

나는 자리에 앉았다. 그녀들은 아주 잠깐 미묘한 표정을 짓더니 뒤돌아 사무실을 나섰다. 이 세상에서 가장 화목한 가족 같은 분위기였다. 그 미소로 보건대, 그녀들은 필요하다면 지금 당장 서로에게 신장이라도 떼어줄 수 있을 것 같았다.

그녀들이 떠난 뒤, 나는 은근슬쩍 사수를 따라나서고 싶었지만, 남자들은 그새 어디론가 가버린 후였다. 어떡하면 다시 우리 팀에 자연스럽게 합류할 수 있을까 하는 생각에 머리가 터질 것 같았다.

한동안 방황하던 나는 결국 혼자 커피숍에 앉아 샌드위치를 시켰다. 배가 고파 허겁지겁 샌드위치를 입에 쑤셔 넣고 있는데, 커피숍 문이 열리고 그녀들이 들어섰다. 그녀들은 정중앙에 앉은 나를 보고 우뚝 섰다. 나는 샌드위치를 삼키지도, 뱉지도 못하고 멍하니 앉아 있다.

"어머, 너 아프다고 하지 않았니?"

"그새 다 나았나 보네. 잘됐다아."

주임 언니의 말꼬리가 공포스럽게 휘어져 올라갔다. 나는 진짜 속이 안 좋아지기 시작했다.

'여자'는 모두가 싫어한다

2011년, 한 톱스타 커플의 비밀 결혼과 이혼 보도로 대한민국이 난리 법석이 났을 때 얘기다. 전 국민이 인터넷 연예 뉴스에 목매고 있던 바로 그때, 남자인 내 친구는 정확하게 다음과 같이 내게 말했다.

"대체 어떻게 된 건데? 난 별로 관심도 없는데, 여직원들은 진짜 열심히 보고 있더라."

그는 그와 함께 똑같은 시험을 보고 입사해 그와 똑같은 일을 하는 직원을 두고 '여직원'이라는 단어를 쓰고 있었다. 나는 답했다.

"여직원만 본 게 아닐 텐데?"

그는 내 말이 틀렸다는 듯 여직원들이 얼마나 호들갑스럽게 그 흥미진진한 가십을 공부하고 있었는지를 읊었다. 그리고 자기는 별 관심이 없다는 말을 또 한 번 덧붙였다.

그런데 그는 (내가 장담컨대) 당시 기사화된 모든 정보를 이미 줄

줄 꿰고 있었다. 내가 이것저것 정보를 덧붙였을 때, 그의 눈은 그 누구보다 반짝이고 있었다. 관심 없는 듯 몸을 뒤로 쭉 뺀 인위적인 제스처와는 별개로 말이다. 그럼에도 그는 '여직원'과 자신을 별개의 카테고리에 두기 위해 무의식적으로 상당히 노력했다. 아니, 오히려 절박에 가까웠다. 내가 한두 마디 타박한다고 해서 절대 바뀔 리가 없는 상태였다.

생각해보면 좀 어이없지 않나. 똑같이 연예 뉴스를 들여다보고 한 마디씩 했는데, 왜 누구는 '직원'이고, 누구는 '여직원'인가. '여'라는 접두사가 특별히 비하나 경멸의 뜻을 갖고 있는 건 아니지만 남자들의 입에서 나오는 '여직원'이라는 단어는 순간 우리를 서늘하게 만드는 힘을 갖고 있다.

그런데, 잘 따지고 보면 모든 여자들이 '여직원'으로 분류되는 건 아니다. 유독 '여직원' 같은 여직원이 있다. 아마 사회생활 좀 해본 사람이라면, 이 문장의 의미를 알아차릴 것이다. 그동안 여자들을 비하하고 차별하기 위해 만들어냈다고 믿어온 여자들에 대한 부정적인 선입견과 편견을 실제 온몸에 장착하고 활개를 치는 '여자'들이 진짜 있다. 그 '여자'들의 미친 존재감은 실로 대단해서 한 명의 '여자'가 99명의 나머지 여자들을 대표하는 '여직원'이 되기도 한다.

그녀들은 수시로 이 무리, 저 무리를 돌아다니며 팔짱을 끼고, 핸드백을 똑같이 둘러메고, 딱딱 구두 소리를 내며, 귓속말을 즐겨 한다. 자기들끼리만 터뜨리는 웃음은 소외된 사람들을 잔뜩 주눅 들게 하는 힘이 있는데, 그녀들은 그 웃음의 위력을 누구보다 잘 알고 있다.

일적으로든 사적으로든 누군가가 싫어지기 시작하면, 사소한 것들까지 입방아에 오르내리기 시작한다. 아주 작은 실수 하나에서부터, 새로 메고 온 핸드백이 어떻다느니, 저가 브랜드인 것을 보니 남자친구의 연봉이 어느 정도인지 짐작이 간다느니 하는 얘기까지도 오간다. 자신들도 언제든 그 레이더망에 걸릴 수 있다는 사실을 알기에 언제나 남의 얘기에 신경이 곤두서 있다.

점심시간에는 현빈 열풍이 불었다가 김수현 광풍으로 이어지고, 신인 여배우의 성형 의혹이 디저트로 오른다. 새로 바꾼 머리와 새로 산 구두 얘기로 한 시간은 훌쩍 간다. 순진한 신입 사원은 처음에는 그저 재미있어서 그녀들과 어울리는데, 어느 순간 회사 안에서 자신이 '여직원'으로 분류되고 있다는 사실을 깨닫는다.

물론, 성공하기 위해서 무조건 '남자'가 되어야 한다고 말하진 않겠다. 사실 따지고 보면 '남직원'들의 행태가 더 가관이다. 의리네 뭐네 떠들다가도 결정적일 때는 뒤통수를 치고, 회사 안에서는 조용한 척하다가도 룸살롱에만 가면 회사 풍문과 가십으로 시간 가는 줄 모른다. 사실 그들도 평소에 뭐 얼마나 건설적인 얘기를 하겠나. 회사 내 여자들 미모 순위나 매기고, 제대로 알지도 못하는 정치 얘기만 리플레이하는 것을.

그들에게도 남을 헐뜯는 것은 생존 방법이다. 여자 수가 매우 적은 술자리에 우연히 끼게 됐을 때, 그들이 무심결에 내놓은 '남자다운' 뒷담화에 질린 적이 한두 번이 아니다. 주도면밀한 평판 조작하기와 라인 타고 입 맞추기 능력은 오히려 여자보다 뛰어나서, 남자들의 경쟁 상대가 된 여자들이 그 남자들의 모진 험담과 없는 일 지어내기에 치를 떠는 걸 한두 번 본 게 아니다.

그럼에도 불구하고 당신이 단지 여자라는 이유로 '여직원'으로 분류돼 조금이라도 비하의 이미지를 덧쓰게 된다면, 그건 좀 억울하지 않겠나. 편하고 재미있다는 이유로 여자들하고만 어울렸다가는 그런 억울한 상황은 얼마 지나지 않아 내 일이 된다.

'뭐 어때, 그렇게 부르든가 말든가. 나만 잘하면 되지'라고 생각하고 걱정 따위 집어치우라고 하고 싶지만, 현실은 그렇지 않다. 이 땅의 나쁜 편견에 당당하게 맞서 싸우라든가, 그따위 것 무시하고 네 맘대로 살라고 하기엔 직장은 치열한 정치판이고, 사회 초년생이 그 정치판에서 적응하기란 아슬아슬한 외줄타기와 같다.

남자들하고 똑같이 가십을 실어 나르다가는 그들은 '재미있는 소식통'이 되는 반면, 우리는 '머리 빈 여직원'이 되고 만다. 우리는 여자니까. 남자들하고 똑같이 옆 부서 꼴통을 씹으면, 그들은 '할 말은 하는 후배'가 되지만, 우리는 '싸가지 없는 후배'가 돼버린다. 우리는 여자니까.

이런 말을 하는 내가 정말 싫지만, 세상은 쉽게 변하지 않는다. 짱돌을 들고 싸우는 것도 다 먹고살 만할 때 하는 짓이다. 일단 우리는 적응하고 살아남아야 하기에, 회사 일보다 남의 일에 관심 많은, 연예계나 훤히 꿰뚫고 쇼핑에 집착하는 '여직원' 카테고리에 안 들어가는 게 상책이다. 그런 여자들과는 적당히 거리를 유지하라. 애초에 인간적으로 친해지지 마라. 그러면서 남자들에게, 저 여자들과 나는 좀 다르다는 인식을 심어줘라.

우리는 '여직원'이 아닌 그냥 '직원'의 자리에서도 회사에서 잉여 취급을 받는 20대 후반이다. 눈썹 휘날리게 뛰어다녀야 할 판에 재미 좀 찾겠다고 내 발목에 모래주머니를 채우는 일은 하지 말자. 바로 이게, 철저한 남성 중심의 조직에서 수년간 깨지고 닳아온 내 비겁하지만 솔직한 조언이다.

퇴근에는 적정 시간이 있는가

과장님은 퇴근시간만 임박하면 꼭 자취를 감췄다. 그가 퇴근하라고 말을 해야 부하직원들이 퇴근을 하는데, 퇴근 때마다 사라지니 미치고 팔짝 뛸 노릇이었다. 그는 아내와 두 딸을 모두 캐나다에 보낸 기러기 아빠였다. 그는 꼭 퇴근을 앞두고서야 저녁 약속을 잡겠답시고 회사 앞 편의점이나 커피숍에 앉아 지인들에게 전화를 돌리곤 했다. 그러다 운 좋게도 만날 사람이 생기면 그대로 사라졌다.

지독한 워커홀릭인 그는 끼니를 대충 때우고 회사로 돌아와서 밤늦게까지 자리를 지키는 걸 좋아했다. 과장님보다 더 워커홀릭인 사장님이 밤 11시쯤 퇴근할 때 그의 눈에 띄기 위해서였다. 그러므로 우리의 퇴근은 언제나 찝찝했다. 일도 없는데 과장님 눈치만 보다가 밤 11시까지 회사에서 시간을 죽이다 퇴근하면 '내 인생이 뭐 이런가' 하는 자괴감에 시달렸고, 내 일을 똑 부러지게 마친 후 오후 7시쯤 회사를 나서도 '내가 뭔가 잘못한 건 아닌지' 하는 죄책감에 시달렸다. 과장님한테 퇴근하겠다고 전화를 걸 때는, 쩝쩝거리는 소리와 함께 들려오는 과장님의 말투가 냉랭하진 않은지를 살피느라 온몸의

털이 쭈뼛 섰다.

1년이 조금 넘는 직장생활 끝에 얻은 요령은, 무조건 선배들한테 묻어가야 한다는 것이다. 선배가 퇴근 보고 전화를 할 때 옆에 찰싹 붙어서 "우리 모두 퇴근하겠습니다", 혹은 "○○이도 퇴근시키겠습니다" 하고 말하도록 아양을 떠는 것이다. 타이밍만 잘 잡으면 오랜만에 집에 일찍 돌아와서 가족들과 밥을 먹고 미니시리즈를 보는 데 성공하곤 했다.

그런데 오늘은 불길했다. 과장님은 하루 종일 입을 딱 붙이고 앉아 인상만 쓰고 있었다. 점심시간엔 회의실에서 캐나다로 전화를 걸어 한참을 싸우더라는 목격담도 흘러나왔다. 오후에는 인턴을 붙잡고 30분이나 잔소리를 늘어놨다. 오늘은 절대 그의 눈에 띄어서는 안 되는 날이었다.

오후 6시 55분. 오늘도 그는 너무나 당연하게도 퇴근시간 직전에 사라졌다.

"또 어디로 간 거야."

회의실에서 미팅을 마치고 돌아온 차장님이 성질을 냈다. 이미 마음이 붕 떠 있는 부서 사람들이 한두 마디씩 거들었다.

"차장님이 전화 한번 해보시면 안 돼요?"

김 선배가 말했다.

"네, 네가 해봐."

차장님의 목소리는 금방 수그러들었다. 그는 노트북의 전원도 다시 켰다. 야근을 직감한 것이다.

"난 오늘 찍혀서. 다른 누구 없나."

전화 좀 해봐.
퇴근시간에
또 어딜 간 거야?
WANTED

히히히,
여기서 세 시간만
더 있다가 나가야지.

김 선배의 말을 끝으로 무거운 침묵이 흘렀다. 미친 속도로 노트북을 두드리고 있는 주임님의 자판 소리만이 이어졌다. 김 선배도 포기한 듯, 메신저의 딩동 소리가 들리기 무섭게 메신저에 열중했다. 차장님은 검색어에 뜬 연예 기사를 클릭해 읽기 시작했다. 나는 요즘 뜬다는 맛집 블로그를 열었다.

7시 29분.

"앗싸!"

주임님이 벌떡 일어났다.

"저 퇴근할게요!"

우리 모두 눈이 동그래져서 주임님을 쳐다봤다.

"난 아까 이 메일만 보내고 퇴근한다고 먼저 말해놨지롱!"

주임님은 번개 같은 속도로 사라졌다.

부럽다.

띠리링.

문자메시지 도착음이 울렸다.

'5분 후 도착한다!'

헉. 친구의 메시지였다. 오늘 저녁 약속을 잡아놓은 걸 깜빡했다. 다행히 친구는 우리 회사 앞으로 오고 있는 중이었다. 이제 과장님한테 진짜 전화할 시간이다.

"차장님, 전화 한번 해보시면 안 돼요?"

차장님은 내 말은 들은 척도 안 하고 기사 나부랭이를 클릭하고 있다. 김 선배는 뭘 시켜 먹을지를 검색 중이다. 못난 것들.

내가 전화해볼까. 그런데 하루 종일 차곡차곡 쌓인 과장님의 스트레스가 내 전화 한 통에 폭발해버릴지도 모른다는 불안감이 엄습했다. 안 그래도 요즘 기강이 해이해졌다고 며칠 전에도 한 소릴 들었는데. 먼저 퇴근하겠다고 말하는 건 사표를 내는 것보다 더 어려웠다.

'도착! 어디야?'

젠장.

"친구가 도착했는데, 어떡하지."

나는 모두가 들을 수 있게 큰 소리로 말했다. 마침 차장님의 휴대전화도 울렸다. 빨리 들어오라는 사모님의 연락인 듯했다. 김 선배도 배달 음식을 검색만 할 뿐, 아직 시키진 않았다. 마침 과장님으로부터 잔소리를 실컷 듣고 어딘가로 사라졌던 인턴이 모습을 드러냈다. 또 화장실에서 처박혀 질질 짜다가 온 게 틀림없었다. 두 눈은 아직 붉게 충혈돼 있었다.

"저기."

차장님이 쭈뼛쭈뼛 입을 열었다.

"많이 울었어?"

인턴은 이내 씩씩하게 웃으며 고개를 세차게 흔들었다.

"그럼, 과장님한테 전화 좀 해볼래? 우리 퇴근한다고."

인턴이 우리 세 사람을 번갈아 본다. 또 다시 무거운 침묵이 흐른다. 쥐구멍에라도 숨고 싶다.

당당한 퇴근은 없다

영원한 미스터리다. 퇴근하겠다고 상사에게 떳떳하게 말할 수 있는 순간은 과연 오는가. 세상에서 일을 가장 많이 하는 나라, 대한민국에서, 표준 퇴근시간을 훌쩍 넘긴 상황에서도 우리는 한없이 쭈그러든다. 하루 종일 눈코 뜰 새 없이 일한 우리에게는 퇴근할 권리가 분명 있지만, 떳떳하게 퇴근하겠다고 상사에게 말할 자격은 좀처럼 주어지지 않는다.

왜 우리는 "먼저 퇴근하겠습니다"라고 말하기가 그토록 어려운 걸까. 차라리, 외로움을 토로하는 친구에게 "넌 성격도 문제지만 얼굴부터 좀 고쳐봐"라고 말하는 게, 수년째 사귀고 있는 남자친구에게 "넌 내 성감대가 어딘지 전혀 몰라"라고 말하는 게 더 쉬울 것 같다.

그렇다고 365일 매일 칼퇴근을 하겠다는 것도 아니다. 상사가 갑작스레 떠안은 회사 일로 격무에 시달린다면, 우리는 충분히 저녁 약속을 취소하고 함께 일을 할 의향이 있다. 그런 상황에서 "먼저 퇴근하겠습니다"라고 말하는 건, 분명 문제가 있다.

하지만 우리의 퇴근시간이 미적미적 자꾸만 늦어지는 것은 '응급상황' 때문이 아니다. 상사가 부하직원들 퇴근 안 시키고 어디 처박혀서 수다를 실컷 떤다든가, 하루 종일 딴짓을 하고는 퇴근이 임박해서야 일을 하겠답시고 책상에 앉아 야근 모드를 조장한다든가, 자기도 윗사람들 눈치 보느라 책상만 지키고 앉아 후배들도 못 일어나게 한다든가, 뭐 이런 이유란 말이다.

딱히 할 일도 없는데 퇴근 적정 시간만 기다리느라 자리를 지키는 기분, 진짜 별로다. 사실 이때는 뭔가 밀린 일이 있어도 손에 잡히지 않는다. 눈만 모니터에 박아뒀을 뿐, 모든 레이더를 상사에게 고정해놨는데 일이 잘될 리가 없다.

누가 먼저 테이프를 끊을지, 부하직원들끼리 눈치작전도 치열하다. 누가 퇴근할 때 잽싸게 따라나서며 "저도 들어가겠습니다"라고 말하는 게 안전하긴 하다. 하지만 아무도 퇴근할 기미를 보이지 않을 때, 도대체 어느 정도 바쁘다는 뉘앙스를 풍겨야 '저 인간은 맨날 칼퇴근하고 어딜 가는 거야'라는 생각이 들지 않게 하면서 "별일 없으면 남아서 나랑 저녁이나 먹지"라는 청천벽력 같은 말을 피할 수 있을까.

겨우 큰 용기 내서 먼저 퇴근하겠다고 말했더니, 상사가 마침 퇴근하라고 말하려던 참이었음을 시사할 때는 또 얼마나 아까운가. 조금만 더 참으면, 열심히 일하고 있었으나 상사가 퇴근하라고 해서 마지못해 가방을 챙기는 아름다운 그림을 연출할 수 있었을 텐데.

직장생활을 오래 하다 보면 요령이라는 게 생기는데, 칼퇴근을 떳떳하게 할 수 있는 방법만큼은 알 수가 없다. 퇴근 한 시간 전에 사무실 입구에서 빈혈로 쓰러지거나, 상사 책상 앞에 한가득 토해놓지 않는 이상 진짜 쉽지 않다. 운이 없는 놈은 오전 중에 쓰러지거나 토하는데, 그건 아무 쓸모없는 짓일 수도 있다. 어떤 상사는 친절하게도 이렇게 말할 테니까.

"아이고, 우리 막내. 아프면 안 되지. 얼른 병원 가서 링거라도 맞고 푹 쉬고 와. 괜찮아, 괜찮아. 일은 밤에 하면 되지."

저는 스파이가 아니에요

회사에서 나는 섬이었다. 바로 옆자리에 늘 사람이 앉아 있고, 시시때때로 같이 농담을 하고 함께 웃지만, 나는 그 누구와도 진심으로 연결될 수 없는 섬이었다.

교수님의 추천을 받아 한 인터넷 서비스업체에 출근한 지 1년. 교수님과의 친분으로 날 '꽂아준' 본부장님은 회사 내 최고의 파워맨이었다. 직원이 그리 많지 않은 중소기업이었는데, 그는 직원들 위에 군림하며 회사를 자신의 공화국으로 만들었다.

입사 초기, 직장은 그야말로 천국이었다. 일은 즐거웠고, 사람들은 내게 친절했다. 본부장님이 지나가는 말로 "재 잘 챙겨줘라" 하고 몇 마디 한 탓에 내가 그의 친척이라는 소문이 퍼지긴 했지만, 나는 굳이 그의 라인인 걸 숨기고 싶지는 않았다. 어쨌든 그는 내 은인이었으니까. 그러나 입사한 지 한 달쯤 지나자, 그가 어떤 식으로 파워맨 노릇을 하는지가 눈에 보이기 시작했다.

그는 부하직원을 노예처럼 부려먹고, 공을 가로챘으며, 때때로 말도 안 되는 미션을 내렸다. 직원들이 미션에 성공하면, 그는 그런 미션을 내린 자신의 덕분이라고 으스댔다. 반면, 미션에 실패하면 자신의 능력을 못 받쳐주는 한심한 것들과 일을 해야 한다며 자신의 처지를 큰 소리로 비관했다. 게다가 애초에 그 실패한 아이디어를 낸 것은 자신이 아닌 부하직원들이라며 상사들 앞에서 친히 그 공을 돌려주셨다.

하지만 그 누구도 대놓고 말을 하진 못했다. 그는 오너의 가장 확실한 오른팔이었다. 아니, 대형 포털들을 꽉 잡고 있어 오너도 그의 눈치를 본다는 소문이 돌았다. 직원들은 눈에 띄게 지쳐 있었다. 틈만 나면 삼삼오오 모여 한숨을 푹 쉬며 얘기를 했다. 하지만 내가 나타나면 뭔가 어색해지는 게 느껴졌다.

본부장님은 가끔 내게 저녁을 같이 먹자고 했다. 주로 드라마 이야기, 요즘 뜨는 맛집 이야기를 나눴고, 그러다 슬쩍 회사에 적응은 잘 되는지, 사람들은 잘 대해주는지 물으며 나를 챙겨줬다. 이런 얘기를 할 때면 그래도 마음은 따뜻한 사람이라고 생각했다. 나는 처음으로 회사에서 '친구'가 생겼을지도 모른다고 생각했다.

그런데 소소한 질문은 가끔 심각하게 바뀌기도 했다. 누가 누구랑 썸씽이 있나부터 팀 내 의사 결정은 어떻게 진행되는지, 팀장이 점심시간에 무슨 말을 하는지도 넌지시 물었다. 나는 그들을 씹지 않는 선에서 최대한 성의 있게 답변했다. 본부장님은 알 수 없는 표정으로 고개를 끄덕였다. 본부장님과 조금 친해진 뒤로는, 선배들이 회사의 인센티브 제도에 가장 큰 불만을 갖고 있으며 너무 잦은 인사이동 때문에 불안해하더라는 말도 했다. 나는 회사를 위해 큰일을 한 것 같은 뿌듯함에 도취됐다.

"인사가 곧 있긴 할 거야. 강 팀장이 많이 불안해하지?"

"네……. 아무래도 팀이 통합될 수도 있으니까요."

"민경이는 최근에 헤드헌터를 만났다던데."

"우리 회사 인센티브가 타사에 비해 좀 적은 편인가 봐요. 전 잘 모르지만요."

"그렇군."

"민경이는 일 열심히 하지? 남자친구랑 헤어지지 않았나? 왜 헤어졌대?"

"저도 잘은 모르는데, 남자 쪽에서 결혼에 미온적이었나 봐요. 요건 비밀이에요."

"민경이는 결혼이 하고 싶은가 보네."

"네. 요즘 아기 사진만 봐도 눈을 못 떼던데요."

"허허, 그래. 한창 그럴 때지."

인사 발표가 예정보다 빨리 진행되고, 민경 선배가 연봉 협상에서 물을 먹었다는 소문이 퍼졌을 때, 내 발언이 뭔가 영향력을 미치고 있다는 생각이 어렴풋이 들었다.

사무실에서 나는 점점 더 섬이 됐다. 모두가 내게 친절했지만, 왠지 모를 벽이 느껴졌다. 언젠가 점심시간에는 다들 약속이 있다고 각자 나가놓고, 회사에서 좀 떨어진 식당에 다 같이 둘러앉아 밥을 먹는 광경도 봤다.

그 누구도 내게 시비를 걸지 않았으므로, 내가 먼저 나서서 뭔가 말을 하기도 민망했다. 그들이 둘러앉아 있는 틈에 뻔뻔하게 비집고 들어가 "저도 끼워주세요"라고 할 만한 넉살도 내겐 없었다. 무엇보다, 그들이 왜 날 피하는지 이해하지 못했다. 나는 뒤에서 그들을 씹지도 않았고, 팀에 해가 될 만한 짓도 하지 않았는데! 오히려 팀을 위해 팀원들의 불만 사항을 대신 전해주고, 팀원들이 얼마나 열심히 일하는지 말했는데!

컴퓨터 앞에 혼자 앉아 있는데 민경 선배와 몇몇이 제자리에 돌아와 앉았다.

"너 그 얘기 들었어? 강 팀장, 어제 음주운전 걸렸다? 맥주 조금 마셨는데 면허 정지됐대. 그래서 오늘 아침에 지하철 타서 양복이 저렇게 구겨진 거야. 진짜 없어 보이지?"

"그런데 그때 옆에 타고 있었던 여자가 부인이 아니라며?"

"진짜?"

"아까 남자들이 말하는 거 얼핏 들었어."

"요즘 계속 칼퇴근하더니, 그거 땜에 바빴나 보네. 누구래?"

"모르지. 완전 홀딱 빠져 있다던데."

민경 선배는 나를 보며 생긋 웃고 있었다.

"사고가 없어서 다행이네요."

나는 긴장감을 겨우 추스르며 말을 보탰다. 진심으로 이들과 어울리고 싶었다. 민경 선배가 갑자기 어깨를 숙이고 내쪽으로 다가왔다.

"방금 들은 거, 소문내면 안 된다."

입 밖으로 내뱉는 말과 내게 메시지를 보내는 눈이 정확히 분리된 표정이었다. 진짜 우리끼리의 비밀인지, 아니면 본부장에게 살짝 흘리라는 건지 판단이 서질 않았다.

"얘가 이 얘길 누구한테 하겠어."

고객서비스팀 지은 언니가 말했다.

"그래도 혹시 모르잖아. 참, 이번 주말에 뭐 해? 홍대에 새로 오픈한 클럽이 그렇게 핫하다는데, 같이 갈래?"

"네! 좋아요!"

민경 언니가 또 한 번 생긋 웃었다.

신입이 상사보다 더 무서운 이유

라인은 직장생활의 모든 것이다. 어쩌면 실력이나 근성보다도 중요하다. 직장인은 자고로, 현재 이 조직의 실세가 누군지 재빠르게 판단하고, 향후 실세 구조는 어떻게 바뀔 것인지 정확하게 예측하는 힘을 길러야 한다. 비교적 많은 남자들이 선천적으로 타고난 감각으로 강자를 분별해내고 그의 옆에 붙어 딸랑거리는 반면, 여자들은 끼리끼리 노닥거리다가 낭패를 보는 사례를 꽤 많이 봤다.

그 아무리 평화로운 조직이라 해도 예외일 수 없다. 모든 조직은 피라미드 수직 구조로 돼 있는데, 이런 작은 피라미드가 여러 개 나타나 박 터지게 싸우며 큰 피라미드를 구성하게 돼 있다. 앞으로 어느 피라미드의 어느 위치에 들어갈 것인지는 전적으로 당신의 몫이다.

물론, 그 피라미드 구조를 파악하되, 너무 빨리 자리 잡아선 안 된다. 신입이 접하는 지엽적인 정보 가지고는 썩은 동아줄에 올인하기 쉬우니까. 입사하자마자 대놓고 줄 섰다가 그게 썩은 동아줄이면 낙동강 오리알 신세 되는 건 시간문제다. 그리고 그런 경우는 생각보다 매우 많다. 그러니 처음에는 구조만 파악하고 순진한 태도로 중립을 지키다가(영악해 보여서 금세 위험에 노출되는 것보다는 정치적으로 조금 어수룩해 보이는 것도 나쁘지 않다) 결정적일 때, 한 걸음 정도 발을 떼는 게 좋다.

물론 그 어수룩한 중립 자리는 결코 쉽지 않다. 작은 회사의 경우, 신입은 정치꾼들의 손쉬운 먹잇감이 되곤 한다. 같이 밥 먹자고 했을 때 거절하기 쉽지 않고, 이것저것 묻는데 대답을 회피하기도 힘드니까. 어떤 정보가 불리한지, 유리한지 판단이 서지 않으니 가장 '정확한' 정보를 내놓는 스파이로 각광받는다.

선배들의 프로급 연기 뒤에 숨겨놓은 진짜 모습을 파헤치기 위해 윗선들은 가장 순수한 신입의 눈을 빌린다. 누가 묵묵히 일을 하는지, 누가 불평불만을 퍼뜨리는지, 누가 사적으로 문란한지, 신입의 말 한 마디, 눈빛 하나로 정확하게 캐치해내는 방법을 윗선은 알고 있다. 그러니 선배들에게 신입은 정말 무서운 존재다. 그가 무심결에 내뱉은 말이, 내가 수년간 쌓아온 커리어를 훅 날려버릴 수도 있기 때문이다.

나도 그랬다. 신입이 다른 부서 동기들과 만나서 나에 대해 뭐라고 떠들지, 즐거운 회식 자리에서 술에 잔뜩 취해 나한테 혼난 얘기를 하며 울어젖히진 않을지 은근히 걱정이 됐다. 정말이지 제일 만만하면서도 껄끄러운 존재인 거다. 정치적으로 길들여지지 않은 야생마, 혹은 내 등에 칼을 꽂고도 왜 피가 나는지도 모르는 바보니까.

그제야 나도 신입 때 선배들이 왜 내게 대체로 친절하기만 했는지 알 것 같았다. 굳이 잔소리를 늘어놓으며 내 행동을 고쳐주던 '나쁜' 선배가 실은 나를 가장 아꼈다는 것도 알 수 있었다(난 또 그 사람한테만 내 귀여움이 안 통하는 줄 알았지).

피라미드 구조를 완벽하게 파악할 때까진 좀 어수룩한 척 빠져 있어라. 진짜 좋은 선배와 나쁜 선배를 보다 더 신중하게 구분하라. 당분간은 바보 취급을 받겠지만 그게 낫다. 열심히 정보통 노릇을 한다 해도 그 활약상을 인정받아 승승장구하기엔 앞으로 남은 직장생활은 영겁처럼 길다.

평생직장은 사라졌다. 윗사람은 늘 바뀌고, 라인은 언제나 요동친다. 아직 라인을 못 탔다고 조급해하지 않아도 된다. 단, 피라미드 구조를 파악하는 걸 게을리하진 말아라. 결정적 순간은 아무 예고 없이 훅 닥쳐온다.

핫한 성희롱에 대한 쿨한 대처

내가 2년제 대학을 나와 전 국민이 다 아는 식품 전문 유명 기업에 취직했을 때, 사람들은 진정한 인간 승리라며 엄지손가락을 치켜세워줬다. 나는 우쭐했다. 부모님은 더 신이 나셨다. 우리 동네 마트 반찬 코너 직원은 내가 이 기업에 다닌다는 사실을 적어도 100번은 들었다.

사실 내가 하는 일은 그리 중요한 게 아니었다. 유명한 기업이니까 그럴듯해 보일 뿐, 나는 생산을 맡고 있는 작은 팀에서 사실상 경리 역할을 했다.

"자기, 좀 이따 회식 올 거지? 자기가 빠지면 섭하지."

결혼 3년차 김 대리님이 말했다. 어느 날, 점심시간에 자기들끼리 우리 팀 내에서 나랑 가장 잘 어울리는 남자를 뽑아대더니, 김 대리님이 위너가 되었다. 그 후로 그는 나를 자기라고 불렀는데, 처음에는 장난이려니 하고 웃어줬더니 점점 그 빈도가 잦아지고 있다. 나는 애써 밝은 표정을 지었다.

"당연히 가야죠!"

김 대리님 뒤로 은주 언니의 굳은 표정이 보였다. 좋은 대학을 나와 일도 잘하고 똑 부러져 아무도 함부로 대하지 못하는, 팀 내 최고 엘리트였다. 나는 이 언니와 정말 친해지고 싶은데, 가끔 저런 표정을 볼 때마다 어떻게 대처해야 할지 알 수가 없었다.

회식은 고깃집에서 고기를 진탕 먹고 노래방에 가는 전형적인 코스로 진행됐다. 노래방에 가는 길에 우연찮게 여직원들끼리 무리 지어 걷게 됐는데, 김 대리님이 능글맞은 표정을 지으며 다가왔다.

"시간이 많이 늦었는데, 자기들은 집에 가야지? 부모님이 걱정하시잖아."

"사모님은 걱정 안 하세요?"

은주 언니가 쏘아붙였다. 사실 이 상황에서 가장 걱정을 하고 있는 사람은 김 대리님일 것이다. 눈치 없는 우리가 끝까지 들러붙어 도우미 언니들을 못 부르게 될까 봐 말이다. 은주 언니가 한마디 덧붙이려 할 때 차장님이 뒤돌아봤다.

"됐어, 다 같이 가. 전무님이 2팀이랑 1차 끝내고 이리로 오기로 했어."

김 대리님은 코앞에서 금메달을 놓친 국가대표 선수 같은 표정을 지었다.

잠시 후 노래방에 나타난 전무님은 이미 만취한 듯했다. 이 자리에 온 걸 내일 기억이나 할지 의심스러웠다. 잔뜩 꼬인 발음으로 회사의 미래와 직원들의 사기에 심각한 우려를 표한 그는 갑자기 노래를 한 곡 뽑겠다고 했다.

역시, 불길한 예감은 늘 들어맞는다. 〈베사메 무초〉를 한 소절 부르는 둥 마는 둥 하던 전무님은 마이크를 차장님에게 넘겼다. 그리고 날 봤다.

"나랑 블루스나 한판 땡길까?"

머릿속에 지진이 나 멍하니 전무님의 얼굴만 쳐다보고 있는데 김 대리님이 내 팔을 잡아끌었다. 나는 상황 파악을 채 하기도 전에 엉거주춤 전무님 앞에 섰다. 시큼한 숨결이 목덜미에 와 닿았다. 다행히 내 어깨에 놓인 그의 손은 까딱까딱 박자만 맞출 뿐이었다. 내 가슴을 더듬지도, 엉덩이를 주무르지도 않았다. 그래서 나는 전무님을 밀어낼 명분을 찾아내지 못했다.

우리 팀 고참 언니가 갑자기 일어서더니 남자 인턴을 부른다.

"이 누나도 한판 땡길까?"

인턴은 아무렇지도 않게 일어서더니 리듬에 맞춰 '누나'를 밀고 당기고 돌리고 굴렸다. 모두가 웃음을 터뜨렸다. 굳은 표정을 하고 있는 건 나 하나뿐이었다. 전무님의 몸이 더 가까워졌다. 그의 불룩 나온 배가 내 몸에 닿았다. 어색하게 몸을 빼는데, 멀리 소파에 앉아 팔짱을 끼고 날 보고 있는 은주 언니와 눈이 마주친다. 그 서늘한 눈빛은, 내 옆구리에 닿은 전무의 뱃살보다 더 큰 상처가 됐다.

성희롱은 복불복이다

성희롱의 가장 지랄맞은 점은, 그 누구도 명확한 기준을 모른다는 거다. 피해자가 웃으면 장난이 되고, 정색하면 성희롱이 된다. 거기서 끝이 아니다. 정색했다가 "뭐 그 정도로 그래"라는 타박을 받기도 하고, 웃어줬다가 "저 여자가 물 다 흐리네"라는 욕을 먹기도 한다. 회사 내 위치가 불안정할수록, 확실한 내 편이 없을수록, 이러지도 저러지도 못하고 어정쩡하게 피해는 피해대로 받고, 손가락질은 손가락질대로 받는다. 하긴, 바로 그렇기 때문에 제1의 타깃이 되는 거다. 남자들은 건드렸다간 피곤해질 여자와 만만하게 대해도 상관없는 여자를 귀신같이 구분하니까.

성희롱의 허용 범위는 회사마다 천차만별이다. 성희롱은커녕 반말도 못 하게 하는 회사가 있는가 하면, 사장부터가 여직원을 못 건드려 안달인 회사도 있다. 회사 규모나, 직원들의 교육 수준과는 큰 관계도 없다. 외부에서 분위기를 미리 파악하기도 힘들다. 그야말로 복불복이다.

큰 용기를 내서 "이러지 마시라"고 말하려 해도, 타이밍을 잡기가 여간 어려운 게 아니다. 불쾌한 터치가 있을 때, 뭔가 기분 나쁜 언행이 있을 때 곧바로 받아쳤다간 사태가 악화될 수도 있다. 다른 사람이 보는 앞에서 무안을 당했다고 생각할 테니까. 이유야 어쨌든 상사한테 곧바로 대든 것처럼 보이기도 한다. 사람들이 삼삼오오 모여, 아까 그 시추에이션에서 내 행동이 올바른 것이었는지 갑론을박을 펼치기도 할 거다. 그럴 때 여론은 여자 편일까? 그것도 복불복이다.

그렇다고 따로 불러내서 조용히 말하는 장면을 상상해보라. 그건 진짜 무안함과 민망함과 어색함의 극치이다. 신사적인 사람이라면 그 즉시 사과하고 앞으로 조심하겠다고 하겠지만, 대체적인 반응은 "내가 언제!"다. 게다가 막상 콕 집어 말하려고 하면 또 말문이 막힌다. 미묘한 뉘앙스의 차이를 논리적으로 설명하거나 순간의 스침을 객관적으로 증명할 방법은 거의 없다. 그렇다고 날짜, 시간까지 또박또박 대면, 앞으로 이 사람과 잘 지낼 가능성은 희박해진다. 남자들에게 한 방 먹일 수 있는 파워우먼에게 도움을 요청하거나, 비슷한 피해를 입은 여자들끼리 하나의 연합을 결성하면 간단히 해결되겠지만, 이는 운이 무지하게 좋을 경우다.

남자 직원들과의 관계를 두고 여자들은 각자 다른 태도를 취한다. '좀 시시덕대는 게 어때서'라고 생각하는 여자부터, '남자들이 저 짓거리를 하는 것은 피해자가 자초한 일'이라고 생각하는 여자도 있다. 여성의 권익을 위해 다 같이 나서주는 회사도 분명 있겠지만, 화장실에서 "쟤가 이랬대", "저랬대" 하며 엉뚱한 스캔들로 번지는 회사가 더 많다.

어찌됐든 많은 회사에서 여자의 파워는 남자보다 못하다. 그래서 많은 여자들이 다른 여자들의 불편한 시선을 감수하고서라도 남자들의 시시덕거림을 대충 봐주고 넘어간다. 더 센 쪽에 붙는 건 직장생활 수칙 1호니까.

후배들을 쭉 세워놓고 가장 최근의 성적 경험을 공개하라고 윽박지르는 '변태 상사'가 된 내게도, 감수성 예민한 여직원이었던 시절이 있었다. 대학 시절 잠깐 일했던 회사에서 한 남자 상사가 툭하면 힘을 내라며 어깨를 주물러줬는데, 언제부턴가 그 손길이 토하고 싶을 만큼 싫은 거다. 그렇다고 허리도 아니고 어깨를 주무르는데 불쾌하다고 말을 하기도 애매했다. 나는 아프다는 핑계를 대며 거칠게 어깨를 빼는 것으로 의사를 표현했는데, 아프다는 것은 몸이 안 좋다는 증거라며 더 자주 주물러대는 통에 아연실색한 적이 있다.

다른 회사에선 내가 유머감각을 발휘하자 귀엽다며 볼을 꼬집은 상사도 있었다. 이 역시 애매했다. 내가 남자였으면 그의 행동은 그리 이상한 게 아니었을지도 모른다. 그런데 내가 여자인 이상, 그 행동은 뭔가 부적절해 보였다. 그렇다고 이걸 성적으로 해석하는 데에도 무리는 있었다. 뺨을 은밀한 부위라고 보긴 어려웠으니까. 하지만 나는 분명 불쾌했다. "이 아저씨가 돌았나?" 하는 말이 목구멍 입구까지 튀어 올랐다.

그 짧은 시간에 내 머리는 빠르게 회전했다. 어떤 표정과 제스처로 불쾌하다는 걸 전달해야 할까. 오히려 더 호탕하게 웃어야 하나? 누구나 당황하면 그렇듯이, 내가 어떤 대응을 했는진 잘 기억이 나지 않는다. 며칠 후 그 상사가 해당 행동에 대해 지나가는 말로 사과 비슷한 걸 했다. 나는 "기억도 못 하니, 걱정 마시라"며 매우 밝게 웃었다. 그 모습을 보며 다른 남자 직원들은 내게 사회생활을 잘한다고 칭찬해줬다. 난 그렇게 남자들의 편이 됐다.

이때의 경험은 《열정, 같은 소리하고 있네》 중 〈왼쪽 가슴도 보실래요?〉 챕터에 반영됐는데, 이 책을 읽은 많은 여성 독자들이 큰 공감을 표해와 크게 놀랐다. 의외로 많은 여자들이 비슷한 경험을 한 것이다. 회사 구석 자리에 엉덩이 붙이고 앉아 있기도 힘든 파리 목숨 같은 현실에서, 정부에서 발표하는 탁상공론용 제도는 무용지물이라는 것을 다시 한 번 확인한 순간이었다. 더럽고 치사하지만 스스로 실력을 키워서 만만하게 보이지 않도록 노력하는 수밖에 없다.

내가 터득한 방법은 오히려 먼저 선수를 치는 것이다. 보통 여자들이 공적인 자리에서 내뱉지 않는 야한 단어를 자주 쓰거나, 남자는 그저 싱싱하고 잘생긴 게 최고라며 성차별적인 발언을 마구 해댄다. 상대의 시선이 신체 일부분에만 너무 집중될 경우에는 활짝 더 보여주면서 "끝내주죠?" 하고 묻거나, 불쾌한 스킨십이 시도될 기미가 보이면 "그 정도로 만족하시겠어요?" 하고 받아친다. 하하하 웃으며 농담인 척하지만 그 안에 뼈가 있음을 상대에게만큼은 정확하게 전달하는 요령을 배운 것이다. 조금만 더 했다간 내가 자기 물건을 손에 쥐고 흔들며 "어머, 한 손에 쏙 들어오네요" 하고 말할지도 모른다는 오라aura를 풍기는 거다. 그럼 생활이 좀 편해진다. 기 센 여자로 소문나고, 그 누구도 소개팅을 안 해주긴 하지만, 적어도 '건드렸다간 피곤할 여자'로 분류되니까. 그리고, 희한하게도 이런 짓을 해대면, 사람들은 내가 일도 잘할 거라고 착각들을 해준다. 역시, 이 사회는 '착한 여자'보다 '미친년'이 더 살기 좋은 곳이다.

상사와의 맞팔

5분 늦었다. 사무실엔 나를 제외한 모든 직원들이 자리에 앉아 있다. 어쩌다 내가 지각한 날은 꼭 이렇다. 힘들게 일찍 출근한 날에는 꼭 대표가 늦더니……. 대표가 날 째려본다.

"새벽까지 그렇게 술을 퍼마시니까 지각하지!"

엇, 어떻게 알았지? 나는 고개를 꾸벅 숙이고 재빨리 자리에 앉는다. 느릿느릿 컴퓨터가 부팅되자마자 메신저를 열었다.

'왜 하필 오늘 늦었어.'

'저기압이다, 조심해라.'

실장들의 메시지가 쏟아졌다. 수많은 경고들이 컴퓨터 화면 속에서 깜빡였지만, 나는 여전히 술이 깨지 않았다. 어디론가 사라졌던 대표는 스포츠 신문 하나를 들고 성큼성큼 걸어왔다. 전운이 감돌았다.

"이야, 얘는 빵빵 터지네. 인터뷰가 전면에 났어."

"이 노래는 좋지도 않던데 무슨 2주 연속 1위야? 그래, 거기 이사가 그렇게 일을 잘한다며? 피디들이 꿈뻑 죽는다던데. 좋겠다! 누구는 방송 한번 잡기도 힘들어죽겠는데."

"이건 보도자룐가? 이것 봐, 이렇게 사소한 것도 기사가 된다니까! 이 회사 홍보는 누가 하지? 예술이네."

메신저 대화창에 주황색 빛이 발작하듯 연속으로 깜빡였다.

'왜 저래, 진짜.'

'아침부터 진짜 짜증 나네.'

'아니, 자기가 방송 못 잡아놓고 왜 이사님 탓을 해?'

이리저리 대화창이 팝콘처럼 툭툭 튀어나와 열심히 깜빡였다. 김 실장만 빼고. 김 실장은 최근, 대표의 끄나풀인 게 들통 나고 말았다. 우리는 지랄맞은 대표에 대한 반항의 뜻으로 일부러 일을 느슨하게 하고 있었는데, 대표에게 조르르 달려가 이를 일러바친 게 김 실장으로 발각됐기 때문이다. 트위터 계정을 처음 개설하고 잔뜩 신이 난 대표가 김 실장에게 멘션을 남긴 것이다.

'@managerkim 오늘 대화 즐거웠어. 앞으로도 우리 둘이 쭉 가자. 너만 믿는다.'

대표는 김 실장에게 보낸 멘션이 다른 사람에게도 보인다는 사실을 몰랐다. 아니, 계정을 개설할 때부터 우리가 그렇게 설명해줬는데도 이해하지 못했다.

실장들의 푸념이 깜빡거리고 있는데 그 옆에 대표가 보낸 대화창이 떴다. 기사 링크였다.

"그 기사도 좀 봐봐라. 맨날 친구들이랑 술만 처먹지 말고, 기자 좀 만나! 우린 왜 그런 게 안 나!"

대표가 소리쳤다.

'너 어제 술 마셨어?'

'친구 만났다고 말했어?'

실장들이 물어 왔다. 나는 대화창에 글을 써넣었다.

'아, 진짜. 미친놈.'

잠시 침묵이 흘렀다.

'누가 미친놈이야?'

'누구긴 누구.'

헉! 내가 '아, 진짜. 미친놈'이라고 써넣은 건 대표와의 대화창이었다. 척추를 타고 식은땀 한 줄기가 쭉 흘렀다. 나는 재빨리 딜리트 키를 눌렀다. 표정에 절대 당황한 기색이 있으면 안 된다, 절대! 나는 최대한 여유로운 표정을 지었다.

"누가 미친놈이냐고!"

타자 치는 것보다 소리 지르는 걸 백만 배 선호하는 대표는 나를 똑바로 쳐다보고 있었다.

"이 기자가 미친놈……이라고요. 기사 하나 써주면서 진짜 귀찮게 해요."

'미친놈' 부분에서 목소리가 급작스럽게 작아지긴 했지만, 대놓고 의심하긴 어려웠을 것이다.

"그런 미친놈도 구워삶는 게 네 일이지!"

"아, 네, 맞습니다. 만나겠습니다."

휴우. 심장이 손톱만 하게 쪼그라들었다.

사태가 진정되면 트위터에 '오늘의 교훈: 꺼진 메신저도 다시 보자'라고 올려야겠다고 생각하는데…… 젠장, 대표가 왜 저러는지 알 것 같다! 어제 새벽 3시, 난 친구들과 잔뜩 취해 찍은 사진을 트위터에 올렸다. '아~ 취한다'라는 글과 함께.

대표가 내 트위터를 보고 있다! 개인적인 계정인데 어떻게 알았지! 아이씨, 그러고 보니 김 실장이랑 맞팔이 돼 있었다. 나는 떨리는 손가락으로 내 팔로워를 체크했다.

Oh, shit!

팔로워 명단에 대표가 있다. 얼짱 각도로 눈을 치켜뜨고 볼에 바람을 잔뜩 넣은 대표의 사진이 내 팔로워 창에 떡하니 떠 있다! 영화 〈링〉에서 귀신이 우물 밖으로 기어 나오는 장면을 봤을 때도 이렇게 섬뜩하진 않았다.

프로필에는 '멈추면 비로소 보이는 것들'이라고 적혀 있다. 내가 장담컨대, 이 세상 사람들을 프로파일링해서 일직선상에 나열하면 혜민 스님과 가장 멀리 자리하고 있을 사람이 바로 대표다. 그는 도무지 멈추지를 않으므로, 보이는 게 있을 리 없다.

나는 피눈물을 흘리며 팔로우하기 버튼을 눌렀다. 나의 가장 순수한 '배설의 공간'에 대표가 떡하니 앉아 있다니. 이제 배설도 눈치 보며 해야 된다. 대표가 트위터에 흥미를 잃을 때까지 잠시 페이스북에 집중해야 할 것 같다. 그는 블로그도 방문자 수가 열두 명밖에 안 된다는 사실에 실망해 글을 서너 개 쓰다가 금방 그만뒀으므로 트위터도 그리 오래가진 않을 것이다.

나는 페이스북을 켰다. 새 메시지가 와 있었다. 나는 아무 생각 없이 창을 켰다.

OH, SHIT!

twitter

흰둥이
@sexy_dog
민요 작가
@forn0319
으아니, 대표님!!
박지훈
@qkrwldud
신덩칠
@drumpro
겐쥬
@dirtysexy
갤럭시
@qnwkdsla01
쓸자
@qlenfrl007

아까 그 얼짱 각도의 대표가 또 나타났다.
'ㅇㅇ님을 친구로 추가했습니다.'
젠장.

부하 사찰 대처법

상사는 우리의 예상보다 훨씬 더 소심하고 예민하다. 부하직원들이 자신에 대해 어떻게 생각하는지, 자신이 없을 때 부하직원들이 뭘 하고 노는지 매우 궁금해한다. 다만 티를 못 낼 뿐이다. 요즘엔 SNS가 그들의 눈과 귀가 돼준다. 뭘 먹었는지, 누굴 만났는지, 뭐가 불만인지 다들 알아서 앞다퉈 공개하니까 '부하 사찰'은 훨씬 더 쉬워졌다. 팔로우가 안 돼 있다고, 계정만 만들어놓고 접속도 안 하는 것 같다고 해서 방심하면 큰일 난다. 멘션 하나 보낼 줄은 몰라도, '눈팅'은 가능하다. 일이 안 풀릴 때 답답한 마음에 끄적인 글 한 줄이 사표의 전조 현상으로 확대 해석되고, 애인과 싸우고 한 줄 올린 게 상사한테 하는 말로 오해당하는 일, 꽤 흔하다.

계정이 '오픈'돼버렸어도 급작스레 글의 수를 줄이거나 회피하는 모습을 보여선 곤란하다. 그렇다고 예전처럼 회사생활에 대한 푸념을 늘어놓을 수도 없는 일. 그럼 어떻게 해야 할까? 대형 포털 사이트는 괜히 있는 게 아니다. 포털 사이트가 요즘 들어 하루에도 몇 개씩 유머 관련 검색어를 열심히 소개하는 건, 상사와 맞팔이 돼 있는 사람들이 그만큼 늘었다는 방증인지도 모른다. 자질구레한 유머를 링크하고, '오늘도 파이팅' 같은 싱거운 글을 몇 개 올려주면 나의 가치관은 한없이 밝고 긍정적이며 회사생활이 즐거워죽겠다는 사실을 주지시켜줄 수 있다.

그래도 굳이 몇 마디 쓰고 싶다면, 모든 문장에서 결정적인 정보는 되도록 빼야 한다. '(회사가) 짜증 나', '(팀장이) 미친 것 같아', '(이 회사는) 망해가고 있어', '(일하기) 정말 싫어', '(남자친구랑 술 퍼마셔서) 몸이 안 좋아', '그래도 (법인카드로 먹으니) 맛있어' 등등.

이 같은 생략은 기술적으로 이루어져야 한다. 무조건 주어를 없애거나 애매하게 하면 된다고 생각하는 사람도 있는데, 사실 상사 입장에서는 그게 더 기분 나쁠 수가 있다. 후배를 잔뜩 혼내고 났더니 5분 뒤 트위터에 '너는 하늘을 우러러 한 점 부끄럼이 없는가!' 같은 글이 올라왔다고 치자(이런 일이 있겠느냐고 코웃음을 치겠지만, 이런 일, 진짜 있다!). 여기서 '너'는 그 누가 봐도 상사인데 이걸 또 꼬치꼬치 뭐라 해봤자 "여기서 '너'는 전데요" 하고 대답하면 할 말 없는 거다. 하지만 혼낼 수도 없게 꼼수를 부려 반항을 했다는 면에서 열은 더 받는다. 후배 입장에서는 잔뜩 구겨진 기분을 '배설'하고 싶었을 뿐이었겠지만, 그런 행동은 선배로부터 평생 '아웃'당하는 지름길이다.

무심결에 올린 글 하나로 인생이 꼬이는 건 유명 연예인뿐만이 아니다. '저 후배는 저 멀쩡한 가면 아래에 어떤 인격을 갖고 있을까' 궁금해하며 실눈을 뜨고 주시하는 상사의 눈에는, 상사 앞에서 살랑거리는 여덟 시간보다 퇴근 후 올리는 여덟 글자가 더 '진짜'처럼 보인다. 메신저도 마찬가지다. 점심시간에 속이 안 좋다며 사무실에 홀로 남아 후배들 메신저 대화 기록을 뒤진다는 상사들의 이야기는 이제 더 이상 뉴스거리도 아니다.

우리는 핵폭발 장치 코드를 훔쳐낸 스파이도 아니고, 회사의 1급 기밀을 빼돌린 임원도 아니지만 늘 조심해야 한다. SNS와 스마트폰의 발달은 고작 서너 명 모인 작은 팀 안에서도 정보전을 가능케 했으니까. 소통이 쉬워지면 감시도 쉬워진다. 아이폰과 갤럭시도 구분하지 못할 것 같은 상사가 숨은 빅브라더가 아니라는 법도 없다.

명심하라. 모든 비공식적인 대화는 5분 내 '폭파'시킬 것이며 정기적으로 계정을 세탁해줘라. 진짜 '꾼'은 흔적을 남기지 않는 법이다.

그나저나, 나랑 맞팔하자마자 트위터 잠수 탄 후배들아, 언제 돌아올래?^^

확, 시집이나 가버릴까

"압구정 현대에서 봐."

'강남' 뒤에 '스타일'이 따라붙는 것처럼, '청담동' 뒤에 '앨리스'가 따라붙는 것처럼 매우 자연스러운 단어의 융합이었다. 그럴 리 없겠지만, 내게는 약간의 운율도 느껴졌다. 압구정 뒤에 붙는 현대…… 아파트? 백화점? 아, 백화점. 나는 몇 초의 정적 후에 알았다고 답했다.

"그런데 거긴 왜요?"

"왜긴, 계절도 바뀌고 했으니 화장품이나 좀 사려고. 거기 옥상에 카페 있어, 하늘정원. 거기서 보자. 2시 반쯤?"

그러니까, 이 언니는 불과 1년 전만 해도 음습한 사무실에서 나랑 나란히 앉아 변태 부장의 얼토당토않은 야근 요구에 입을 삐죽 내밀고 저녁 메뉴로 짜장면을 먹을까 짬뽕을 먹을까에 대해 머리 싸매고 고민하던, 그 여자다.

눈 깜빡할 사이 1년이 흘렀다. 언니는 부자 남편을 만나 신나게 회사를 박차고 나갔고, 매일 쇼핑과 피부 관리로 시간을 때우며 사는 중이다. 반면 나의 세상은 그대로였다. 나는 여전히 음습한 사무실에 쭈그리고 앉아 '자아실현'을 하고 있다.

맞다. 일은 내 자아를 실현해줄 유일한 길이었다. 어려서부터 그림을 그리고 붙이고 자르는 것에 필요 이상의 집착을 보여온 나는 고급 패션 잡지의 편집자가 되고 싶었다. "여긴 사진을 이렇게 넣고, 이런 기사가 들어가는 게 낫겠어", "저 일러스트는 컬러 톤을 좀 낮춰봐", 이런 말을 내뱉곤 강남에 나가 신상 구두를 또각거리며 명품 거리를 거닐고 싶었다.

하지만 길은 좀처럼 열리지 않았다. 나는 새로 오픈한 분식점 메뉴에 고기만두와 김치만두, 그리고 찹쌀순대가 특히 맛있다는 문구를 어떻게 넣어야 적당히 촌스러우면서도 믿음직하게 보일 수 있는지를 연구하는 중이다. 어제는 최근 입주한 아파트 단지에 돌릴 쿠폰북을 비교적 깔끔하게 만들었다는 칭찬을 받고 세상을 다 얻은 듯 기뻐했다.

"어제도 거의 밤새지 않았어? 분식점 건은 안 급하니까 오늘은 오후에 좀 쉬어. 2시쯤 퇴근해."

나는 정말 세상을 다 얻었다. 오후 2시 퇴근이라니! 내게도 이런 날이 오다니! 기분이 너무 좋았던 걸까. 8개월여 만에 뜬금없이 전화해 뭐 하고 사느냐는 언니의 전화에 지금 당장 거기로 가겠다고 말해버린 거다.

우중충한 거리를 빠져나와 지하철을 탔다. 충무로, 동대입구, 약수, 금호, 옥수를 거쳐 압구정에 도착했다. 정말 놀라웠다. 이 시간에도 백화점은 붐볐다. 내가 지하 사무실에서 머리를 쥐어뜯을 때,

누군가는 여기서 한가롭게 쇼핑을 즐기고 있었다.

하늘정원에 도착했다. 순간, 어떤 여자가 막 자리에서 일어선다. 명품백이 고고하게 포물선을 그리며 그녀의 어깨 위에 올라앉는다. 잔디밭에서 뛰놀던 남자 아이 하나가 다다다 뛰어와 여자의 허벅지 옆에 선다. 여자가 활짝 웃는데, 맙소사, 얼굴에 주름이 하나도 없다. 여자는 마치 하루가 48시간이라도 되는 양 여유롭게 정원을 돌아 내려갔다. 저 기품 있는 발걸음이란! 엘리베이터를 기다리는 몇 분 동안에도 몇 번이나 휴대전화를 들여다보고 인터넷을 뒤적인 나와는 다른 세상 사람 같았다.

그녀뿐 아니었다. 여기 모든 테이블에는 다른 세상 여자들이 한 자리씩 차지하고 앉아 책을 읽거나, 잔디 위를 뛰어다니는 아이를 사랑스러운 눈길로 바라보고 있다. 그 누구도 근원을 알 수 없는 초조함에 다리를 덜덜 떨거나 휴대전화 벨소리에 서두르지 않았다.

언니는 나타나지 않았다. 15분쯤 기다리다 전화를 했더니 "어머, 벌써 시간이 그렇게 됐니? 내가 요즘 시간개념이 없어. 호호, 올라갈게"란다. 나는 아직도 기억한다. 퇴근을 앞두고 1분마다 시계를 들여다보며 욕을 내뱉던 언니의 모습을.

언니를 보고 있자니 기분이 묘했다. 3년 전, 언니를 처음 봤을 때보다 오히려 더 어려진 것 같다. 머리끝부터 발끝까지, 언니의 흔적은 거의 찾아볼 수가 없었다. 신경질적으로 잡아 뜯어 늘 헝클어져 있던 머리카락, 아무리 보수공사를 해도 유분 때문에 늘 번들거리던 콧방울, 뒤꿈치부터 닳아서 딱딱딱 소리를 내던 구두, 그 어떤 것도 없었다. 그래, 자기를 꾸밀 여유가 생겨서 그렇겠지. 전업주부잖아.

나는 직업을 가진 여성으로서의 자부심을 잃지 않기 위해 마음을 굳게 먹었다. 하지만 그 마음을 먹은 지 불과 몇 초 만에 내 결심은 와르르 무너졌다.

"일은 할 만해? 회사는 자리 좀 잡았고?"

불과 몇 달 전, 월급이 밀려 노동청까지 다녀왔다는 말은 하고 싶지 않았다. 나는 언니 옆에 놓인 쇼핑백에 든 화장품이 얼마짜리인지, 화장품을 사러 왔다더니 루이뷔통 쇼핑백은 왜 들고 있는지, 한 달에 생활비는 얼마나 쓰는지 묻고 싶은 걸 끝내 목구멍으로 삼켰다.

"그냥, 그렇지 뭐."

"아까운 네 청춘, 거기 다 갖다 바치지 말고 좋은 남자 만나. 그게 훨씬 남는 거야."

"글쎄, 난 남편 하나 바라보고 사는 건 별로."

내 목소리에서 미묘한 거부감이 감지됐다.

"그래? 난 그 쥐꼬리만 한 월급 하나 바라보고 사는 게 별로였는데. 솔직히, 그 월급 말고 뭐가 있었냐."

언니가 웃음을 터뜨렸다.

쥐꼬리를 쥐꼬리만 하다고 하는 걸 뭐라 할 순 없었다. 사실 직장생활에서 바라는 게 월급뿐이라는 말도 아주 틀렸다고는 못 하겠다. 사실 월급 말고 뭐가 있겠나? 직업적 보람? 나는 정말 세상을 다 얻은 걸까? 고작 주방 서랍 어딘가에 뒹굴고 있을 쿠폰북 하나 잘 만들었다고?

"언니는 안 그리워? 그래도 직장생활이 좀 그리울 것 같은데."

"어떤 부분? 시도 때도 없이 야근해서 맨날 저녁 약속 취소해야 했던 거? 기껏 다 잡아놓은 시안 퇴짜 맞아서 툭하면 밤새던 거? 성질 더러운 부장 눈치 보느라 신경성 소화불량에 시달리던 거? 넌 그게 그리울 것 같아?"

언니가 주름 하나 잡히지 않는 눈으로 웃었다. 나도 따라 웃었는데, 눈가 피부가 쩍 하고 갈라지는 소리가 들린 것 같다.

"아니. 그럴 리는 없겠지."

나는 조그맣게 중얼거렸다.

직업은 우리의 자아실현을 돕는가

"어디 돈 많은 남자 없냐."

나보다 1년 먼저 입사한 친구들이 습관적으로 내뱉던 말이다. 여자들이 세상과 득달같이 맞서 싸워 권력을 잡아야 한다고 굳게 믿었던 나는 나 못지않게 드셌던 친구들이 왜 저런 말을 해대는지 이해가 되지 않았다. 막상 신입 사원이 돼보니 세상 참 만만치 않다는 생각은 들었지만, 그렇다고 내 성격에 가정주부를 꿈꾸는 일은 벌어지지 않았다. 당연히 친구들과는 만나는 횟수가 줄어들었고, 자연스럽게 멀어졌다.

그로부터 1년 후, 나는 뭐에 씌기라도 한 듯 읊조렸다.

"어디 돈 많은 남자 없어? 다 때려치우고 확 시집이나 가련다."

그렇다, 내가 순진했던 거다. 그깟 직장생활 좀 한다는 게 세상과 맞서 싸우는 것 같은 멋진 일도 아니었을 뿐더러, 목숨 걸고 싸워봤자 한낱 소시민인 내가 권력을 잡는다는 건 절대 있을 수 없는 일이었다.

오히려 직장인이 된다는 것은 세상과 재빨리 타협해서 자발적으로 높은 분들의 발밑에 '사뿐히 즈려밟혀'드리는 일이었다. 감히 싸우지 않고 온갖 불평등과 부조리를 따사하게 끌어안는 것이 바로 직장생활이었다. 비겁한 소시민인 내 입장에서 직장생활이란, 자아실현과는 개미 똥구멍만큼도 연관 있는 게 아니었다.

그렇다면, 이렇게 받으나 저렇게 받으나 똑같은 돈, 더럽고 치사하게 영혼 팔아 월급으로 받느니 돈 많은 남편한테 용돈으로 받는 게 더 낫지 않나. 매달 월세, 카드값 내고 나면 남는 것도 없는 월급에 마약처럼 중독돼 상사 똥구멍이나 핥아주고 있는 우리는, 과연 남편한테 잘 보여 한 달 생활비로 우리 연봉만큼 받아내는 청담동 며느리보다 성공한 삶인가.

실로 의심하지 않을 수 없다. 다 차치하고, 직업을 통해 자아실현을 한다는 것 자체가 가능이나 한 일인가. 사람들은 쉽게 말한다. 의사가 돼서 사람을 살리고, 판사가 돼서 정의를 실현하고, 배우가 돼서 무대 위에 서는 것, 그런 게 자아실현 아니냐고.

같은 맥락으로, 사람들은 내게도 쉽게 말한다. 기자가 돼서, 사람들이 그토록 궁금해하는 진실에도 가까이 접근하고, 유명인도 많이 만나니 네 자아도 참 '뽀대' 난다고. 나도 인정. 기자로 첫 출근 하던 날, 그런 동경이 없진 않았다.

그런데 실제로 부딪혀보니, 그건 정말 5퍼센트였다. 그 5퍼센트의 '자아실현'을 위해 나는 95퍼센트의 '자아파괴'를 감내해야 했다.

내가 본 진실과 다른 관점의 기사가 나가는 것을 봐야 했고, 상사의 잔소리와 날 향한 동료의 험담, 후배의 무개념 짓거리를 감당해야 했다. 할 수만 있다면 야구방망이를 휘둘러 머리통을 깨주고 싶은 사람과 흔쾌히 손잡아 패밀리가 돼야 했다.

코팅해서 집안 대대로 물려주고 싶은 기사 하나를 쓰기 위해선, '요즘 기자는 개나 소나 다 하나'라는 댓글이 100개씩 달리는 기사도 수십 개씩 써야 했다. 마치, 달랑 한 계절 울기 위해서 8년이나 땅속에 처박혀 있어야 하는 매미가 된 심정이었다. 그래, 95분간의 삽질 끝에 5분의 오르가슴이 온다면, 그게 꼭 나쁘다고 할 순 없다. 하지만 인생은 꼭 그렇지만도 않았다.

그 5분의 오르가슴은 올 듯 말 듯하다가 절대 안 오거나, 뜬금없이 다른 사람의 몫이 되기도 했다. 한 계절 떠들썩하게 울겠다고 준비 다 해놓고, 밖으로 나오자마자 꼬맹이가 휘두른 파리채에 맞아 '요절'한 매미 꼴이 될 때도 많았다. 실로 지랄맞은 그 95퍼센트를 혼신의 힘을 다해 버텨놓고도 고작 5퍼센트의 만족조차 빼앗기고 마는 미치고 팔짝 뛰는 시간들을 감내해야 했다.

그러다 갑자기 이런 생각이 들었다. 왜 꼭 우리의 자아는 돈을 벌어야 하나. 자아실현이라는 숭고한 가치를 숭고하게 보존하기 위해서라도, 내 자아를 새롭게 정립할 필요가 있었다. 기사를 잘 쓰고, 특종을 터뜨리고, 진실을 파헤치고, 언론사에서 인정받는 자아 따위, 결국 개나 줘버린 거다.

나는 내 자아를, 한적한 커피숍에 다섯 시간씩 널브러져 잡생각에 빠지는 사람, 미드를 시즌별로 다 챙겨 보는 사람으로 설정했다. 이 두 분야만큼은 그 누구한테도 지지 않을 자신이 있었다. 그렇게 내 자아는, 어쩌다 생기는 연휴 기간 동안 완벽하게 실현됐다.

직업이 맘에 안 들어서, 직장생활로 도무지 만족을 못 얻어서 힘들어죽겠냐? 누가 나에게 이런 고민을 털어놓으면 나는 쿨하게 말해줬다. 직장에서 자아를 찾는 너희들이 바보라고. 직업은 그냥 돈 버는 수단임을 최대한 빨리 받아들이는 게 정신 건강에 좋다고. 그러다 보면 어쩌다 직업적 보람을 느낄 때도 있는데, 그건 그냥 보너스라고 생각하라고. 절대 거기에 매달리지 말라고.

오랜 기간 스트레스를 받아 거의 반쯤 미친 상태에서 결국 연예계를 떠났다가 오랜만에 컴백한 연예인들은 해탈한 표정으로 마치 짠 듯이 하나같이 이렇게 말했다.

"가수 ○○○가 망하면, 내 인생이 망하는 줄 알았어요. 난 그냥 인간 ○○○이기도 한데. 직업이 전부가 아닌데, 그냥 먹고사는 수단일 뿐인데, 너무 아등바등했던 거죠."

그러니 자기 자아가 '돈 많은 남자의 아내'라고 말하는 여자를 보는 것도 매우 편해졌다. 월급을 더 많이 주는 직업을 찾는 게 당연한 것이듯, 돈 많은 남자를 찾는 것도 뭐라 할 수 없는 거 아니겠나. '근무 요건'은 최대한 꼼꼼히 따져봐야 하는 거니까.

우리 엄마 세대는 우리에게 "엄마처럼 살지 마라. 공부 열심히 해서 사회에서 성공하는 원더우먼이 돼야 한다"고 가르쳤다. 그리고 우린 역사상 가장 탁월한 미션 수행 능력을 발휘하며 사회에 첫발을 내딛었다. 그런데, 진짜 솔직해져보자. 지금 이 시대 직장생활이라는 게 그렇게 멋진 '배틀'도 아니고 '성공의 지름길'도 아니지 않나.

직장생활에 치여 시름시름 늙다가, 비슷하게 시름시름 늙은 동료 직원과 대충 눈 맞아 전셋값를 네가 냈니, 내가 냈니 싸우는 '커리어 우먼'의 삶을 진작 비껴나가, 강남 아파트에 무혈입성하는 '취집'을 동경까진 하기 싫어도, 비난할 수는 없었다. 자아실현이라는 그 5퍼센트를 포기하면 나머지 95퍼센트가 편해질 테니까.

조금만 주위를 둘러보면 신데렐라는 심심치 않게 발견된다. 누구는 승무원으로 일하다가 갑부를 만나 한 달 생활비로 3,000만 원을 쓴대, 누구는 술집에서 중동 기름 부자를 만나 다이아몬드로 공기놀이를 한대, 누구는 남자들이 서로 먹여 살려주는 통에 평생 아르바이트 한 번 해본 적이 없대.

"돈을 단 10원도 안 벌어봤다고요?"

"그럼. 예쁘니까 그럴 수 있지."

"그런 여자가 좋아요?"

"예쁘다니까. 사회생활 안 해서 세상의 때도 안 묻었고."

"맙소사."

"너보다 훨씬 더 잘살걸? 걘 뭐 살 때 가격표도 안 봐."

"그런 여자랑 사는 남자도 불쌍하다."

"걱정 마. 돈이 더럽게 많으니까."

"말은 통하나?"

"그런 여자가 책도 더 보지. 교양 쌓을 시간도 더 많다니까. 너보다 훨씬 유식해."

"쳇, 나도 회사 때려치우고 그렇게 살아버릴까요? 거, 괜찮네."

"혜린아. 넌 '×나' 열심히 일해야 돼. 걔들은 예쁘다니까."

하긴, 취집이 바람직한 것인지, 돈 많은 남자를 찾는 게 지성인으로서 부끄러워해야 할 일인지 따위 내가 고민할 필요도 없는 거다. 어차피 남의 일인데, 뭐.

인간관계, 미적분보다 어렵다

그는 '갑'이었다. 그가 아무리 자상한 말투로 내게 한마디 건네도, 나는 그 본뜻을 알아차려야 했다. "이거 좀 안 될까"는 "안 하면 각오해"였고, "부탁해, 정미 씨"는 "내가 이렇게까지 해야 돼?"였다.

나는 이제 겨우 브랜드 인지도를 쌓기 시작한 중소기업에 다니고 있었고, 그는 전국에 수백 개의 매장을 거느린 전자제품 회사의 구매팀 직원이었다. 그가 매긴 숫자는 곧 우리 회사의 매출로 직결됐고, 이는 곧, 그는 내가 섬겨야 할 '신'이라는 뜻이었다. 입사일도 비슷한데, 그는 입사와 동시에 갑이 됐고, 나는 을이 된 것이다. 아아, 아무리 취업이 급했어도 이따위 '절대 을'의 자리는 피했어야 했는데.

어쨌든, 그의 앞에서 말을 너무 많이 한 게 잘못이었다. 우리 홍보부에 친한 대리 언니가 있는데, 그 언니의 여동생이 음반기획사에서 일한다고 말해버린 것이다. 그냥 그런 사람이 있다고 한마디 한 게 다인데…… 내 '신'께서는 갑자기 함박웃음을 짓더니 "여자친구가 빅뱅의 엄청난 팬인데, 콘서트 티켓 좀 구해달라"는 지령을 내렸다. 그

것도 조카들 것까지 무려 네 장.

나는 대리 언니에게 조심조심 말을 걸었다. 그러나 내 말이 채 끝나기도 전에, 언니는 자리에서 일어섰다.

"우리 애들도 빅뱅 팬이라 얘기해봤는데, 티켓이 매진돼서 초대권이 하나도 없대. 표가 하도 없어서 직원들도 겨우 간다던데? 그러게 그런 말을 왜 해. 암튼 난 바빠서 간다."

마침 문자메시지 도착음이 울렸다.

'정미 씨, 빅뱅 공연 몇 시에 가면 돼?'

나는 티켓이 매진돼서 업계 종사자도 표를 못 구한다고 메시지를 보냈다. 그러자 즉시 답이 왔다.

'대한민국에 안 되는 게 어딨어. ㅎㅎ 수고해봐.'

아, 돌겠다. 정말!

대리 언니한테 또 한 번 전화를 해봤지만, 답은 같았다.

"이미 말해봤는데 안 되더라니까."

나는 사돈에 팔촌, 대학 동창부터 유치원 짝꿍이었던 사람에게까지 전화를 돌렸다. 그러나 빅뱅 티켓을 구할 수 있다는 사람은 없었다. 오후 근무시간을 내내 쏟아부었지만 실패. 이게 대체 뭐 하는 짓인가 싶어 엘리베이터에 머리를 쿵쿵 박고 있는데, 홍보부 홍 부장님이 엘리베이터에 탔다. 대리 언니의 직속 상사였다. 뭐가 그리 힘드냐, 무슨 일이냐는 질문이 오갔고, 나는 지금 내가 처한 상황을 설명했다.

"뭐? 우리 회사를 위한 일인데 도와야지! 걱정 마. 내가 김 대리한테 말할게!"

"정말요? 정말 감사합니다!"

나는 바닥에 머리라도 박을 듯 감사의 절을 올렸다. 오늘의 고난은 이렇게 끝나나 보다 하고 룰루랄라 자리로 돌아왔다.

전화가 울린 건 그로부터 한 시간 후였다. 대리 언니였다. 앗싸! 표가 구해진 건가?

"야!"

"여보…… 네?"

"너, 그딴 잔머리 어디서 배웠어?"

"……네?"

심장이 쿵쿵 뛰기 시작했다. 나는 이렇게 악에 받친 사람의 목소리를 들어본 적이 없다.

"이미 얘기 다 끝났잖아! 안 된다고 했잖아! 그랬더니 이젠 윗선을 타고 내려와? 지금 뭐 하자는 거야!"

"아니…… 저는 그냥……."

"그냥 뭐? 할 말 있으면 해봐, 어디 한번!"

"……."

순간 눈물이 핑 돌았다. 단 한 마디도 할 수 없었다. 내가 뭔가 무지하게 잘못한 것 같긴 한데, 당최 뭘 또 그렇게 잘못했는지 알 수가 없었다.

퇴근길, 홍보부 막내가 슬쩍 다가왔다. 나 때문에 대리 언니가 홍 부장님한테 엄청 혼났단다. 회사 일인데 왜 안 도왔느냐고. 대리 언니는 "없는 표를 어떡하란 말이냐"고 대답했고, 두 사람은 결국 언성을 높였단다. 이 모든 게, 정말 별생각 없었던 나의 한마디 때문에 촉발됐다니 머리가 지끈거렸다.

인간관계는 언제나 예상치 못한 일로 꼬였고, 도무지 내가 예측할 수 없는 방향으로 나아갔다. 그 어지러운 사태 속에서 나는 숱하게 많은 진상들을 만났고, 또 내가 진상이 되기도 했다. 진상을 만났을 때보다, 내가 진상이 되고 말았을 때가 더 괴로웠다. 그러나 모두가 그런 양심을 가진 건 아니었다.

'티켓 구했지?'

내 '신'께서 또 문자메시지를 보내왔다. 전화를 걸어 냅다 소리를 지르고 싶었지만, '노력 중'이라고 답을 하고 만다.

"내가 사표 쓰면 이 새끼부터 처단이야!"

나는 혼자 구시렁거리며 지식iN에 글을 올렸다.

'암표는 어디서 사나요?'

진상에게 떡 하나 더 주기

같은 공간 안에 같이 있기도 싫은 사람이 있다. 저 사람이 내뱉은 이산화탄소가 내 입으로 들어온다는 생각만 해도 속이 울렁거리는 사람. 저 사람의 목소리가 들린다는 이유만으로 내 귓구멍을 없애버리고 싶은 사람. 그런 사람들은 반드시 나타나게 마련인데, 인생은 그들을 우리 회사 사람, 혹은 우리 회사가 필요로 하는 거래처 사람으로 등장시켜 꼭 우리를 시험한다.

신입 시절에는 도무지 조절이 안 된다. 내 딴에는 숨기려 노력하지만, 얼굴에는 싫은 티가 팍팍 난다. 나도 모르게 한숨이 나오고, 말투가 딱딱하고 공격적으로 변한다. 상대도 금방 눈치챈다. 상대는 더 독한 진상이 된다.

사회는 약자에게 짜증 낼 기회를 주지 않는다. 차라리 한판 붙으면 속이 시원할 것 같은데, 그런 상황은 언감생심 꿈도 못 꾼다. 하긴, 어떻게 사장에게 말 좀 그만 걸어달라고 말할 수 있으며, 어떻게 클라이언트에게 일 좀 똑바로 하라고 하겠나. 나는 한동안 꿈을 참 격렬하게 꿨다. 꿈속에서 나는 내게 윽박지르는 상사 입에 주먹을 박아 넣고, 재수 없는 업계 관계자를 물에 빠뜨렸다. 거의 매일 꿈에서 살인을 한 것 같다.

하지만 내 거친 무의식도 현실까지는 해결해주지 못했다. 내 생애 가장 큰 모멸감을 느끼게 해준 관계자가 있었다. 태어나서 그런 적은 처음이었다. 그 사람 생각만 해도 심장박동이 빨라지고 얼굴이 빨개졌다. 그 사람의 얼굴은 시도 때도 없이 떠올랐다. 한쪽 입꼬리만 슬쩍 들어 올리고 실실 웃으며 날 무시하던 그 얼굴. 텔레비전을 보고 낄낄대다가도 문득 그 얼굴이 떠올라 허공에 분노의 하이킥을 날리곤 했다. 하지만 이 사회는 내가 그를 맘껏 경멸하게 내버려두지 않았다. 그는 나의 상사가 매우 중시하는 사람이었다.

"혜린아, 그것 좀 알아봐. 그 사람한테 부탁하면 된다. 꼭 알아내."

아아…… 휴대전화 통화연결음이 울리던 그 적막한 순간의 고통은 아직도 잊히지 않는다. 그 사람 목소리가 내 귀에 가까이 닿는 것도 싫어서 휴대전화를 저 멀리 떨어뜨려놓았다. 그 사람의 "여보세요"만 세 번쯤 들었다.

"저기, 오호호홍."

진짜, 나는 실성한 것 같았다. 밑도 끝도 없이 웃음이 나왔다. 물론 상대는 웃지 않았다.

"저기용, 제가 부탁드릴 게 있는데요, 오호호. 잘 지내셨죵?"

나는 이 세상에서 가장 덜떨어진 웃음을 흘리며 부탁 사항을 전달했다. 상대는 떨떠름하게 승락했고, 나보다 먼저 전화를 끊었다. 아무것도 아니었다. 내 우려와 달리 내 심장박동은 금세 제자리를 찾았다. 방금 먹은 참치 회를 토해버리지도 않았다. 다만, 내 자존심이 발톱에 낀 때만도 못한 존재가 됐을 뿐이다. 하지만 내 자존심이 발톱의 때보다 못한 뭔가가 되는 건 놀랍게도 내 업무에 도움이 됐다.

그 후로 나는 나 하나만 눈을 질끈 감으면 일이 꽤 편해진다는 사실을 깨달았다. 오히려 죽도록 싫어하는 놈에게 떡을 하나 더 줌으로써 그를 이용할 수 있다는 팁도 얻었다. 나는 마음에도 없는 친절한 미소를 날리면서, 속으로는 '이놈에게 지는 게 아니야, 오히려 이놈을 이용하는 거야'라고 스스로 되뇌었다. 그래, 내가 이 순간만 잘 넘기면, 넌 내 업무에 도움이 될 거야.

업계에 적이 없기로 유명한 베테랑 홍보전문가 A씨는 말했다. 어이없고 짜증 나고, 진짜 맘먹고 한판 붙으면 업계에서 매장시켜버릴 수 있을 것 같은 사람도 당연히 있는데, 어쩔 수 없이 좋은 관계를 유지해야 할 때가 있다는 거다. 그런 사람들을 만나기 전에 A씨는 이마 한가운데를 꾹 누른단다. 가상의 버튼을 누르는 거다.

"지금부터 나는 내가 아니야. 그냥 우리 회사를 대표한 A일 뿐이야. 절대 인간 A가 아니야."

그렇다. 내가 아닌 다른 뭔가가 돼서 진상들을 커버하는 것, 그것은 그냥 우리의 일일 뿐이다. 우리는 월급이 숭고한 노동에 대한 대가라고 생각하지만, 그 노동이라는 건 사실 별거 아니다. 그냥 회사 내외에 포진한 진상들을 견뎌주는 것이다. 그게 바로 '일'이라는 거다.

사회생활을 하다 보면 실로 다양한 진상들을 만난다. '갑'이랍시고 '을'을 노예처럼 부려먹는 인간 말종부터, 능력은 없으면서 욕심만 많아서 회사 내 일거리를 죄다 짊어지고 오는 워커홀릭 상사, 의욕도 없는데 능력은 더 없어서 일을 아랫사람에게 죄다 떠넘기고는 생색만 무지하게 내는 게으른 상사, 사람들 앞에서만 착한 소녀 가면을 쓰고 단 둘이 있을 땐 한판 뜨려고 덤비는 어이없는 후배까지.

어쨌든, 이딴 말도 안 되는 인간 군상들을 보면서 '난 일을 잘하는데 저 사람들 때문에 내 능력이 썩는다'고 생각하기 쉽다. 그러나 이번만큼은 당신이 틀렸다. 다시 말하지만, 저런 사람들을 잘 컨트롤하고 내 사람으로 만드는 것, 그게 바로 '능력'이다. 이 능력 없이 일을 아무리 잘해봤자, 회사로서는 당신이 별 소용이 없다.

물론 내가 진상이 될 때도 있다. 나는 그저 열심히 하고 싶었을 뿐인데 어느새 회사 내 명령체계를 어긴 진상 중의 진상이 돼 있기도 하고, 그저 예의만 차리고 싶었을 뿐인데 동료의 눈에는 상사 똥구멍만 줄기차게 핥는 진상이 돼 있기도 하다. 내가 남들을 싫어하는 만큼 내가 미움을 받을 수도 있다. 이게 너무 걱정돼 무슨 일을 하기가 겁나기도 하다. 이런 사람에겐 한 유명 제작자가 한 말을 소개해 주고 싶다.

"됐어! 지들이 필요하면 다 나한테 붙게 돼 있어!"

이거, 진리다. 우리가 진상들의 뒤통수를 후려치는 대신, 그들에게 미소를 날려주는 이유는 다 그거 아니겠나. 어쨌든 우리는 그들이 필요하니까. 그들이 중요한 사람이니까. 더럽고 아니꼬우면, 내가 잘나가면 되는 거다. 잘나가기 어렵다고? 그럼 더럽고 아니꼬운 걸 참아야지, 뭐. 그게 우리 일인 것을.

좌파야, 우파야?

쨍!

날카로운 소리와 동시에, 샌들 사이로 삐져나온 발가락에 차가운 소주 방울이 팍 튀었다.

"움직이지 마세요."

아르바이트생이 늘 있는 일이라는 듯 지루한 목소리로 중얼거렸다.

"다친 사람은 없네요."

내가 말했지만, 아르바이트생은 너희가 다치든 말든 아무 관심 없다는 듯 산산조각 난 소주잔을 빗자루로 휙휙 쓸어 갔다.

놀라운 건 바로 이 순간에도 차장님의 나라 걱정은 계속되었다는 거다.

"우리나란 이래서 안돼."

저 말은 무슨 아이돌 그룹 노래의 후크 같았다. 1절이 끝나면 저 말이 두세 번 튀어나와 흥을 돋웠고, 후크가 끝나면 노래는 아무 일 없었다는 듯이 2절로 진입했다. 13절쯤 됐을 때, 혀가 잔뜩 꼬인 차장님은 소주잔을 놓쳤고, 지금은 14절을 열창 중이다.

저렇게 어마어마한 분노를 가슴에 쌓아두고, 어떻게 멀쩡하게 밥을 먹고 똥을 싸고 잠을 자는지 알 수가 없다. 기세로 봐선 최루탄을 온몸에 휘감고 청와대에 진격이라도 해야 할 것 같은데 말이다. 임원들에게 가장 유연하게 머리를 조아리고 실없는 웃음을 질질 흘리는 게 바로 그라는 점에선, 인간 사회를 관통하는 아이러니의 대서사시를 보는 기분이었다.

"권력이란 게 원래 그런 거거든. 뭐 좀 잡았다 싶으면 똥인지 된장인지 분간이 안 되는 거라. 그때 옆에서 바른말도 좀 해줘야 하는데, 한국인이라는 종자 자체가 그렇게가 안 돼. 그저 옆에서 콩고물 떨어지는 거 없나 입만 벌리고 자빠졌잖아!"

차장님 맞은편에 앉아 고개를 주억거리고 있는 우릴 겨냥한 말인가? 그가 지난주 생일 파티를 한답시고 값비싼 회를 잔뜩 시켜놓곤 자리가 끝나갈 때쯤에 갑자기 하청업체 직원을 불러들였을 때, 우리는 그가 "아, 맞다! 우리 패밀리를 부르는 걸 깜빡했네! 지금이라도 초대해야지!" 하고 지껄이는 걸 믿는 척했다. 그가 초대한 게 그 직원인지, 그 회사의 법인카드인지는 알 필요가 없었다.

"생리, 그거 해봐야 얼마나 아픈데? 그것도 못 견디면서 무슨 직장생활을 해? 어차피 돈 많은 남자 만나면 쿨하게 그만둘 거, 왜 애초에 기를 쓰고 회사에 들어와서는 멀쩡한 남자들 취업도 안 되게 하느냔 말이야. 여성부? 세금이 남아돌아? 여자들은 좋겠다. 생리한다고 쉬게 해줘, 데이트하면 남자가 돈 다 내줘, 결혼하면 집도 사줘, 애 낳으면 야근도 안 시켜줘."

생리휴가는커녕 월차도 못 쓰게 하는 차장님이 할 말은 아니었다.

사실 생리휴가가 진짜 실재하는 것인지도 알 수 없었다. 그건 마치 귀신 같았다. 모두가 그에 대해 말하지만, 나는 본 적이 없었다.

"승자 독식 구조가 문제라니까. 이건 뭐, 1등 한 놈이 다 처먹는 거 아니야. 애초에 경쟁이란 게 불공정 그 자체인데, 그거 졌다고 평생 손가락 빨게 하는 게 말이 되냐고. 세상이 미쳤지. 대체 어떻게 돌아가려고 이래? 먹고살 수만 있으면 이따위로 미쳐 돌아가도 돼?"

그의 정체성은 좌파, 혹은 우파로 쉽게 정의될 수가 없다. 고로, 우린 어느 장단에 맞춰야 할지 감을 잡을 수가 없다. 그저, 그가 조금 더 빠른 속도로 술에 취해 제발 이 자리를 그만 파해줬으면 하는 마음뿐이었다.

"너희들은 뭐 느끼는 것도 없어? 젊은 새끼들이 나약해빠져가지고. 너네, 뉴스는 봐? 뉴스는 안 보고 맨날 '개콘'이나 보고 낄낄대니까 이 나라가 이 모양 이 꼴 아니야. 세상은 행동하는 사람들이 바꾸는 거야! 좀 바꿔봐라, 응?"

침묵이 흘렀다. 차장님은 날 뚫어져라 봤다. 한마디 해야 할 타이밍이다.

"우리가 무슨 힘이 있어요. 어른들이 바꿔주셔야죠."

"야! 우린 애 키우랴, 집 사랴, 얼마나 등골 빠지는 줄 알아? 앉아만 있어도 진이 빠져! 그러니 너희들이 해야지! 어차피 잃을 것도 없잖아."

"우리도 먹고살아야죠."

나는 최대한 밝은 목소리로, 이건 절대 시비가 아니라는 것을 확실히 하면서 답했다.

"그래서! 우리나라는 안되는 거야."

이 세상에서 가장 중독적인 후크송이 또 한 번 울려 퍼졌다.

회색이 살아남는다

부실한 학교교육의 결과는 평생에 걸쳐 두고두고 드러난다. 객관식으로 정답을 찍기만 했지, 논리적으로 자신의 의견을 말하는 법을 제대로 배우지 못한 우린 평생 헛소리를 나불거리며 서로에게 민폐를 끼친다.

그나마 "난 말을 잘 못해", "정치 잘 몰라"라고 말하는 사람은 훌륭하다. 문제는 자기가 말을 매우 잘하며, 그래서 자신의 유려한 말솜씨로 상대를 감탄시키고, 나아가 개조까지 할 수 있다고 믿는 인간들이다. 이들은 정치 얘기만 나왔다 하면 덥석 물어 끝을 보고, 전후좌우 맥락도 없이 자기 혼자 관심 있는 이슈거리를 끄집어내 안 그래도 지루한 술자리를 어렵게 버티는 우리로 하여금 자신의 관자놀이에 방아쇠를 당기고 싶어 하게 만든다.

예외는 없다. 우파와의 대화는 속 터진다. 그들은 우리 세대를 못마땅해한다. 우리가 회사 혹은 사회에 갖고 있는 모든 불만을 개인의 의지박약과 기가 막히게 연결시킨다.

"내가 너희 나이 땐 더했어! 난 안 해본 게 없다고! 너희들이 보릿고개를 알아?"

이 한마디면, 우리 쪽 반격은 거의 불가능하다.

좌파와의 대화는 한마디로 재미없다. 그들이 밑도 끝도 없이 주장하는 나라 탓, 부자 탓은 결국 아무런 결론도 내지 못한 채 세상 참 살맛 안 나게 만든다. 더 웃긴 건, 이렇게 말을 늘어놓는 이들조차 하는 짓은 수구꼴통과 크게 다르지 않다는 거다.

그래도 이 같은 얘기는 들을 만하다. 적어도 일관성은 있으니까. 하지만 불행히도 대부분의 사람들은 이도 저도 아닌, 희한한 논리를 완성한다. 사회 복지의 중요성을 주야장천 연설해놓곤, 세금을 많이 걷어 간다고 한동안 푸념을 늘어놓는다. 남녀차별 문제를 한참 읊어대놓곤, 신입 사원을 성적대로 자르면 여자가 상위권을 다 차지한다며 입사 시험을 바꿔야 한다고 주장한다. 낙태 금지는 당연한 거 아니냐고 하면서, 콘돔은 불편해서 쓰기 싫단다.

사회 초년생들이 흔히 하는 실수 중 하나는, 술자리에서의 정치 얘기가 '토론'이라고 착각하는 것이다. 그래서 그들은 자신의 정치적 견해를 거침없이 말하며, "역시 요즘 애들은 다르군"이라는 말을 듣고 뿌듯해한다. 하지만 우리나라에서 '다르다'란 곧 '틀리다'는 뜻이다. 어려서부터 주야장천 해온 일이 네 편, 내 편 나누기인 한국 사람들은 자신과 의견이 다른 사람을 즉시 '남'의 카테고리에 집어넣고, 향후 그 사람의 일거수일투족을 '남'에 끼워 맞추기 시작한다. 기억하자. 술자리에서의 '토론'은 절대, 술자리에서 끝나지 않는다.

사회 초년생 시절, 나는 선배들을 앉혀두고 한국 블록버스터에 드러나는 여성 비하 장면의 문제에 대해 일장연설을 한 적이 있는데, 선배들은 딱 한 마디로 나를 간단하게 제압했다.

"너 페미냐!"

이후, 나는 죽도록 아파서 조퇴하고 싶을 때마다, 한적한 밤길에 홀로 남겨져 택시를 타야 할 때마다, 주량을 넘어선 상태에서 맥주와 양주를 1대 1로 섞은 폭탄주를 건네받을 때마다 이 말을 들어야 했다.

"괜찮아! 우리 혜린이는 여남평등주의자거든! 강한 여자라고!"

어른들의 카테고리 정리 방법은 우리의 상상을 초월한다. 무의식 중에 한 말이 우리를 '빨갱이'로 만들고, '노조에서 큰일 칠 애'로 만든다. 아니라고 손사래 쳐봐야 늦다. 그들의 카테고리화는 매우 신속하고 견고해서, 한번 낙인찍히면 그냥 그런 애가 되는 거다.

특히 신입 사원 땐 더하다. 어른들은 재를 어느 카테고리에 넣어야 하나 하고 우리를 매우 유심하게 들여다본다. 온실 속에 화초처럼 자랐나? 없이 자라서 사회에 분노가 많나? 학벌 콤플렉스가 있나? 외국 물 좀 먹었다고 나대나? 그러곤 매우 빠른 속도로 분류한다. 회사 비리를 알게 되면 재빨리 협조할 애인가, 인터넷에 폭로할 애인가? 남자보다 연봉을 덜 줘도 "감사합니다" 할 애인가, 빨간 띠 두르고 나가 앉을 애인가? 팀이 위기에 처하면 힘을 합쳐 야근할 애인가, 다른 팀 가려고 줄부터 바꿔 설 애인가?

인기 연예인들이 괜히 정치적 문제에 "난 몰라용" 하는 게 아니다. 대선 후보들도 마찬가지다. 민감한 질문을 받으면 뭔가를 열심히 말하고 있긴 한데, 자세히 들여다보면 "진실은 통할 거다" 같은, 초등학생도 할 만한 멘트를 되풀이하지 않나. 그들이 바보라서가 아니다. 국민들로부터 '틀리다'고 낙인찍히기 싫기 때문이다. 괜히 절반의 마음을 잃을 필요가 있겠나. 내 솔직한 의견 따위 뭐가 그리 중요하다고. 그럼에도 불구하고 SNS에 자기 의견을 썼다가 된통 당하는 연예인들이 많은데, 사실 그들이야말로 진짜 순수한 거다.

순수해선 먹고살기 힘들다. 물론 내 목소리를 높여서, 완벽한 논리로 상대를 굴복시켜서 세상이 조금이라도 더 나아진다면 그건 매우 의미 있는 일일 것이다. 하지만 그런 기대는 하지 않는 게 좋다. 상대가 직장 상사라면, 직장 동료라면, 바뀌는 것은 상대의 부조리한 가치관이 아니라 어렵게 쌓아온 당신의 평판일 테니까. 꼰대는 꼰대로, 꼴통은 꼴통으로 내버려두는 게 상책이다. 자칫 잘못 건드리면 그들은 악마가 된다.

하지만 어른들은 시도 때도 없이 우리를 시험하려 들 것이다.

"넌 어떻게 생각해?"

고로 우리는 이럴 때 내놓을 '정답'을 숙지해둘 필요가 있다.

"평소 생각해보지 못했는데, 방금 차장님 말씀을 들으니 일리가 있는 것 같아요, 호호."

온순하게 웃어주기라도 하면 완벽하다. 그런데 가끔은 절대 피할 수 없는 강한 스매싱이 날아오기도 한다.

"너는 좌파냐, 우파냐?"

이 역시 우리에겐 정답이 마련돼 있다. 조금 모자라 보이게 웃으며 이렇게 말하는 거다.

"중도입니다, 이힝."

2.
로맨스는 없다

사회 초년생이 가장 경계해야 할 것은, 바로 콘돔 없이 덤비는 남자친구다. 그 하룻밤이, 그동안 밤새가며 수능 공부하고, 코피 쏟아가며 A+ 받고, 대출 받아가며 스펙을 다져놓은 당신의 모든 것을 한 방에 날려버릴 수 있다.

첫사랑 리사이클링

무덥고 습하다. 지리멸렬한 장마가 계속되고 있다. 나는 커피숍 창가 자리에 앉아 상념에 잠겼다. 그 남자를 만난 건 대학교 1학년 때였다. 동아리 회장을 맡고 있던 그 오빠는 내게 유독 친절했다. 주위에서 둘이 무슨 사이냐고 짓궂게 놀렸지만, 그게 싫지는 않았다. 그와 나 사이에서는 닿을 듯, 닿지 않을 듯 두근거리는 시간이 지속됐다. 그리고, 그가 가느다란 손가락으로 내 머리에 묻은 먼지를 떼어주던 어느 날 밤, 나는 그를 사랑하기로 했다.

물론 내 사랑이 오래가진 않았다. 나는 인기 많은 스무 살짜리 아가씨답게 지독하리만큼 이기적이었고, 나란 여자가 그 매력적인 남자에게 얼마나 깊은 상처를 낼 수 있는지 시험하고 싶었다. 그 남자는 일방적인 나의 이별 통보에 학기 도중 군대에 입대하는 돌발 행동을 함으로써 내 자존심을 한껏 살려줬다. 그리고 그렇게, 연락이 두절됐다.

그에게서 전화가 온 건 6년 만이었다. 텔레파시였을까. 나는 요즘 들어 그 오빠 생각이 간절했다. 친절을 가장하고 내게 집적대는 노총각들과, 이를 악물고 나를 밟으려는 남자 동기들, 무색무취의 복제 인간 같은 소개팅남들 때문에 나는 지칠 대로 지친 상태였다. 내 인생에 그 오빠처럼 그렇게 나를 열렬하게 사랑해줄 사람이 없을 거라는 확신이 생겼다. 다시 시작하면 어떨까. 계속해서 내리는 비를 바라보며, 그 남자를 생각하기 시작했다.

그러던 어느 날, 거짓말처럼 그에게서 전화가 왔다. 오빠의 목소리는 여전했다. 그냥 얼굴이나 한번 보자는 말에 두말 않고 약속을 잡았다. 나 때문에 인생 계획도 바꿨던 그다. 서로가 성숙한 만큼, 이제 다른 결말을 그릴 수 있을 거다.

오빠의 얼굴은 다소 변해 있었다. 피부가 좀 처졌고, 눈가에 주름도 잡혔다. 굴지의 대기업에 입사한 지 1년쯤 됐다고 했다. 실적 스트레스가 심해서 많이 늙었다고 자책했다. 얼핏 보면, 내가 소개팅에서 줄줄이 만나온 복제인간들과 크게 다르지 않았다. 그러나 여전한 것도 있었다. 가느다란 손가락. 그는 그 손가락으로 자신의 머리에 묻은 물기를 털어냈다. 나는 그 광경을 빤히 바라봤다. 가슴이 다시 두근거렸다. 그는 끝없이 질문을 퍼부었다.

"진짜 만나는 남자 없어?"

"너 인기 많을 것 같은데. 여전히 눈이 높구나?"

"옛날 생각 가끔 나지 않니? 난 가끔 네 생각 했는데."

"살이 좀 빠졌다. 어디 아픈 데는 없고?"

직장생활을 하면서 성격이 급해진 나는 "빨리 나한테 다시 만나자고 해!" 하고 외치고 싶은 마음을 겨우 자제하고 있었다. 내 심장이 다시 두근댈 수 있다는 사실에 스스로 감격해 눈물이 펑펑 나올 지경이었다. 영화를 보자고 할까, 예전에 데이트했던 대학가에 다시 가보자고 할까. 내 생각은 앞서가고 있었다.

그때였다. 오빠는 그 가느다란 손가락으로, 어떤 서류를 내밀었다.

"건강하다니까 다행이다. 그래도 미리미리 챙겨둬야지. 한번 읽어봐."

나는 그 서류가 뭔지 쉽게 알아차리지 못했다. 오빠가 각종 암 종류를 줄줄 읊는 동안, 나는 서류를 쥐고 있는 오빠의 손가락만 뚫어지게 볼 뿐이었다. 정신을 차린 건 그 다음이었다.

"네가 그런 병까지 생각할 때는 아니지만 사람 일은 모르는 법이잖아. 보통은 치질 수술 혜택을 제일 많이 받아. 그래 봬도 수술비가 꽤 된다고."

이게 뭐지? 나는 그제야 그의 네 번째 손가락에 있는 반지 자국을 발견한다. 반지는 저 양복 재킷 주머니 어딘가에 굴러다니고 있을 거다.

"난."

난 천천히 일어섰다. 그리고 침을 삼켰다.

"치질 없어."

젠장. 애틋한 첫사랑에게 건네는 마지막 멘트치고는 꽤나 아찔하게 로맨틱한 대사였다.

첫사랑을 만나면 안 되는 이유

남자 복 없는 년은 뒤로 자빠져도 여자 품에 안긴다는데, 내 친구

내 x꼬까지 걱정해줘서 고맙다
이 첫사랑 놈아

강모 양이 딱 그 꼴이다. 회사에도 여자가 드글드글, 친구도 여자만 드글드글, 하다못해 그녀가 다니는 교회에도 남자가 하도 없어서 종교에 귀의한 언니들뿐이었다.

취직만 되면 휘황찬란한 로맨스가 시작될 줄 알았건만, 소개팅에 나오는 작자들이라고는 영혼이 어디로 빠져나간 듯한 퀭한 직장인, 아니면 그 나이에 철 안 든 걸 자랑스러워하는 아티스트 나부랭이들뿐이었다. 그녀는 학창 시절 뒤도 안 돌아보고 차버렸던 남자들이 얼마나 '킹카'였는지 뒤늦게야 절감했다.

이럴 때 손쉽게 꺼내는 카드, 바로 전 남자친구들 되시겠다. '이 찌질이들아, 그래도 너희들만 한 애들이 없더라!'는 생각에 대학 동기 모임에 총알같이 달려가 눈도장 찍고, 트위터 계정과 블로그 주소를 알아내기 위해 수 시간 모니터에 고개 처박고 열심히 검색을 해대는 것이다.

그녀의 절박한 심정, 모르는 바 아니다. 나도 한때 그랬다. 그 누구를 만나도 당최 가슴이 설레지 않고(내가 까다로워진 건 생각 안 하고), 외모가 다들 아저씨 같으니까(전 남자친구도 늙었을 거란 생각은 못 하고) 전 남자친구들을 찾아 헤매며 참 오랜 시간을 보냈다.

생각해보면 웃긴 일이다. 지금 새로 만나는 남자들도 누군가에게는 첫사랑일 텐데, 그렇게 열렬한 사랑을 했을 텐데 말이다. 내 첫사랑도 나이를 먹고, 남들 눈엔 그저 그런 사회인이 되었을 텐데 말이다.

사회 초년생들이 팍팍한 현실의 도피처로 첫사랑을 다시 만나 가장 먼저 실망하는 것은 바로 말이 통하지 않는다는 사실이다. 대체로 그들은 막 군대를 제대하고 복학한 상태인데, 이때 남자들은 여자들이 쉽게 이해하기 힘든 행태를 보인다. 사회에 먼저 진출한 우리 눈에 그는 그저 세상 돌아가는 일 모르는 애송이일 뿐인데, 이 세상이 돌아가는 방법을 모두 통달한 것처럼 굴며, 우리가 전하는 직장 이야기를 지나치게 동경하거나 깎아내리려 한다. 동경과 폄하를 동시에 하기도 한다. 그래서 우리는 이른 나이에 취직을 한 위대한 젊은이가 되는 동시에, 그깟 대단하지도 않은 일을 하면서 힘들다고 엄살이나 떠는 못난 년이 된다. 신문에서 주워들은 거 몇 가지 가지고 우리의 직업에 대해 이러쿵저러쿵하기라도 하면, 첫사랑이고 나발이고 한판 붙고 싶은 마음까지 든다.

그러나 진짜 위기는 그 다음부터다. 쥐꼬리만 한 월급이긴 하지만 어쨌든 돈을 버는 우리는 그들에게 맛있는 밥을 사줄 생각이 충만한 상태다. 그러나 그들은 굳이 "오늘 네가 사는 거지?"라는 말을 자꾸만 꺼내서 열고 있던 지갑도 도로 닫아버리고 싶게 만든다. 내게 반지 하나 사주겠다고 고된 아르바이트도 마다 않던 그가, 1만2,000원짜리 스파게티값 때문에 날 오랜만에 만난 걸 후회하는 표정을 숨기지 못하는 모습은 정말이지 우리를 절망하게 만든다. 내가 산다니까! 하지만 우리의 전 남자친구는 그를 향해 누워 있는 계산서가 그렇게도 부담스러운가 보다.

나이 많은 오빠 역시 크게 다르지 않다. 사회 초년생이란 무릇, 어른들로부터 잔소리를 유발하는 계급. 우리의 '오빠'들 역시 어쩌고저쩌고 일장연설을 늘어놓는데, 이게 첫사랑과의 만남인지 상사와의 회의인지 헛갈릴 때도 적지 않다. 일찍이 속도위반을 해서 결혼해놓고, 굳이 그 사실을 알리지 않는 나쁜 놈들도 꽤 많다. 보험 가입을 권하는 것 정도는 귀여운 수준이다.

두근거림과 열정 대신 현금과 실적, 신분 차가 존재하는 20대 후반의 어설픈 재회는 꽤나 큰 후유증을 남긴다. 첫사랑을 다시 만난다는 것은, 주룩주룩 내리는 비를 바라보며 애틋하게 회상할 상대가 없어진다는 것을 뜻한다. 그리고 사랑이라는 감정 자체에 대해 냉소하게 만든다. 그렇다. 첫사랑을 못 잊어 평생 그녀를 가슴에 묻고 사는, 하물며 20대 초반 때보다 더 매력 있어진 남자는 한류 드라마 속에나 존재하는 것이다.

새로운 남자를 발굴하라고 말하고 싶지만, 사실 그건 진짜 쉽지 않다. 20대 후반에 만날 수 있는 남자들은 실로 폭이 좁다. 뼈를 깎는 고통으로 눈을 낮춰야 한다. 이제 더 이상 무결점 로맨스는 없다는 사실을 받아들여야 한다.

내 친구 강모 양은 현실을 받아들이기를 거부했다. 그래서, 무결점의 아이돌들을 사랑하기 시작했다. 20대 초반의 남자가 내뿜는 그 맑고 뜨거운 열정을 놓치고 싶지 않았던 모양이다. 뭐, 그녀의 선택은 존중한다.

그런데 제발 콘서트에 같이 가자고는 하지 말자, 좀!

첫눈에 절대 안 반한다

"야! 너 소개팅 잘됐다며?"

동기인 혜진이가 큰 소리로 외쳤다. 같은 테이블에 있던 업계 관계자들이 일제히 쳐다봤다.

"진짜?"

"뭐 하는 남자예요?"

질문들이 쏟아졌다. 회사 선배 결혼식에서 난데없이 화제의 주인공이 된 나는 애매하게 고개만 갸웃했다.

"뭐야, 웬 내숭? 빨리 불어봐. 너, 소개팅 괜찮았다고 말했다면서."

실속도 없이 남의 연애사에만 관심이 많은 혜진이가 거듭 재촉했다. 그 소개팅이 괜찮은 거였나?

물론 소개팅 당일은 정말 괜찮았다. 대화도 잘 통했고, 서로 연신 미소를 지었다. 큰 웃음도 몇 번 있었던 것 같다. 점잖게 밥을 먹고, 적당히 고급스러운 와인도 한잔했고, 밤 11시에 나를 우리 집 앞에 데려다 주기까지 했다. 내가 최신 영화 얘기를 슬쩍 꺼냈을 때 그는 분명 "다음에 같이 보자"고도 했다. 헤어지고 난 후엔 정말 즐거웠다는 문자메시지도 왔다. 그러니 주선자에게 "괜찮았다"고 말한 건 당연한 거 아닌가.

그런데, 이후로 아무 연락이 없다. 다음 날 눈뜨자마자 모닝콜이라도 해줄 기세였던 그 남자는 소개팅을 하기는 했느냐는 듯 깜깜 무소식이었다. 둘째 날까지 같은 상황이 지속되자, 진심으로 그가 걱정되기 시작했다. 어디 가서 죽은 건가. 휴대전화가 고장 나서 번호를 몽땅 날려버렸나. 갑자기 구조조정이라도 당해서 어디 가서 시위라도 하고 있나. 주선자에게 슬쩍 물어보고 싶었지만, 그건 왠지 자존심이 상했다.

맞다. 친구들이 20대 후반의 연애는 달라져야 한다고 말했다. 커리어우먼은 당당해야 한다고 말하면서, 연애는 왜 수동적으로 남자의 연락만 기다리려고 하나. 나는 회사 여자 화장실 제일 구석 칸에 들어가 쭈그리고 앉았다. 휴대전화를 꺼내 그의 이름을 꾹 눌렀다. 수화기에서 분위기 있는 재즈곡이 흘러나왔다.

"지연 씨!"

이토록 반갑게 받다니! 역시 먼저 전화하길 잘했다. 그는 내가 너무 바쁠 것 같아 연락하지 못했다며, 다가오는 주말쯤 보자고 할 계획이었다고 했다. 하긴, 무턱대고 마구 연락을 해대기엔 내가 좀 바빠 보이긴 하지! 우리는 주말에 함께 영화를 보기로 했다.

두 번째 데이트도 즐거웠다. 영화를 보고 난 후 맥주를 한잔하고 집에 돌아오는 길엔 손도 잡았다! 분위기로 봐선 그대로 내게 달려들어 키스를 퍼붓는다 해도 전혀 어색할 게 없었지만 남자는 매너를 지켰다. 우리는 그렇게 웃으며 헤어졌다.

그런데, 이번에는 진짜 이상했다. 또 연락이 없는 거다. 내가 별로 바쁘지 않다고 그렇게 강조했는데, 여전히 조심스러운가 보다. 결국 또 내가 먼저 문자메시지를 보냈다.

'어젠 잘 들어가셨어요?'

답이 온 건 다음 날 아침이었다.

'네. 날씨가 좋네요. 출근 중이시죠?'

누가 날씨 물어봤냐! 나는 답문을 보내지 않기로 했다. 열 시간이 지나 퇴근시간이 다 됐다. 갑자기 센치해진 나는 카톡을 보내고 말았다.

'문자를 지금 봤네요. 전 퇴근 중이에요. 식사하셨어요?'

휴대전화는 또 침묵을 지켰다. 젠장! 의문문으로 보내지 말걸. 내가 보낸 메시지 앞에 뜬 '1'이라는 숫자가 사라지지 않았다. 바쁜가? 메시지 확인을 안 했네? 한두 시간쯤 지나서는 이 인간이 일부러 카톡 창을 안 열었을지도 모른다는 생각에 이르렀다.

답장이 온 건 이틀 후인 오늘 아침이었다.

'주말인데 뭐 하세요?'

나는 '회사 선배 결혼식 가요'라는 문장을 썼다가 지우기를 반복하다가 휴대전화 전원을 껐다.

"소개팅 잘됐느냐니까!"

혜진이가 한 번 더 물었다.

그러니까, 잘된 건가, 이게? 나는 솔직하게 전후 사정을 말했다.

"야! 당장 때려쳐. 그 남자는 너한테 안 반한 거야."

성격 급한 혜진이가 쏘아붙였다.

"좀 더 만나봐요. 처음부터 쌍방에 불붙는 거, 이제 흔치 않을 거예요."

"맞아. 아직 전 여자친구를 못 잊었나 보지. 그 정도는 결격사유도 아니야."

곧 서른 살이 되는 거래처 언니들의 말에, 혜진이를 제외하곤 모두 거세게 고개를 끄덕였다.

대충 넘어가자

내가 수학의 매력을 깨달은 것은 고등학교를 졸업한 지 7년이 훌쩍 지난 후였다. 일단 공식에 넣었다 하면 무조건 답이 나오는 이 녀석, 얼마나 좋아? 살다 보니 수학만큼 매력적인 것도 없다. 이것도 답 같고 저것도 답 같고, 이렇게도 해석되고 저렇게도 해석되는 언어영역 같은 건 정말이지 지긋지긋했다.

불행히도 이 사랑이라는 것은 언어영역과 비슷한 구석이 있어서 지문 하나를 읽는 데 시간을 다 잡아먹는 데다가 문제를 아무리 꼼꼼히 읽어도 답이 바로 안 나온다. 분명 오지선다형인데, 어렵게 하나하나 지워가면 정답 후보로 남는 건 꼭 두 개 이상. 어떨 땐 다섯 개 전부 답이 아닌 것 같은 때도 있다. 정답 해설을 아무리 뒤적여봐도 출제위원이 멋대로 휘갈겨놓은 것도 많다.

엄마 자리에 여자 하나 넣고, 아빠 자리에 남자 하나 넣으면 해피엔딩으로 애 하나 쑥 나오는 공식이 있으면 얼마나 좋을까. 연애가 마구 꼬이기 시작하던 사회 초년생 시절, 나는 오로지 그 생각뿐이었다. 그러나 연애 경력이 쌓이고 쌓일수록 점차 공식은 복잡해져간다. A의 경우, B의 경우, C의 경우, A-1, B-1, C-1에 각종 예외 조항과 허를 찌르는 시적 허용까지, 서른을 목전에 두고 있다면 적어도 J-32에 팔지선다형 문제 정도는 너끈히 풀어내야 하는 거다.

어떤 남자가 있다고 치자. '아! 저 남자 욕심난다' 싶으면, 그 남자 어깨 위엔 꼭 두 눈 시퍼렇게 뜨고 곧 내 목이라도 조를 기세인 여자가 하나 떡하니 올라타 있다. '아! 저 남자 괜찮다' 싶으면, 그 남자 허리춤엔 지난 수년간 가족보다 과한 애증으로 가득 찬 여자가 하나 들러붙어 있다. '아! 저 남자 다정하다' 싶으면, 그 남자 좌우에는 그 다정함에 홀딱 홀린 애정 결핍형 여자들이 진을 치고 자빠졌다.

내 연애사도 마냥 단순하지는 않았다. '아! 저 남자 날 감동시킨다' 싶으면, 그 남자 옆에 더 매혹적이고 섹시하고 샤프한, 그러나 훨씬 더 나쁜 남자가 화려하게 등장했다. '아! 저 남자에게 모든 걸 맞춰주고 싶다' 할 정도의 남자가 생기면, 그 남자 앞에는 갑자기 나한테 꽂혀 집안의 가보도 갖다 바칠 듯한 로맨틱한 남자가 우뚝 나타났다. '아! 저 남자 정도면 괜찮지' 하고 타협하려고 하면, 내가 그동안 차왔던 더 멋지고 완벽한 남자들이 내 머릿속을 휘저었다.

이래서 안 되고 저래서 안 되고, 이래저래 해서 다 빼고 나면, 젠장! 전부 정답이 아니다. 새로 등장한 뉴 페이스는 알고 보면 그저 그런 놈이고, 나만 바라볼 줄 알았던 녀석은 내가 잠시 생각하는 새에 다른 여자랑 눈이 맞아 도망가고, 조금 이상형을 낮춰볼까 하고 평범남에게 접근하면 더 예쁜 여자가 나타나 채 간다. 너무너무 외로워서 '오우, 진짜 내가 너랑 만날 줄 몰랐다' 하고 자포자기하려 하면 그놈은 첫사랑이 나타났다며 꽁무니를 뺀다. 별수 있나. 덜렁 혼자 남아 저주받은 타이밍을 원망할 수밖에.

우린 무인도에서 공수해온 총각 · 처녀가 아니다. 그러니 역사가 있다. 그런데 상대의 역사를 받아들이는 데에는 아직 서툴다. 정말 괜찮은 남자를 만났는데 "6년 사귄 여자친구와 한 달 전에 헤어졌다"는 말을 들었을 때 그 난감함이란. 새로운 연애 좀 시작해보려는데, 4년이나 사랑했던 전 남자친구로부터 자꾸만 전화가 올 때 그 복잡한 심경이란. 적어도 5년 이상의 연애경력을 가진 남녀들이 만나 서로 짠 하고 눈 맞아 일사천리로 연애하기는 진짜 쉽지 않다.

아니, 어느 한쪽만이라도 첫눈에 반하면 좀 속력이 붙는데, 그것도 결코 쉽지 않다. 뭘 해도 전 애인과 비교하게 되고, 상대의 웬만한 내숭과 전략도 다 보인다. 사는 곳과 직업 정도만 알면 대략적인 경제 사정과 성공 가능성도 바로 나온다. '애가 지금은 찌질해도 먼 훗날 제2의 스티브 잡스가 될지도 모르잖아?'라고 생각하기엔 피차 나이가 많다. 그러니, 회식을 땡땡이치고 그 사람을 만나러 가고, 회의 도중 문자메시지에 답문을 보내고, 새벽 출근을 앞두고 밤늦게 데이트를 잡을 만큼 당장 두 눈이 뒤집히기도 쉽지 않다. 그것도 소개팅으로 만나 한두 번 데이트만 한 상태에서 말이다.

사회인들의 연애는 장기전이다. 사내 연애가 아닌 이상 매일같이 붙어 다니는 건 불가능하다. 일주일에 한 번 보는 것도 사실 무지 자주 보는 거다. 그러니 불붙기가 쉽지 않고, 한 달 정도 만나도 여전히 서먹한 커플도 많다.

서로 해결해야 할 장애물도 많다. 전 남자친구, 전 여자친구를 완벽하게 정리하고 주위에 너저분하게 널린 어장까지 죄다 해결된 상태에서만 사귀겠다고 하면, 맹세컨대 시작도 못 한다. 다시 한 번 말하지만 20대 후반쯤 되면 매우 복잡한 연애 공식을 척척 풀어내야 한다. 그리고 그걸 대충 풀었다 싶으면 그것만으로도 정말 소중한 '인연'을 만난 것이다.

나에게 반하지 않은 남자에게 목을 맬 이유는 전혀 없지만, 내 기대만큼 뜨겁지 않다고 싹둑 잘라내지도 말 것. 어장 한 칸 정도는 못 이기는 척 내주는 게 현명하다.

건어물녀, 마약보다 무서운

소개팅을 해볼까 했어요. 입사 초기에 남자친구와 사소한 걸로 다투다 헤어지고는, 그 길로 쭉 솔로였거든요. 언제나 그랬듯 금방 또 누가 생길 줄 알았으니까, 참 쿨하게 보내줬죠. 지금 생각하면 그때 한 발짝 정도 양보를 했어야 했나 봐요. 아니, 두 발짝 반 정도?

암튼, 솔로 3년차가 되던 해, 이건 좀 아니다 싶어서 여기저기에 소개팅을 부탁하기 시작했어요. 역시 다르더군요. 예전엔 소개팅 얘기를 꺼내자마자 주선이 술술 들어왔는데 말이죠. 저는 "알아보겠다"는 말만 열두 번쯤 듣고 퇴근해야 했어요. 소개팅 얘기는 괜히 꺼냈나 봐요. 사실 생각해보니까, 소개팅, 그거 별로 하고 싶지도 않았어요.

늘 그렇듯 그날도 A를 만났어요. A는 지난 2년간 가장 친하게 지낸 친구예요. 도무지 빠져나올 수가 없는 친구죠. 그녀는(네, 여자예요) 퇴근 후 제 얼굴에 화장이 반쯤 지워져서 번들거려도, 이틀째 머리를 안 감은 일요일 아침에도 편하게 만날 수 있는 친구예요. 프리랜서로 글을 쓰는 A는 자신이 원하는 대로 시간을 쓸 수 있어요. 제가 일 때문에 갑자기 한 시간쯤 늦어도 그녀는 불평하는 법이 없어요. 카페에서 노트북을 꺼내 일을 하면 되니까요. 연극 티켓이 생기거나, 가보고 싶은 레스토랑이 생겨도 괜찮아요. 그녀가 늘 함께해주니까요.

A와 순댓국밥을 게걸스럽게 먹고 있는데 문자메시지가 왔어요. 전에 말해뒀던 소개팅이 하나 성사될 것 같았어요. 그런데 이상하게도 전 갑자기 불안해졌어요.

"나 이번 주 토요일에 소개팅해. 괜찮겠지?"

"소개팅은 왜?"

"왜라니? 외로우니까 하는 거지."

"외로워?"

"그런 것 같기도 하고, 아닌 것 같기도 하고……."

"너 그동안 소개팅해서 잘된 적 있어?"

"아니."

"이번엔 잘될 것 같아?"

"그걸 어떻게 알아? 그냥 하는 거지."

"그냥이면 왜 해? 처바르고 차려입고, 꾸미고 나가서 시간 낭비하고 돌아오는 거, 별로지 않냐?"

"완전 별로지."

"그날 나랑 집에서 피자나 시켜 먹자."

"그……그럴까?"

나는 소개팅에 의욕을 완전히 잃었어요. 사실 A의 말은 모두 맞아요. 전엔 우리 회사에서 남몰래 찍었던 남자를 보여준 적이 있는데요, 그녀는 한눈에 그 남자의 결점을 짚어냈어요.

"나르시스트야. 네가 아니라 널 좋아하는 자기 모습을 사랑할걸."

세 달이나 지켜본 나보다 훨씬 낫지 않아요? 알고 보니까 그 남자는 정말 나르시스트였어요! 우연한 기회에 밥을 같이 먹은 적이 있는데, 자기 얘기를 너무 많이 하는 거예요! 좀 재미있는 사람이긴 했지만, 사실 그 정도도 못 웃기는 남자가 있겠어요? 옷도 어찌나 잘 입던지, 부인은 헐벗어도 자기는 팬티까지 명품으로 입어야 직성이 풀릴 것 같았어요. 덕분에 난 그 남자와 데이트하느라 주말을 허비하는 대신 집에 처박혀 잠을 실컷 잘 수 있었죠. 주중엔 쌩쌩한 체력으로 일도 잘해서 회사에서 인정받을 수 있었어요.

그런데 요즘 들어 뭔가 잘못된 것 같다는 생각도 들어요. A가 내 연애 라이프를 꼬이게 하는 거 맞죠? 그녀만 없었다면 내가 2년이 넘도록 솔로로 있진 않았을 것 같아요. 내가 찍은 남자마다 A가 나서서 초를 치지만 않았어도, 심심하고 외로울 때마다 나와 놀아주지만 않았어도 말이죠. 진짜로요, 제가 연애를 이렇게 오랫동안 못 했을 이유가 없다니까요? A가 문제였어요. 이제 그녀를 떠나야 할 때가 온 것 같아요.

철벽녀는 스스로 성장하는 법

우선 이것부터 확실히 하자. 그 친구와 헤어지기만 하면, 당신의 연애 라이프가 술술 풀릴 것 같나. 당신이 연애를 못 하고, 집에만 처박혀 있었던 게 정말 그 친구 때문인가. 당신은 연애를 할 수 있는 모든 여건을 갖추고 있는데 너무나 편리한 건어물녀 친구 때문에 푹 퍼져 있었던 것인가. 나는 로맨스는 잘 모르지만, 진짜 로맨스라면, 건어물 친구가 남자에 대한 험담 한마디를 하는 정도가 아니라 당신 이마에 권총을 겨눈다 해도, 당신은 그 남자를 향해 박차고 나가야 할 것 같은데, 아닌가?

당신 자체가 남자 만나기를 귀찮아하고, 새로 연애를 시작한다는 데에 큰 부담을 안고 있을 뿐이다. 그 친구가 없다고 해서, 당신이 갑자기 두 시간짜리 신부 화장을 하고 소개팅 시장에 뛰어들어 맛도 없는 샐러드를 시켜 풀 쪼가리나 뜯어 먹고 있진 않을 것이라는 말이다. 연극 티켓이 생겼을 때, 호감 가는 남자가 아니라 A에게 전화를 건 것은 당신이다. 어느 순간, 당신이 남자에게 전화해 데이트를 신청하는 게 영 불편해져버렸기 때문이다. A가 너무나 편한 게 문제가 아니다. 다른 여자들에게도 매우 편한 동성 친구는 하나씩 있게 마련이지만, 다들 연애는 잘만 하고 있지 않나.

A가 남자나 소개팅에 대해 부정적이긴 하지만, 그러든가 말든가 당신은 소개팅을 할 수 있었고, 맘에 드는 남자에게 호감을 표할 수도 있었다. 부정적일 걸 뻔히 알면서도 A에게 매번 의사를 묻는 건, 당신이 새로 시작할 어떤 관계에 지레 겁을 먹어, 도망칠 만한 그럴듯한 이유를 대줄 사람이 필요했기 때문이다. 당신이 연애를 시작했다는 이유로 지금 당장 한강에 뛰어들겠다고 협박할 정도가 아니라면, 당신의 연애를 방해할 친구는 없는 거다. 오히려 연애를 피하고픈 당신이 그저 냉소적이고 만사에 부정적일 뿐인 친구를 이용하는 것이다. 그러므로 문제 인식을 다시 할 필요가 있다. 당신은, 왜 연

애를 피하게 되었나. 왜 흥미진진한 사냥감을 뒤로하고 시간이 남아도는 친구를 만나는 걸 좋아하게 되었나.

인생사, 너무 피곤하기 때문이다. 입사 초기, 우리는 연애가 얼마나 걸리적거리는 것인지를 깨닫게 된다. 주말에까지 머리를 감고 샤워를 하고 옷을 골라 입고 밖에 나가기에는, 우리 체력은 그리 좋지 않다. 어느 순간, 옷장에는 출근용 옷만 가득할 뿐, 평상복은 대학교 때 샀던 것들이 전부다. 데이트용 옷을 좀 살까 해도, 결국 손이 가는 건 회사에도 입고 갈 만한 단정한 옷뿐. 저 비싼 옷을 사봤자 회사에 못 입고 갈 것 같다면 쉬이 눈길이 가지 않는다.

남자란 것들은 또 어떤가. 우리가 어디서 죽을죄를 짓고 돌아와도

따스하게 안아줄 것만 같았던 그들은, 회사 일 때문에 조금 까칠해진 것만 봐도 "오늘 그날이냐"며 핏대를 세운다. 새로운 남자를 만나봐도 크게 다를 건 없다는 걸 우리는 안다. 낼모레 서른인데 아직도 남자에 대한 판타지가 있다면, 솔직히 그거, 어디 모자란 것 아니겠나.

물론 처음엔 누구나 나름 노력을 한다. 연애 세포를 죽여선 안 되니까. 자기관리는 잠깐 소홀한 순간 되돌아올 수 없는 강을 건너니까. 우리는 피곤한 몸을 이끌고, 의상까지 비싼 걸로 새로 마련해 데이트에 나가는 노력을 마지않는다. 하지만 제대로 된 성과는 잘 나타나지 않는다. 상사한테 치이는 것도 짜증 나는데, 남자친구까지 한 숟가락 얹게 되면 우리는 이 생각을 하지 않을 수 없다.

'오늘 실컷 잠이나 잘걸.'

실제로 그렇다. 그렇게 주말을 허비하면, 주중 내내 피곤해 미친다. 결국 우리의 무의식은 잠깐만 연애를 멀리하자고 결론을 내린다. 말로는 "연애할래", "어디 좋은 남자 없어?" 노래를 부르면서도 사실 우리는 연애 자체를 원천봉쇄하고 마는 것이다. 그리고 그것이 연 단위를 넘어서까지 실효를 거두게 되면, 어느새 우리는 연애를 새로 시작하는 방법을 잊어버리고 만다.

그런데, 이게 꼭 부정적인 일일까? 난 솔직히 연애를 좀 쉬어도 된다고 생각한다. 20대 중후반은 반론의 여지없이 매우 중요한 시기이다. 자신의 몸과 마음이 연애의 번거로움에서 좀 벗어나고 싶다고 한다면, 이를 존중할 필요도 있다고 본다. 한국 드라마가 죄다 사랑 없으면 죽음을 달라고 외치고 있다 해도, 나 스스로 중심을 잡을 필요는 있는 거다.

문제는 이 시기를 지나서 다시 연애의 필요성을 느낄 때쯤이다. 연애만이 줄 수 있는 그 짜릿함과 팔딱팔딱 살아 있는 감정이 필요할 때, 이를 솔직히 인정하는 자세가 필요한 거다. 우리는 이 쑥스럽고 불편한 마음을 인정하기 싫어서, 또 다시 연애를 할 수 없는 이유를 찾아 혈안이 되곤 한다. 이는 연애를 '안' 하는 게 아니라 '못' 하는 상태로의 진입을 뜻한다. 그럼 진짜 욕구불만, 히스테리 충만한 상태가 되는 거다.

A가 없었다면 당신은 더 우울했을 거다. 가고 싶은 식당이 생겼을 때나, 공짜 티켓이 생겼을 때, 당신은 휴대전화만 황망하게 쳐다보다 눈물지었을지도 모른다. 그렇다고 해서 당신이 남자친구의 필요성을 깨닫고 재빨리 소개팅 시장에 뛰어들었을까. 당신은 분명 다른 핑곗거리를 찾아냈을 것이다.

당신이 연애를 두려워하고 있다는 사실만 직시한다면, 그래서 다시 용기를 내는 데 성공한다면, A의 존재 따위, 당신의 연애 라이프에 아무 해가 되지 않을 것이다. 그러니 A와의 소중한 우정을 잘 지켜내시라. 그런 친구, 또 없다.

똥차 가고 벤츠 안 오나요

장동건, 강동원, 조인성, 송중기.

그녀가 함께 일하는, 혹은 일했던 남자들이다. 그들은 그녀와 같은 공간 안에서 숨 쉬고, 그녀와 함께 스케줄을 의논하고, 그녀에게 먼저 말을 걸어준다. 제아무리 신체 중 유일하게 발달한 게 좌뇌인 그녀라 할지라도, 이 환상적인 세계에서 이성적인 사고를 하기는 어려웠다.

아마도, 그래서일 것이다. 벌써 3년째, 이 세상에 여자라고는 그녀 하나뿐인 줄 아는 남자친구가 은근슬쩍 "우리 애들은"으로 시작하는 문장을 입 밖에 낼 때, 가래까지 섞어서 기침을 해대며 화제를 바꿔버린 것은. 내일 당장 후회한다 할지라도 어쩔 수 없었다. 방금 만나고 온 유아인에 비하면 남자친구는 유전자 어딘가가 결핍된 게 분명하니까. '저 밋밋한 남자의 아이를 낳을 순 없다'고 그녀는 생각했다.

당혹감과 실망, 분노가 뒤섞인 남자친구의 얼굴을 짐짓 모른 체한 그녀는 "피곤하다"는 가장 무성의하고 흔해빠진 핑계를 대고 집에 먼저 들어왔다. 사실 처음 있는 일도 아니었다. 남자친구는 최근 들어 자꾸만 청혼을 암시하고 있다. 장난삼아 손가락 크기를 재볼 때만 해도 웃을 만했다. 그런데, 신혼집은 적어도 몇 평이 돼야 한다고 생각하느냐고 묻거나, 사돈에 팔촌 가계도까지 줄줄 읊어줄 때엔 머리끝이 쭈뼛 서기 시작했다.

그는 착하고, 성실하고, 편했다. 그녀가 영화 홍보 일을 하느라 몇 시간째 계속 통화 중일 때면, 그녀가 급한 일을 먼저 끝내고 이후에 전화해줄 때까지 기다려주는 인내심을 갖고 있었고, 그녀가 입에 침이 마르도록 남자 배우의 미모를 칭찬해도 허허 웃으며 들어주는 배려심도 있었다. 직업도 그만하면 괜찮았고, 여자 문제도 없었으며, 술 담배 없이 못 사는 스타일도 아니었다. 친구보다 그녀를 좋아했고, 배울 만큼 배우기도 했다. 집에는 돈도 좀 있는 것 같았다.

하지만 그녀는 가슴이 뛰지 않았다. 3년이나 만났지만 사실 설레본 적이 별로 없었다. 시간이 흐르면 흐를수록 그 남자는 남자친구보다는 친오빠에 가깝게 느껴졌다. 어려운 일이 생겼을 때 상의도 하고 싶고, 이따금씩 보고 싶긴 했지만, 그렇다고 그와 눈이 마주칠 때마다 온몸에 전기가 짜르르 흐르지는 않았다. 아니, 뭘 어떻게 해도 전기는 흐르지 않았다. 취업 걱정이 하늘을 찌를 때, 자주 만나서 신세한탄도 들어주고 비싼 밥도 사주고 집까지 데려다 준 게 고마워서 만나기 시작했지만, 결혼 생각 같은 것은 한 번도 한 적이 없었다. 물론 여섯 살이나 많은 남자친구 입장은 다를 수 있겠지만, 그녀가 그런 것까지 신경 쓸 겨를은 없었다.

남자친구가 그녀와의 미래를 그릴 때, 가래 섞인 기침으로 응답한 후 한 달가량이 지났다. 남자는 눈에 띄게 수척해졌다. 당연히 둘 사이도 서먹해졌다. 그녀는 이별을 준비했다. 마침 새로 맡은 블록버스터 영화가 개봉에 임박해 일도 많았다. 그녀는 쳐다만 봐도 오르가슴을 느낄 것 같은 남자 배우와 잡지 화보 촬영 일정을 소화해야 했다. 촬영 날에는 몇십 년 만의 한파가 들이닥쳤고, 스튜디오엔 난방이 잘 안 됐다. 입만 열어도 입김이 한 움큼씩 나왔다.

배우는 신경이 날카로운 상태였다. 행여나 그가 변덕을 부려서 화보 촬영에 비협조적으로 나오면 그녀만 손해였기에 난로란 난로는 죄다 공수해 메이크업을 받고 있는 배우 앞에 둘러줬다. 그래도 뾰로통한 그의 표정은 바뀌지 않았다. 스태프가 사다 놓은 핫팩을 죄다 뜯어서 그의 무릎 위에 올려줬다. 그녀의 손은 파랗게 얼어 있었지만, 언제나 사람들이 베풀어주는 데 익숙한 배우는 난로와 핫팩을 독차지하고도 "춥다"만 연발했다. 아마도 오늘 일을 다룬 보도자료는 '맹추위에 난방도 안 되는 스튜디오에서 투혼을 펼친 ○○. 그의 프로의식에 스태프들이 극찬했다'는 내용으로 꾸며질 것이다.

수많은 사람들이 대동단결해 잘생겼다는 말을 수백 번 쏟아낸 다음에야 배우가 좀 웃는 듯했다. 그녀는 담배를 하나 집어 스튜디오 밖으로 나왔다. 발광하듯 울려대는 휴대전화는 잠시 무음 모드로 바꿔놨다. 괜히 우울해졌다. 라이터를 찾기 위해 두툼한 코트 주머니를 뒤지는데, 조그마한 핫팩이 하나 나왔다. 언젠가 남자친구가 넣어준 것이었다.

별거 아닌데, 진짜 별거 아닌데 눈물이 찔끔 났다. 그녀 인생에 이런 남자가 또 있을까. 그녀는 '지금 당장 전화해 결혼하자고 말해버릴까' 하고 2초간 생각했다.

남자, 원산지부터 체크하라

우리가 꿈꾸는 그런 남자, 당연히 없다. 그래, 백번 양보해서, 없을 가능성이 매우 높다고 해두자. 누누이 말하지만, 시간이 지날수록 좋은 남자를 만날 기회는 줄어든다. 그리고 남자는 잘생긴 순이 아니라 착한 순으로 '품절남'이 된다. 이럴 때 보면 여자들은 정말 현명하다.

그러면 잘생긴 남자가 시장에 남아 있을 테니 괜찮다고? 생각해봐라. 그들도 늙는다. "옛날에 여자 좀 울리셨겠어요" 하는 말에 자기가 장동건인 양 착각하고 여전히 고소영급 여자만 찾는 철없는 아저씨들이 남는다 이 말씀이다. 유부남과 즐기며 사는 것도 괜찮다고 생각하는 게 아니라면, 20대 후반부터 배우자에 대해 고민하게 되는 건 당연하다.

'이 똥차를 보내면, 벤츠를 만날 가능성이 내게 있는가.'

남자친구와 나이 차가 좀 있다면, 남자들은 이제 노골적으로 결혼을 원해올 것이다. 레퍼토리는 하나같은데, 부모님의 성화가 장난 아니라는 것. 하지만 그 말 속에 숨은 진의는, 이제 자기도 놀 만큼 놀았으며, 애인한테 공짜 밥도 먹일 만큼 먹였다는 뜻이다. 그러니 이제 우리한테 애도 키우면서 월급도 받아오는 슈퍼우먼이 되라고 압박을 넣는 것이다.

로맨틱 코미디를 많이 본 사람이라면 고개를 갸우뚱할 것이다. 오히려 여자들이 결혼을 더 원하는 것 아니냐고. 남자가 그 빌어먹을 반지를 안 내밀어서 속을 썩고 있는 여자들이 널려 있지 않느냐고.
그러나 현실은 다르다. 대한민국 여자들은 결혼 앞에서 계산기를 두드릴 수밖에 없다. 그 이유야 여성 문제를 다룬 수많은 다큐멘터리들이 대신했으니 생략하도록 하고.

이제 벤츠를 만날 가능성이 없다고 판단한 여자들은 자괴감에 빠진다.

'편하니까 만나기는 하는데, 결혼은 아닌 것 같아. 그 말 많은 동기, 동창들에게 이 남자의 얼굴을 어떻게 보여주지? 내가 봐도 못생겼는데! 연봉이 얼마냐고 물으면 어쩌지? 나보다 적은데! 그런데 이 남자랑 헤어지고 나서, 더 나은 남자를 만난다는 보장이 있어? 아이고, 내 팔자야!'

수많은 여자들이 묻는다. 도대체 배우자의 기준을 뭐로 정해야 하느냐고. 콩깍지가 씌어서 뵈는 것 없이 결혼하는 게 아니라면, 궁금할 수밖에 없다. 대체, 뭘 기준으로 결혼 승낙 여부를 결정해야 할까.

얼굴? 솔직히, 얼굴 뜯어 먹고 살 거 아니니 얼굴을 보지 말라고는 말 못 하겠다. 지독한 외모지상주의가 판치는 이 사회에선 남편 외모에 대한 평가가 여자의 뒤통수를 평생 간지럽힐 것이다. 그냥 적당한 수준이면 되겠다.

집안의 돈? 매우 든든한 보험 같을 것이다. 하지만 돈 많이 뜯어가는 보험이 늘 빵빵한 보험금을 지불하는 건 아니다. 그 복잡한 계약서 하며 깐깐한 직원을 떠올려보라. 부자라고 늘 아들에게 지원을 아끼지 않는 것은 아니며, 지원에는 반드시 대가가 따른다. 예를 들면 신혼집 열쇠를 복사해줘야 하는 일 같은. 혹은 해주는 것 없이 요구 사항만 많을 수도 있다.

학벌? 내가 아는 어떤 명문대 출신 아저씨는 술만 마시면 부인을 때린다. 이걸로 학벌에 대한 설명은 끝.

연봉? 바야흐로 신자유주의 시대 아니겠나. 오늘의 직장이 내일의 일터라는 법, 절대 없다.

이와 같이, 나 역시 '이 남자와 결혼해도 되겠다'는 판단을 내릴 만한 우선 기준을 찾을 수가 없었는데, 먼저 결혼한 내 친구 A양이 두 눈이 번쩍 뜨이는 명쾌한 답변을 내놨다.

"그 남자의 엄마를 봐."

평소 그가 엄마를 어떻게 대하느냐가 남자를 판단하는 가장 중요한 척도라는 것이다.

"집에 가서 잘 봐. 양말을 벗어서 세탁기에 집어넣는지, 화장실에서 빨아서 갖고 나오는지, 아니면 돌돌 말아서 방구석에 휙 던지는지. 밥 먹을 때 수저 정도는 직접 나르는지, 아니면 말끝마다 '엄마, 저거 좀'을 달고 사는지. 신혼의 단꿈이 깨지면 부인한테 그대로 할 짓이니까."

그의 엄마가 아들을 어떻게 대하는지 역시 중요하다.

"아들의 '배고프다' 한마디에 야밤에 쌀을 씻고, 수시로 방 안에 쳐들어가 이불까지 개주는 엄마, 절대 피해야지. 그런 엄마들은 며느리도 자기 아들한테 똑같이 해줘야 한다고 생각해. 자기 아들은 곱게 자랐으니까. 수시로 신혼집 문 따고 들어와서 냉장고 검사할 시어머니, 피해야 하지 않겠어?"

안 그래도 가정에 불성실하라고 강요하는 이 사회에서, 엄마에게서 진정한 독립도 못 한 남자는 최악의 남편감이라는 것이다. 그러므로 엄마와 어느 정도 거리를 둔 남자가 차라리 낫다는 게 그녀의 주장이다.

그리고 또 하나, 부채가 있어서도 안 된다.

"한국 효자의 특징이 뭔지 알아? 그 중요한 효도를 자기가 안 하고 부인이 대신 해주길 바라는 거야. 엄마한테 빚이 있다는 둥, 자기 때문에 고생한 엄마를 생각하며 눈시울 붉히는 남자, 절대 안 돼. 네가 그 빚 대신 갚아야 한다."

결혼한 사람들의 얘기를 들어보면, 부부 간의 마찰은 의외로 학벌이나 외모, 직장이 원인이 아니다. 대부분 가족과 관계된 것인데, 이는 대부분의 어린 미혼 여성들이 남편감을 고를 때 미리 심사숙고하기 어려운 부분이다.

시댁에 보내는 돈은 용돈이고, 처가에 보내는 돈은 버리는 돈이라고 생각하는 남자. 아이는 처가에서 공짜로 봐줘야 한다고 생각하는 남자. 모든 명절에는 당연히 시댁에 먼저 가야 한다고 믿는 남자. 시집에 가면 부인은 일 시키면서, 막상 처가에 가선 텔레비전만 보는 남자. 자기 엄마는 지나가는 말로 한 건데, 부인이 히스테리컬하게 반응한다고 생각하는 남자. 생각만 해도 구질구질한 이런 남자, 그냥 연애만 해서 고른 당신의 남자가 안 그렇다는 보장은 없다.

"야, 절대 티 안 나. 만나서 영화나 보고 맛집이나 찾아다니는데 그런 면을 어떻게 미리 발견하냐? 말들은 좀 잘하니? 아무나 데려다

놓고 두 시간을 떠들게 해봐라. 이 나라에 페미니스트 아닌 남자가 어디 있냐."

자, 다시 똥차와 벤츠를 구분할 시간이다. 완전히 새로운 이 기준으로 남자를 다시 평가해보라. 당신 옆의 똥차는 사실 벤츠일 수도, 그 다음에 올 벤츠는 사실 이 세상 제일가는 똥차일 수도 있다.

엄마와의 관계가 '완벽'한 남자를 찾았다면? 이 남자야말로 절대 놓쳐선 안 될, 한번 가면 다시 나타나지 않을 벤츠다. '가슴이 뛰고 안 뛰고' 따위, 그리 중요한 게 아니다! 가슴이 열심히 뛰어봤자, 그의 엄마가 그 가슴을 사뿐히 즈려밟을 수 있다는 사실! 명심해야 한다.

괜찮은 남자는 누가 다 옮겼을까

우리 부서에는 꽤 괜찮은 30대 차도녀가 두 명 있다. 서구적인 늘씬한 몸매에, 명품 아니면 걸치지도 않을 것 같은 럭셔리한 분위기의 최 대리님과, 여전히 20대 같은 동안 외모에 남자깨나 울렸을 것 같은 완벽한 애교 스킬을 지닌 강 대리님. 둘 다 일도 잘하고, 회사 안에서도 인정받아 내가 롤 모델로 삼고 있는 '언니'이기도 하다. 개인적으로는, 최 대리님 스타일에 더 가까워지고 싶은데, 아무래도 더 쉽게 도전할 만한 스타일은 강 대리님인 것 같다.

어찌됐든 나는 그 '언니'들과 함께 밥을 먹고, 차를 마시고, 퇴근 후 마사지도 같이 받으면서 차도녀 입문 코스를 차근차근 밟아가고 있다. 절친한 두 사람은 남자 얘기를 많이 하는 편이었는데, 역시나 그 둘의 역사는 내 것과는 비교가 되지 않았다. 연하면 연하, 외국 남자면 외국 남자, 그 어떤 주제가 나와도 그녀들의 입에서는 화려한 경험담이 술술 흘러나왔다. 아, 나도 저런 30대가 되면 얼마나 좋을까. 나는 그들과 조금만 더 친해지면 멋진 남자들도 좀 소개받을 계획이다. 우리 부서에 싱글 남자라고는 배 나오고 이마 넓은 노총각, 김 과장님밖에 없기 때문이다.

그러던 어느 날이었다. 최 대리님이 나를 불렀다.

"혜미 씨, 이거 강 대리 좀 갖다 줘."

최 대리님이 파일을 하나 내밀었다. 이상했다. 거리상으론 나보다 강 대리님이 가까운데. 얼핏 보니 강 대리님 표정이 좋지 않다. 나는 조용히 파일을 받아 강 대리님께 내밀었다. 그녀는 나를 쳐다보지도 않고 턱으로 책상을 가리켰다.

"아이씨! 이거 누가 이렇게 했어!"

강 대리님은 우리 부서가 관리하는 회사 홈페이지 게시판을 보고 있었다.

"공지 사항에 컬러 쓰지 말랬잖아!"

오늘 공지 사항을 게재한 건 최 대리님이었다. 그건 모두가 아는 사실이었다. 사무실에 냉기가 흘렀다. 나는 엉거주춤 내 자리로 돌아왔다. 컴퓨터 모니터에 메신저 창이 반짝였다.

'분위기 죽이네.'

옆 부서 지영이었다.

'두 분 싸우셨나?'

'몰랐어?'

나는 다시 두 '언니'를 돌아봤다. 때마침 창밖으로 천둥 번개가 우르릉 쾅 내리쳤다.

'무슨 일인데?'

'김 과장님 때문이잖아.'

'어느 김 과장? 배불뚝이 김 과장?'

'응.'

'그 아저씨 또 사고 쳤구만.'

'그런 셈이지. 동시에 두 여자를 꼬셨으니.'

'WHAT?'

'강 언니가 한동안 공들이고 있었는데, 최 언니가 어제 김 과장하고 영화 봤대.'

'뭔 소리여. 미친 거 아니야? 공을 왜 들여? 저런 아저씨한테.'

'야, 두 언니 나이 합치면 70이 넘잖냐.'

'그렇다고 눈이 삐는 건 아니다!'

'김 과장 정도면 괜찮지, 뭐.'

'괜찮은 남자 다 죽었냐!'

'몰랐어? 우리가 30대가 되는 순간, 주위에 괜찮은 남자는 다 죽잖아. ㅋㅋ 우리도 몇 년 안 남았다.'

내일이면, 늦으리

개와 고양이에 대한, 아무도 시키지 않은 나의 고민을 하나 소개하겠다. 난 고양이를 안아본 적도, 만져본 적도 없다. 소위 '고양이형' 얼굴을 가졌다는 여자들과도 친하지 않다. 고로 고양이가 어떤 특성을 가졌는지 모른다. 그냥 고양이 하면 떠오르는 이미지가 조금 부러울 뿐이다. 난 너무나 순박한 개처럼 생겨서, 돈 1,000원만 줘도 꼬리를 살랑살랑할 것 같은 인상이다. 개 중에서도 토종 똥개처럼.

그런데, 신문사 선배인 우모 씨의 말을 들어보면 고양이는 남자들의 이상형 그 자체다.

"고양이는 주도권을 안 뺏기거든. 분명히 내가 키우고 있는 동물인데도 오히려 주인인 내가 눈치를 보게 되잖아. 내가 놀아달라고 할 때에도 웬만큼 기분이 안 생기면 안 응해줘. 제멋대로 딴짓하다가, 내가 다른 일에 몰두하면 그제야 와서 야옹거리고. 밤늦게 집에 들어가도 꼬리를 흔들거나 주책을 안 떨어. 그렇다고 완전히 모르는 척하는 건 아니고, 나름대로 야옹거리는데 그게 정말 귀엽지. 또 생활력도 얼마나 강한데. 한번 아프면 극진히 돌봐줘야 할 만큼 많이 아픈데, 그런 상황은 1년에 한 번 올까 말까야. 개는 툭하면 아프잖아. 확실히 고양이가 강해."

한마디로 혼자 둬도 잘 논다는 뜻이다.

"또 그렇게 혼자 잘 노니까, 가끔 나한테 의지할 때면 더 좋지. 정복욕 같은 거 있잖아. 도도한 여자가 나한테 넘어오는 것 같은 쾌감이랄까."

애완동물을 상대로까지 '정복'을 꿈꾸는 선배의 야심을 좀 배워야겠다는 생각이 들었다. 암튼 그의 '고양이론'은 대부분의 남자들에게서 공감을 얻었다. 모두가 "그렇지! 그렇지!" 하며 휴대전화에 담긴 고양이 사진을 보여줬다. 그러고 보니, 야심찬 남자들 중에는 고양이를 좋아하는 사람이 참 많았다. 그동안 나 좋다던 남자친구들이 왜 대체로 세상에 별 욕심도 없고, 허송세월하는 낙으로 사는 인간들이었는지 알 수 있는 대목이다.

생각해보면 나도 자신감이 충만했던 20대 초반에는 고양이 같은 남자를 좋아했던 것 같다. 흰 피부의 남자가 도도하게 눈을 내리깔고 가녀린 손가락으로 머리카락을 한번 훽 넘기면, 내 눈에선 하트가 퐁퐁 쏟아져 나왔다.

'저 고고한 남자를 울려봤으면 좋겠다. 저 고고한 남자를 내 것이라고 자랑해봤으면 좋겠다.'

물론 결과는 불 보듯 뻔했다. 그 남자가 내 것이 되는 대신, 내가 '그 남자의 것'이 되는 게 훨씬 빨랐다. 남자가 줄 듯 말 듯(?) 오묘한 표정을 지으면, 나는 첫눈 맞은 강아지마냥 헥헥거리며 뛰어다녔다. 그는 나의 전화 열 통도 가벼이 씹어 먹은 반면, 나는 꺼진 휴대전화에서도 그로부터 전화가 오고 있는 듯한 영롱한 빛을 봤다. 그러다 하늘이 도와서 내가 정복욕 비스무리한 걸 좀 느낄라치면, 그는 나의 뿌듯함이 그저 착각에 불과했음을 은근히 암시하는 실마리를 백만스

물두 개쯤 흘렸다. 난 그저 "이 산이 아닌가벼" 하고 삭신이 쑤시는 비루한 몸뚱이를 이끌고 하산할 수밖에 없었다.

직장인이 되고 나서, 굳이 도도한 고양이 없이도 충분히 비루한 신체를 갖게 된 후로는 '개 같은' 남자가 더 좋아졌다. 엄밀히 말해 더 좋아졌다기보다는, 그 정도로 만족하는 거다. 정복욕이고 나발이고, 월급에 목매는 사회인이 된 후엔 그저 "너 좋아죽겠소" 하는 남자들 만나기도 버겁다. 나의 모든 말에 "예스" 하고, 나의 모든 면에 껌뻑 죽는 남자여야 그나마 스트레스 덜 받고 데이트를 할 수 있는 것이다. 날 무시하고 거절하고 내빼는 상대는 회사에서도 충분히 만나고 있다.

문제는 "너 좋아죽겠소" 하는 남자도 씨가 말랐다는 사실. 소개팅, 소개팅 노래를 부르고, 외롭다, 외로워 메신저 대화명 도배해놓

고, 길 가는 남자랑 어깨만 부딪혀도 좋아죽는 상태가 돼도, 누구 하나 날 거들떠봐주지를 않는다. 예전엔 어떻게든 내가 술 한잔 더 마시고 흐트러지길 고대하던 인간들이 이젠 택시 잡아주기 바쁘다. "한잔 더 할 수 있는데"라고 구시렁거릴 틈도 주지 않는다. 술자리에서 내가 주인공이 되는 순간은, 계산해주겠다고 지갑을 꺼낼 때뿐이다. 어쩌다 내가 이렇게 됐지? 뭐가 언제 어떻게 잘못된 건지 감도 안 온다.

한때는 아무 짓도 안 했는데, 남자들이 줄줄이 들이대던 시절이 있었다(물론 증거는 없다). 여기저기서 들러붙는 남자들 때문에 거의 제정신이 아니었던 나는, 평생 그런 남자들이 내 앞에 줄을 이을 것이라고 착각했다. 널리고 널린 개보다는 도도하고 값진 고양이가 내 상대일 거라고 철석같이 믿었다. 그런데, 현실은…….

어쨌든 나는 '개 같은' 남자를 꿈꾸게 됐다. 이 미천한 신세라도 좋아해주는 남자가 있다면 소원이 없겠다는 절실함 때문이다. 고양이의 '장난감 쥐'가 될 바에야 강아지의 주인이 되고 싶은 소망. 고양이의 주인은 일찌감치 포기했다.

그런데 '개 같은' 남자의 치명적인 단점도 보이기 시작했다. '나한테 헤프면 남한테도 헤프다'는 것. 내게 쉽게 호감을 표한 남자들은, 다른 여자들한테도 쉽게 호감을 표했다. 날 잊지 못하겠다며 다시 돌아온 남자들은, 대체로 다른 전 애인한테도 이 짓거리를 했다. 누군가가 내게 '원 오브 뎀one of them'이라면, 나 역시 그들에게 '원 오브 뎀'이었다. 쥐 새끼는 아무나 거느리는 게 아닌가 보다.

다시 원점으로 돌아가보자. 골치 아픈 고양이에 도전하느냐, 먹이만 주면 다 쫓아가는 개에 만족하느냐. 쉽게 답이 나올 문제는 아닌 것 같다. 그렇다고 넋 놓고 있으면, “남자들이 다 어디 갔지?” 하고 목 놓아 우는 건 시간문제다. “배불뚝이에 대머리 개라도, 나한테 꼬리 한번 쳐주면 그게 그렇게 고마울 수가 없다”고 언니들은 고백한다.

젠장. 솔직히, 우리는 모두 느끼고 있다. 주위에 진을 치고 있는 남자들의 상태가 예전 같지 않음을! 누가 그 많던(?) 내 남자들을 옮겼을까, 야옹.

회사의 상사를 사랑했네

"친구야, 친구야. 큰일 났어."

"왜, 무슨 일이야?"

"처음에 그는 수많은 아저씨들 중에 하나였을 뿐이었어. 그런데 내가 그를 선배라고 부르는 순간, 그는 내게 와서 남자가 되었단다. 서른네 살이라니, 진짜 아저씨잖아. 내가 지난달에 만난 남자랑은 무려 열 살이나 차이 난다고. 그런데 이게 무슨 일인지 나도 도대체 모르겠어. 내가 일을 하러 회사에 가는 건지, 그를 보러 가는 건지 모르겠어."

"행복한 고민이네. 난 돈 벌러 가는데."

"아이참. 내 얘기 좀 들어봐. 시작은 내가 굉장히 아팠던 어느 날이었어. 왜, 그날 있잖아, 내가 걔 땜에 열받은 날. 나한테는 명품 지갑 사달라고 온갖 거지짓을 다 하더니, 자기 학교 후배한테는 발렌타인 30년산을 펑펑 사주던 미친놈."

"그래, 네 전 남자친구."

"응, 내가 미쳤지. 그런 놈을 남자친구라고. 암튼 그놈 땜에 술을 어찌나 퍼먹었던지 완전 떡이 됐거든. 그런데 다음 날까지도 당최 술이 깨질 않는 거야. 하루 종일 토하고 속이 메슥거려서 죽을 것 같았는데, 내 옆자리에 앉은 그 선배가 갑자기 내 얼굴을 1.4초 정도 깊이 응시하는 거야. 나는 속으로 '에이씨, 또 혼나겠다' 하고 생각했어. 그 선배, 허구한 날 나를 혼냈거든. 그런데 그 남자가 갑자기 과장님을 부르더니 내가 너무 아픈 것 같으니까 집에 먼저 보내자는 거야. 세상에."

"하도 토하니까 냄새가 났나 보지."

"야, 그런 게 아니라니까. 나한테는 어디 아프냐고 한마디도 안 했지만, 은근슬쩍 챙겨주는 거잖아. 나는 조퇴가 너무 기뻐서 고맙다는 말도 못 하고 자리를 떴는데, 집에 오는 내내 자꾸만 생각이 났어. 내가 그 선배 때문에 하루 이틀 운 게 아니거든. 혼낼 땐 얼마나 심하게 혼내는데. 그런데 앞에선 맨날 뭐라고 해도, 뒤에서 챙겨주는 그런 남자였던 거야, 그 선배가."

"그럼 데이트해봐."

"야. 그건 안 되지. 상사라니까. 아저씨라고."

"그럼 무시해."

"야, 그게 안 되니까 큰일이라는 거 아니야. 그러고 보니까 그 남자가 나한테 흘리는 사인이 한두 개가 아닌 거야. 뭘 건네줄 때 있잖아, 꼭 손끝이 스치는 거 알아?"

"내가 어떻게 알아."

"2주 전에는 우리 팀이 회식을 했어. 다들 만취해서 집에 가는데, 선배가 나를 집까지 태워다 주겠다는 거야. 택시를 잡으려고 큰길에 내려섰는데 내 어깨를 돌려세우더니 대리 아저씨한테 바로 공덕에 가자고 말하더라고."

"공덕에는 왜."

"친구야, 내가 공덕 살잖아! 거봐. 그 남자가 너보다 나아. 그 남자는 내가 어디에 사는지 외우고 있잖아. 하물며 우리 집은 그 남자가 사는 곳과도 꽤 멀어. 차 안에 나란히 앉았는데, 차가 많이 흔들리는 거야. 그런데 그 남자, 내 어깨를 피하지 않았어!"

"차가 좁았나 보다. 경차냐?"

"그게 아니라니까. 그리고 밤늦게 문자메시지도 보낸다? 다음 날 아침에 지시해도 될 내용을 굳이 전날 밤에 연락해서 미리 알리는 거야."

"까먹을까 봐 걱정됐나 보지. 너 기억력 별로잖아."

"아니야. 첫마디는 꼭 '뭐 하니'야. 실은 내가 그 밤에 뭐 하는지 궁금한 거지. 또 일 가르쳐준답시고 밥 먹자는 말도 얼마나 많이 하는데. 지난번엔 점심 때 우리 부원들끼리 메뉴가 두 가지로 나뉜 거야. 그 선배는 피자를 택했어. 근데 난 그때 속이 너무 안 좋아서 해장국이 먹고 싶었거든. 나는 해장국집에 가는 사람들한테 같이 가자고 했지. 그랬더니 선배가 갑자기 자기도 속이 안 좋다는 거야. 은근슬쩍 해장국파에 합류했다고. 어쩌면 처음부터 해장국이 먹고 싶었을지도 몰라. 그런데 내가 피자를 선택할 거라 미리 짐작하고 피자를 고른 거겠지."

"그래, 매우 매우 타당한 추론이다."

"비꼬지 말고 더 들어봐. 그뿐만이 아니라니까. 내 컴퓨터 바탕화면이 소녀시대야. 내가 깐 건 아니고, 내 전임자가 깔아놓은 건데 귀찮아서 안 바꿨거든. 어느 날엔가 선배가 나보고 소녀시대를 좋아하느냐고 묻는 거야. 난 그냥 '예쁘잖아요'라고 했지. 그랬더니 들릴 듯 말 듯한 소리로 내가 더 예쁘다는 거야."

"말이 되냐? 그 남자, 소녀시대 안티인가 보다."

"그게 아니라니까. 걸 그룹이나 어린 여자들 얘기가 나오면 차라리 내가 더 예쁘다고 해. 앞에 '차라리'가 붙긴 하지만, 어쨌든 내가 예쁘다고 은근슬쩍 강조한다니까. 다른 부서 사람들한테는 내가 일도 잘하고 똑 부러진다고 칭찬도 해놨더라고. 한글 파일 같은 것도 절대 메신저로 안 받아. 귀찮게 왜 굳이 그러느냐면서 그냥 자기가 내 자리로 와서 내 어깨너머로 모니터를 보는 거야. 그때 가느다랗게 숨결이 느껴지는데 그게 너무 섹시해서 기절해버릴 지경이야. 그 와중에도 나는 똑똑히 느낄 수 있지. 그 남자 역시, 한글 파일보다는 내 머리 냄새에 집중하고 있다는 걸!"

"결론만 말해. 그래서, 그 남자가 고백이라도 했다는 거야?"

"아니."

"네가 먼저 자빠뜨리든가."

"그게 아니라."

"그럼 뭐!"

"그 남자, 결혼할 여자가 있는 거 같아."

"미친년."

"왜 욕을 하고 그래. 그 여자가 무슨 죄겠어."

"그 여자 말고 너 말이야, 너! 정신 차려! 그 아저씨는 그냥 지긋지

굿한 회사생활에 심심풀이 땅콩이 필요했던 거라고!"

"내가 바보야? 내가 그렇게 둔해빠졌겠어? 이건 진짜라구!"

당신은 대체된다

사랑보다 더 무서운 건 애증이다. 하루는 이 몸을 불살라 충성하고 싶도록 사랑하다가, 또 하루는 망치로 짓이겨 목숨을 빼앗아버리고 싶도록 증오하는 게 바로 상사라는 존재다. 아니, 하루면 그나마 양호하다. 어떨 땐 시간마다 바뀐다.

쭉 사랑하거나 증오하는 상대들은 금방 질려버리지만, 한 사람을 상대로 이 드라마틱한 두 감정이 뒤섞여버리면 문제는 복잡해진다. 날 버러지 취급하며 눈도 제대로 안 맞추던 인간이 어느 날 "잘했네" 하고 따뜻하게 토닥여줄 때, 내가 사람인지 일하는 기계인지 헷갈리는 어느 순간 남자의 손이 감질나게 내 손을 스칠 때, 인정하자. '당신 없인 못 살아'까진 아니어도 '썸씽이 일어나겠다'는 예감에 흔들리긴 한다.

물론 일부에서는 이렇게 아름다운 커플이 탄생하기도 한다. 상사와 부하직원으로 만나, 인생의 동반자가 돼서 알콩달콩 가정을 꾸리고, 둘 중 하나는 회사에서 독립해 자신의 일을 시작한다. 부부는 서로의 일에 조언을 아끼지 않고, 두 사람이 한때 상사와 부하였다는 게 믿어지지 않을 만큼 평등하고 화목한 부부 관계를 이어나가는 사례. 아하하! 어딘가엔 있겠지, 뭐.

하지만 대부분의 경우는 삽질로 끝나고 만다. 우선, 우리는 직장생활 5년차 이상을 절대 만만하게 봐선 안 된다. 그들은 회사생활과 사생활을 구분할 줄 안다. 직장에서 이성으로 끌리는 여자들을 관리하는 어장과, 퇴근 후에 본격적으로 즐길 여자들을 모아둔 양식장은 별개. 그들이 두툼한 지갑과 노련한 데이트 실력으로 편하게 놀 수 있는 양식장을 마다하고 굳이 회사 어장을 선택할 가능성은 정말 적다.

아무리 세상이 뒤집히는 달달한 사랑이라 해도 결국은 변하게 마련인 걸 깨달은 남자에게 회사 어장은 여러모로 결점이 많다. 회사 후배를 '내 여자'로 만들려는 모험을 강행하기엔 리스크가 너무 많은 것이다. 일은 안 하고 후배나 꼬셨다는 오명을 뒤집어쓸지도 모르고, 옆 부서에 찍어놓은 예쁜 직원과 시시덕대지도 못할 것이며, 향후 입사할, 당신보다 더 예쁘고 탱탱한 신입 사원들과의 관계도 포기한다는 걸 뜻하니까.

더구나 두 사람이 그렇고 그런 사이였다는 소문은 두 사람 모두가 회사를 떠날 때까지 귓가에 앵앵거릴 것이다. 사람들은 '남의 스캔들'은 절대 잊는 법이 없으니까. 회사생활을 5년쯤 했다면, 회사에서 누군가의 전 남자친구, 혹은 어느 후배를 꼬셨던 남자로 통하는 게 얼마나 불편한 건지 충분히 알고 있을 것이다.

즉, 그 모든 리스크를 뒤로하고 당신에게 뛰어들 가능성은 없다는 뜻 되시겠다. 오히려 선배가 주책맞게도 뭔가 해보려고 나선다면 그 야망 없는 남자의 미래가 그리 밝진 않다고 감히 전망할 수 있겠다. 괜히 손을 맞잡았다가 같이 나락으로 떨어지는 수가 있다.

냉정하게 생각해보라. 당신에게 그는 생애 처음 겪어본 상사이고, 선배이며, 직장 사람이다. 모든 게 처음이니 당연히 신선하고, 힘들고, 인상 깊을 것이다. 당신 인생에서 그렇게 말 한마디로 당신을 울렸다가 위로를 줬다가 회사를 그만두고 싶게 했다가 또 금세 버틸 만하다고 생각하게 만들 수 있는 남자가 몇이나 있겠는가. 그에 대한 감정이 매우 혼란스러운 건 어쩔 수 없는 일이다.

그러나, 상대도 당신과 같다고 생각한다면 그건 오산이다. 그에게는 이미 당신 같은 후배가 여럿 있었을 것이다. 당신이 옆에서 웃어주고, 귀찮은 일을 해주고, 삶의 활력소가 돼준다 해도, 그가 당신 때문에 눈물을 펑펑 쏟으며 울 일은 없을 것이다. 당신의 눈에 들고 싶어서 밤새 일을 해오지도 않을 거다. 몇십 년 후 그 남자가 이 회사를 떠올릴 때 가장 먼저 떠올릴 얼굴 역시 당신은 아닐 것이다.

무조건 당신이 손해인 게임이다. 당신 없이는 못 살겠다며 대안도 없이 달려드는 선배라면 함께 미래를 논할 만큼 믿음직한 남자는 아닌 것 같고, 이리저리 사인만 흘리고 당신을 헷갈리게 한다면 백발백중 그저 직장 속 예쁜 어장 안에 당신을 넣어뒀을 뿐이라는 걸 뜻한다. 당신은 언제든 더 파릇파릇한 신입 사원으로 대체될 수 있으며, 당신조차도 언젠가는 그렇게 대체됐음을 오히려 반길지도 모른다. 그리고 오늘의 삽질은 먼 훗날 당신이 신입 시절 얼마나 바보 같았는지를 회상할 재미있는 에피소드에 지나지 않을 것이다. 눈에 콩깍지가 벗겨진 그 순간, 당신이 사랑해마지않던 그 선배는 일개 아저씨에 불과할 뿐이다. 소개팅에서 만났다가는 주선자와 절교하고 말 그런 아저씨.

그래도 미련이 남는다고? 당신과 어떻게 해보기엔 그만큼 리스크가 많으니까 그 남자 역시 이러지도 저러지도 못하고 안절부절못하고 있는 것 아니겠느냐고? 당신 때문에 괴로워하고 있는 것 같아 안쓰러워 미칠 것 같다고? 당신이 입사 6년차에 닳을 대로 닳은 직장인이라면, 그런 당신에게 그렇게 애정어린 시선을 주는 남자라면 긍정적으로 생각해보라고 하겠다. 그런 남자는 진심일 수도 있으니까. 하지만 당신이 1~2년차라면? 장담컨대, 그건 그냥 통과의례 같은 거다. 당신 자리에 다른 누가 왔다 하더라도, 그 남자의 반응은 엇비슷할 거란 말이다.

그러니 그냥 즐겨라. 상사를 상대로 이런 감정이 생길 수도 있는, 유복한(!) 회사생활에 오히려 감사를 표해라. 내 친구는 아버지뻘 되는 사장님이 밤마다 사랑한다고 전화를 해대서 돌아버리겠단다. 또 다른 친구는 남자라곤 생수통 바꿔주러 오는 아저씨가 전부인 회사에서 일한다. 상사를 사랑씩이나 하는 당신은 정말 복 받은 여자다. 부디 그걸로 만족하고 회사에 정을 붙이기를. 괜히 삽질하다가 그 좋은 회사 그만두지 말고 말이다.

사고 치면 끝장이다

아랫배가 좀 묵직한 것 같다. 허리도 슬슬 아파온다.

'앗싸!'

나는 30분에 한 번씩 화장실에 달려가고 있다. 이때쯤이면! 지금이면! 그러나 이번에도 아니었다. 힘도 줘보고, 뛰어도 보고, 꾹꾹 눌러도 봤지만 내 몸에는 아무 일도 일어나지 않았다.

어쩌면 진짜 큰일이 일어났는지도 모른다. 한심하기 짝이 없는 내 남자친구가 남겨놓은 정자 중 하나가 내 난자와 만나 수정란이 돼버린 거다. 그래서 그게 내 폭신한 자궁벽에 단단히 들러붙어버린 거다! 이건 재앙이다.

생각만 해도 그대로 토해버리고 싶다. 잠깐, 왜 속이 울렁거리지? 틀림없이 임신이다! 맙소사. 다시 한 번 계산해보자. 내 생리 예정일이 언제지? 몰라, 알 게 뭐야. 입사 이후로 월경주기는 미친년 널뛰듯 제멋대론데. 아니다. 그래도 지금쯤이면 하긴 해야 된다. 적어도 일주일 전엔 했어야 했다! 정말 임신이면 어쩌지? 수만 가지 경우의 수가 내 조그마한 뇌를 덮쳤다.

1. 애를 낳기 전에 결혼한다.

콘돔도 제대로 못 끼우는 한심한 놈이랑? 엄마가 애를 봐줄까. 내 월급은 몽땅 애 키우는 데 들어갈 텐데. 집안일도 내 몫이 되는 건가. 야근쟁이들과 경쟁은 어떻게 하지. 루저들만 모아놓은 팀으로 밀려나는 거 아니야?

2. 아무한테도 말하지 않고 애를 낳지 않는다.

병원 가서 감기약 처방 하나 받아오는 데에도 지랄하는 상사가 휴가를 며칠씩이나 줄까. 젠장, 여름휴가도 지나갔는데. 추석은 또 한 달이나 남았고. 며칠이나 쉬어야 하지? 아, 내 몸은 어떻게 되는 거지? 생리통도 아파죽겠는데, 그건 비교도 안 되겠지? 정신적인 트라우마는? 내가 극복할 수 있을까.

3. 애만 낳고 결혼은 하지 않는다.

미친 척하고 애를 후딱 낳고는 남자친구한테 줘버릴까. 젠장.

4. 남자친구한테 말은 하되 애는 낳지 않는다.

그리 진지한 사이도 아닌데, 책임진다고 난리 치면 어쩌나.

5. 믿을 만한 직장 상사 한 명한테만 말하고 병가를 쓴다.

도대체 누가 믿을 만한 거야! 누구한테 말했다가 소문이라도 나면 어쩌지. 다른 병이 생겼다고 할까. 그럼 또 저 미친 팀장은 자기는 8년 내내 야근하고도 치질 한 번 안 생겼다고 개소릴 늘어놓을 텐

박미영 씨,
나 좀 봄세.
여보 여보! 자기!
우리 마트 갈까?
이번에 새로 나온
쭈쭈바가 있는데…….
끄앙~

…….

데. 내 인사고과에 자주 아프다고 쓰면 어쩌지. 무슨 병이 제일 그럴듯하지?

상큼발랄한 미니시리즈가 구질구질한 일일드라마로 돌변하는 순간이었다. 나는 변기에 걸터앉아 한숨만 몰아쉬었다. 그 외엔 할 수 있는 일이 단 하나도 없었다!

띠리링.

전화가 울렸다. 팀장이었다. 자기는 몇 시간씩 잠수를 타면서 나는 10분도 자릴 못 비우게 하는 이 변태 새끼는 내가 병가라는 말을 꺼내자마자 그냥 사표를 쓰라고 할지도 모른다. 출산휴가를 다녀온다고 하면 뭐라고 할까.

"정규직은 저 여직원한테 돌아갔다. 저 여잔 불임이래."

팀장은 역시나 나를 찾고 있었다. 나는 죽을죄를 짓는 기분으로 잠깐 편의점에 다녀오겠다고 했다. 그리고 빛의 속도로 달려 약국에 도착했다. 하필이면 나이 지긋한 중년의 아저씨가 두 눈을 껌뻑이며 날 맞았다.

"저……."

"네, 뭐 드릴까요."

"저기……."

그냥 말해버려! 그까짓 임신 테스트기가 뭐 그리 어려운 단어라고! 하지만 내 입술은 잘 떨어지지 않았다.

"뭐요?"

아저씨 얼굴에 짜증이 스친다.

"저기……."

또 휴대전화 벨이 울렸다. 팀장이었다. 보나 마나 빨리 튀어 오라는 거다. 심장박동이 빨라졌다. 에라, 모르겠다. 어차피 이 아저씨는 또 볼 사람도 아닌데, 뭐!

"임신 테스트기 주세요!"

너무 크게 외쳤나. 아저씨는 어색한 듯 몸을 돌려 임신 테스트기를 찾기 시작했다. 나는 일종의 해방감을 느끼면서 무의식적으로 뒤를 돌아봤다. 조그마한 소파에 앉아 까스활명수를 들이켜던 상무님이 두 눈을 동그랗게 뜨고 날 보고 있다. 진짜, 애 떨어질 뻔했다.

여자에게 한국은, 선진국이 아니다

사회 초년생이 가장 경계해야 할 것은, 바로 콘돔 없이 덤비는 남자친구다. 그 하룻밤이, 그동안 밤새가며 수능 공부하고, 코피 쏟아가며 A+ 받고, 대출 받아가며 스펙을 다져놓은 당신의 모든 것을 한방에 날려버릴 수 있다. 명심해야 한다. 여기는 유럽이 아니다. 여자 혼자 애 키워가며 일도 하고 당당하게 살 수 있는 곳이 아니다. 한국은, 결혼만 해도 회사에 눈치가 보이는 곳이다.

'에이, 이제 우리도 남녀평등이 어느 정도 실현되지 않았겠어? 여자가 결혼한다고 사회생활을 못 한다는 생각이야말로 낡아빠진 거지!'라고, 나도 생각하고 싶다. 하지만 직접 겪어본 사회는 그리 만만한 곳이 아니었다. 특히나, 아직 회사에 제대로 자리도 못 잡은 신입에겐 더더욱. 대리, 팀장 달고도 출산휴가 다녀오면 자리가 밀려났을까 봐 노심초사해야 하는 판에, 신입이 당당하게 "배 속에 새 생명을 잉태해버렸네요. 애 좀 보고 오겠습니다" 하고 말할 만한 직장은 진짜 별로 없다. 뭐, 있기야 하겠지. 저 멀리 어딘가에…….

매우 운이 좋아 상당히 스위트한 남편에, 애도 어디에 척척 맡길 만한 환경이 갖춰진다고 해도, 애 엄마와 신입 사원 역할을 함께 소화하기란 쉽지 않다. 애는 툭하면 아픈데, 회사는 집요하게 야근을 원한다. 뭐? 누구 하나 야근을 시키지 않는다고? 그건, 당신이 유부녀라서 눈치를 보며 일을 덜 시키는 거다. 지금 당장은 편하겠지만, 언젠가 새파랗게 어린 후배가 당신 윗자리를 꿰차는 장면을 목도할 각오는 해야 한다.

겉으론 결혼과 출산을 따뜻하게 축하해주는 동료들도 속으로는 무슨 생각을 할지 뻔하다.

'똑같은 월급 받고 일하는데, 왜 급한 일이 생겼을 때 먼저 불려나오는 건 나일까.'

'으이구, 애가 아프다는 말 좀 그만하면 안 되나. 듣기 싫어죽겠네.'

동료들이 나빠서가 아니다. 처지가 달라지는 것뿐이다. 첫 번째 회사를 다니던 시절, 동료 언니가 임신을 발표했다가 결국 회사를 그만두게 됐을 때, 나는 그녀를 전혀 이해하지 못했다. '좀 더 당당하게 맞서 싸워야지! 시원하게 애도 쑥쑥 낳고 또 낳고 또 낳으면서 회사에서 승승장구해 후배들의 롤 모델이 돼야지'라고 생각했다.

그러나 몇 년 후, 계속되는 야근과 술자리, 밑도 끝도 없는 상사의 요구 등으로 스트레스에 시달리던 어느 날, 아들인지 딸인지 구분도 안 되는, 아장아장 걸어 다니는 조그마한 생명체의 동영상을 보여주면서 회사에 빈자리 없느냐고 묻는 언니에게 나는 선뜻 대답하지 못했다.

"언니, 진짜 힘들 거예요."

악의 없는 진심이었다.

'너무' 이른 나이에 회사와 가정 사이에서 줄타기를 해야 하는 후배들을 볼 때도 이와 같은 '짠함'이 밀려온다. 진심으로 그들이 힘들겠다고 생각하고, 진심으로 내 마음이 아프긴 한데, 그들과 같이 일하고 싶진 않다. 그 '짠함'이 이내 짜증으로 돌변할 것을 알기에.

일 좀 똑바로 하라고 한마디 했다가 후배의 오열을 30분간 들어야 했던 적이 있었다. 그녀의 마지막 멘트는 임신 호르몬 때문이니 이해해달라는 거였다. 뭘 시킬 때마다 투덜대며 성질을 내더니, 퇴근 직전에서야 실은 오늘 애가 아파서 신경이 날카로웠다고 너무나 당당히 한마디를 남기고 총알같이 집으로 사라진 후배도 있었다. 몸에 매달려 있는 거라곤 딸랑거리는 귀걸이 하나가 전부인 내가 참아야지 싶다가도 내가 자기 남편도 아니고 어디다 대고 히스테리인가 싶어 분노가 뻗쳐올랐다.

그렇다고 우리가 뭔가 물리적으로, 대놓고 그들을 힘들게 하는 건 아닌데, 대부분은 스스로가 버티기 힘들어했다. 실제로 사표를 내든 안 내든, 하루에도 몇 번씩 그만두고 싶은 마음이 굴뚝같았다고 엄마들은 고백한다. 일에 대한 성취감이네, 자아실현이네 하는 말로 워킹맘을 포장하지만, 사실 그런 사람이 얼마나 되겠나. 더 중요한 것은 월급인 것을.

의욕적으로 눈을 반짝이던 후배들이 휴가 대신 휴직을 쓰고, 휴직이 퇴직, 혹은 해직이 되는 과정을 군말 없이 받아들이는 장면을 보는 것은 정말 가슴이 아프다. 기껏 온몸 혹사해가며, 처녀 때는 상상도 할 수 없었던 온갖 상처를 받으며 월급 받아봐야 10원 한 장 못 남기고 고스란히 양육비로 들어가는 걸 보는 심정은 어떨까.

그러든가 말든가, 사회 초년생인 우리는 사고 치기 딱 좋은 순간을 여러 차례 맞닥뜨린다. 남자를 가장 왕성하게 만나고, 술자리는 출생 이후 제일 많으며, 스트레스 때문에 배란일은 뒤죽박죽이다. 불행히도 이 나이가 돼서 만나는 한국 남자들의 피임 수준은 고등학교 때와 크게 다르지 않다. 정말 한결같이 그 자리다. 그야말로, 원치 않는 임신경계1호 발령 상태인 것이다.

일찍 결혼하는 게 목표가 아니라면, 어렵게 들어온 회사에서 제대로 성공하고 싶다면, 밤에도 정신을 놔버려선 안 된다. 단 하룻밤이, 당신의 인생을 바꿀 수도 있다. 전혀 상상치도 못했던 방향으로.

일 애기 좀 들어줘봐

저녁 7시 반. 오늘 하루도 일당만큼의 영혼을 회사에 내다 팔고 텅 빈 육체와 찢어발겨진 자존심을 질질 끌고 회사를 나서는 직장인들 사이로 남자친구의 차가 들어섰다. 나는 폭발 직전의 스팀을 팍팍 내뿜으며 조수석 문을 열었다.

"우리 베이비, 나 안 보고 싶었어?"

남자친구는 상큼한 향수 냄새를 풍기며 나를 반겼다.

"나 진짜 죽어버릴 것 같아!"

나는 조수석에 채 엉덩이가 닿기도 전에 버럭 소리를 질렀다.

"오늘 그 미친년이 무슨 짓을 했는지 알아? 내가 컨트롤이 안 된대! 그래서 우리 팀 사기가 저하됐대! 일도 못하는 주제에 지가 팀장 달고 우왕좌왕한 건 생각도 안 하고, 내 핑계를 대는 거 있지!"

차는 복잡한 광화문을 빠져나와 홍대 쪽으로 향하고 있다.

"그런데 우리 어디 가?"

"홍대에 맛있는 파스타집 있어. 거기 가자."

"더 웃긴 게 뭔지 알아? 최성욱 그 인간이 갑자기 껴들더니 나보고 윗선 사정도 이해하는 능력이 필요하대! 내가 어려서 뭘 모른다는 거야! 그 사람 많은 데서 그딴 소릴 하더라니까! 맨날 나 붙들고 팀장 저년만 없으면 회사가 100만 배 잘나갈 거라고 난리 쳐놓고 말이야! 팀장한테 제대로 된 소리 하는 건 나밖에 없다고 할 땐 언제고! 진짜 비열하지 않아? 그렇게 살고 싶을까? 그렇게 월급 받아 밥 사 먹으면 소화가 돼?"

"이 파스타는 소화 잘될 거야."

내가 좋아하는 빼쉐 파스타가 나왔다. 나는 포크를 휘휘 저어 면을 몇 가닥 집었다.

"회사 자체가 개판이야. 맨날 도전이 어쩌고 모험이 어쩌고 하면서, 뭐 프로젝트만 진행하려고 하면 예산 줄이라고 난리야. 돈도 안 들이면서 무슨 도전이고 모험이야? 리스크도 감수 안 하면서 하는 게 도전이야? 그런 헛소리가 어딨어! 그러니까 일 잘하는 사람들 다 나가고 저런 미친년이 팀장 타이틀 떡하니 달고 있는 거 아니야!"

"자기야, 후식은 뭐로 할래? 녹차, 커피, 콜라, 사이다 있네."

"커피."

"난…… 녹차."

"윽! 딴 거 먹어. 녹차 쳐다보기도 싫어. 그 미친 여자가 맨날 녹차만 마신단 말이야. 진짜 웃기지도 않아. 몸에 좋은 건 또 그렇게 밝혀요. 내가 말했었나? 걔 채식주의자다? 고기 좀 먹으러 가자고 하면 생명의 존엄성이 어쩌고저쩌고 생지랄을 해요. 맨손으로 소도 때려잡게 생겨가지고. 진짜 웃기지도 않아! 더 웃긴 건 그 유난을 떨고는 체력 떨어진다고 흑염소 달인 한약을 챙겨 마시더라니까. 진짜 그 여자답지 않아?"

"시간이 좀 이른데 어떡할래? 영화 볼래?"

"요즘 재미있는 거 없다던데? 최성욱 그 인간이 그랬어. 걔 요즘 아주 그냥 신작이란 신작은 다 보고 다니는 것 같아. 중요한 외근이 있다고 맨날 일찍 튀어 나가더니 여자 만나서 극장에 들러붙어 있나 봐. 퇴근할 땐 그렇게 바쁜 척을 해대더니, 안 본 영화가 없더라니까."

"그럼 뭐 하지?"

"나야말로 이제 어떡하지? 진짜 미치겠어. 애초에 이 회사에 오면 안 되는 거였어! 엄마가 대기업 시험 몇 개만 더 보라고 할 때 그 말을 들었어야 했는데! 작은 회사라도 열심히만 하면 잘될 수 있다고 어느 놈이 그런 거야? 진짜 콩가루에다가 대책 없음이 하늘을 찌른다니까. 회사가 작은 데에는 다 이유가 있어!"

남자친구의 차가 우리 집에 가까워졌다.

"나 언제까지 이렇게 살아야 하는 거야? 우울하고 힘들어서 돌아버리겠어. 뭘 해도 재미가 없고, 뭘 봐도 호기심이 안 생겨. 나 옛날에는 꽤 발랄하지 않았어? 이제 만나는 사람마다 나보고 어디가 아프냐고 묻는다? 이대로 30대가 되고, 축 처진 직장인이 된다고 생각하면 잠도 안 와. 입맛도 없고."

"방금 파스타 한 그릇 다 먹던데."

"아, 피곤해. 에이씨, 이제 겨우 화요일이잖아! 앞으로 수목금 3일이나 더 회사를 가야 해. 그 한심한 것들 얼굴을 또 볼 생각하니 진짜 토할 것 같아. 나 말고는 정상인이 없다니까! 자기야, 나 어떡하지 정말?"

"……."

"아, 완전 짜증 나."

"그럼 그만둬."

"어떻게 그만둬! 어디 갈 데도 없는데. 다른 회사 신입으로 가기엔 내 나이도 애매하잖아. 그렇다고 이 콧구멍만 한 회사 경력을 누가 쳐주겠어?"

"그래도 힘들면 그만둬야지."

"어떻게 그래! 학자금 대출 받은 게 산더미인데. 당장 월세는 어떡해. 지난 1년 내내 죽도록 일했는데 여기 떼이고 저기 떼이고 남은 게 별로 없어. 당장 뭐 먹고 살아!"

"그럼 열심히 다니든가."

"이때까지 내 얘기 들었어? 진짜 미친 회사라니까. 오너는 회사를 발전시킬 생각은 안 하고 어떻게든 돈을 덜 쓰겠다고 버티지, 팀장은 저 혼자 의욕에 넘쳐서 이랬다저랬다 삽질해대지. 그러다 수습 안 되면 팀워크 핑계나 대고. 밑에 놈들은 목숨 보전하겠다고 찍소리 하나 못 하고! 진짜 '덤 앤 더머'가 따로 없다니까!"

"그럼 때려치우든가!"

정적이 흘렀다.

"왜…… 소리를 질러?"

"넌 안 지겹냐? 결론도 없는 얘길 하고 또 하고!"

"결론이 없으니까 답답해서 그러는 거 아니야!"

"작작 좀 해라. 내가 뭘 해줄 수 있는 것도 아니잖아."

"누가 뭘 해달라고 했어? 그냥 내 편에서 얘기만 좀 들어주면 되지."

"아, 그게 어디 하루 이틀이냐고. 그만하자. 들어가라."

"그거 좀 들어주는 게 어려워?"

"들어가라고."

"알았어."

나는 차에서 내려 문을 쾅 닫았다. 차는 곧바로 출발해버렸다. 금방 작아져버린 차의 뒷모습을 보면서, 나는 이 세상에 혼자 남겨진 기분이 들었다. 눈물이 툭 떨어졌다.

남자친구보다 떡볶이가 낫다

회사 스트레스, 진짜 풀기 어려웠다. 불만은 팍팍 쌓이는데 이걸 어떻게 처리해야 할지 갈피 잡기가 영 어려웠다. 회사 동료들한테 솔직하게 몇 마디 했다가, 동료는 절대 친구와 동의어가 아님을 뼈저리게 느낀 나는 매분 매초 치밀어 오르는 분노와 밑도 끝도 없는 답답함을 어디로 어떻게 흘려보내야 할지 감이 잡히지 않았다. 친구들을 만나봤자 백수에겐 '가진 자의 철없는 투정'으로 받아들여질 뿐이었고, 업계가 다른 친구들에게 얘기해봤자 대화는 어딘가 단춧구멍이 몇 개 덜 맞은 셔츠처럼 서걱거리며 겉돌 뿐이었다.

만만한 건 남자친구였다. 적어도 내가 얘기하는 동안 대놓고 휴대전화를 들여다보며 딴짓을 하지도 않았고, 내가 말을 한 마디 할 때마다 열 마디씩 보태며 아는 척을 하지도 않았다. 그렇게 한두 번 털어놓다 보면 중독이 돼서 나중에는 남자친구 얼굴만 보면 반사적으로 회사 욕이 튀어나오는데, 이게 데이트지 내 신세 한탄의 장인지 좀 헷갈릴 지경이었다.

회사 욕은 필연적으로, 이 못난 공간에 엉덩이 디밀고 앉아 쥐꼬리만 한 월급에 잔뜩 움츠린 나에 대한 처지 비관으로 이어지는데, 이 끔찍한 자기 연민은 전염성이 강해서 얘기를 듣는 상대까지도 우울감에 빠뜨린다.

솔직히 말하면, 이런 상황은 웬만한 애정 아니면 견디기 힘들다. 물론 이 세상에서 '가장 불쌍한 여자' 역할에 푹 빠진 내 눈에는 상대가 죽을힘을 다해 인내심을 발휘하고 있는 건 전혀 보이지 않는다.

언젠가 한번은 남자친구가 기분을 풀어주겠다며 회사 앞으로 찾아온 적이 있다. 그는 피곤하다는 나를 끌고 굳이 한강 둔치에 갔는데, 나는 두 시간 내내 우리나라 언론 산업의 현실을 개탄하고, 내가 살 맞대고 사는 사람들의 지랄맞음을 폭로하고, 그날 하루 상대해야 했던 연예 관계자들의 흉을 늘어놓기 바빴다.

그는 시종 고개를 끄덕이며 내 얘기를 들어줬다. 그를 향한 애정 같은 게 좀 생겨났다. 그러나 그는 집에 들어가는 길에 전화로 이별을 통보했다. 이 세상에서 가장 불쌍한 나밖엔 뵈는 게 없던 스물여섯 살의 나는 도무지 그 이별의 이유를 이해하지 못했다. 내가 쏟아놓은 강렬한 분노와 절대 끝나지 않는 신세 한탄이 그를 얼마나 피곤하게 했을지, 이제야 아주 조금 이해할 뿐이다.

이 같은 시행착오를 거친 여자들이 찾는 종착역은 결국 자기 학대다. 자신의 몸을 괴롭혀서 마음의 평화를 얻는 희한한 전략인데, 꽤 많은 직장 여성들이 이 방법을 선호하고 있다. 필름이 끊기도록 술을 마시고 맘에도 없는 남자와 열심히 시시덕대다가 쓸개즙이 튀어나오도록 밤새 토하거나, 수습도 못 할 일들을 잔뜩 떠맡아 툭하면 끼니도 거르고 이리저리 뛰어다니며 일에 목숨 거는 거다.

하지만 뭐니 뭐니 해도 가장 손쉬운 방법은 매운 음식 먹기다. 얼굴이 빨개지면서 땀이 뚝뚝 흐르고 몸 안의 아주 깊은 곳에서 아릿한 통증이 올라오면 이상하게도 정신이 희미해지면서 영혼이 가벼워지는 것 같은 기분이 드는데, 우리는 이걸 '식도 오르가슴'이라고 불렀다. 직장가마다 매운 떡볶이로 대박을 터뜨린 집이 반드시 하나 이상씩 있는 건 절대 우연이 아니다. 옷을 한껏 차려입고, 사원증을 목에 건 채 시뻘건 떡볶이를 씹어 삼키는 모습은 직장가에서 흔히 볼 수 있는 장면이다.

대학 시절, 방송국 인턴으로 먼저 일을 시작한 친구가 틈만 나면 매운 탕수육을 찾는 모습을 보고 의아해하던 나도 입사 1년 만에 용산역 매운 떡볶이집 단골 1위를 기록했다. 위염으로 겔포스를 두세 개씩 삼키면서도 야근 때만 되면 그 떡볶이 생각에 미칠 것 같았다.

요령을 터득하는 데에는 3~4년이 걸렸다. 동료들과 딱 뒤탈이 생기지 않을 만큼만 뒷담화하는 방식을 배웠고, 몸을 혹사시키지 않고도 스트레스를 풀 수 있는 취미를 찾아냈다. 남자친구 앞에만 서면 자동적으로 다다다 쏟아지는 회사 욕을 적절한 타이밍에 멈추는 눈치도 생겼다.

무엇이든 시행착오는 필요하다. 무작정 스트레스를 안으로 삭히려다가 엉뚱한 데서 폭발하지 말고, 이리저리 컨트롤하는 법을 빨리 배우기를. 그 전까지는 몇 번의 이별과 약간의 위장염 정도는 감수해야지, 뭐.

연하남, 계속 사랑할 수 있을까

네가 이 글을 읽기 전에 꼭 알아줬으면 하는 게 있어. 나는, 이 누나는 말이야, 절대 속물이 아니야. 사람은 누구나 다 똑같은 존엄성을 갖고 태어나며, 이 땅 위의 모든 생명은 그 존재만으로도 충분히 축복받아 마땅하다고 생각해. 사람과 사람 사이의 사랑이라는 감정은 이 세상에서 가장 숭고하고 아름다운 것이며, 이 감정은 절대 연봉이나 교육 수준, 외모나 부의 축적 여부에 휘둘리지 않는다고 절대적으로 믿어.

그러므로, 나는 너와 만날 때마다 식당 계산대 앞에서 네 자존심을 상하게 하지 않으면서도 자연스럽게 지갑을 여느라 머리끝이 쭈뼛 서거나, 네 친구란 것들이 툭하면 약속 장소로 쳐들어와 소고기를 흡입하고 사라지는 것 정도는 충분히 극복할 수 있어. "오늘은 내가 쏠게" 하고 말하면서 김밥이 종류별로 있는 '천국'에 날 데려가도, 길거리에서 산 휴대전화 케이스를 생일 선물로 내밀어도, 맹세해, 난 진짜 천국에 있는 기분이었어. 아, 그래 천국은 오버다. 황홀하게 좋진 않았지만 나쁘지도 않았어. 진짜, 아임 오케이.

그럼에도 이 편지를 쓰는 이유는 다른 데 있어. 정말이지, 너랑 대화하는 게 너무 힘들어. 네가 입만 열면 난 정말 돌아버릴 것 같아. 어제 기억나? 새파란 대딩들이 우글대는 대학가 고깃집에 앉아서 네가 말했잖아. 리포트가 너무 많아 힘들어죽겠다고. 이 세상에서 가장 심각한 일이라는 듯이!

결론부터 말하겠는데, 리포트를 쓰는 일 따위, 결코 힘든 일이 아니야. 넌 정말 세상 종말을 앞둔 것처럼 말했어. 이대로라면 학점이 엉망일 텐데, 교수님이 널 별로 좋아하지 않는 것 같다고. 그러고는 쭉 읊어댔지. 개론, 연구, 심화 등으로 끝나는 강의 이름들. 그리고, 넌 정말 '내 인생을 바꾼 영화' 리포트가 이 세상에서 가장 어려운 일인 것처럼 말했어!

내가 돼지갈비 양념이 뚝뚝 흐르는 집게를 네 입에 쑤셔 박지 않은 이유는, 그래도 널 사랑하기 때문이야. 학점? 리포트? 내 인생을 바꾼 영화? 똑똑히 말해둘게. 그깟 것들은 앞으로 네가 마주해야 할 장애물에 비하면 코끼리 비스킷도 안 돼. 난 어제 회사에서 잘릴 뻔했거든? 부려먹을 때는 깨알같이 부려먹더니, 정규 채용은 생각 좀 해봐야 할 것 같대. 그 잘나가던 회사가 내 인턴 기간이 다 끝날 때가 되니까 어찌나 어려워졌다는지!

암튼, 그래도 난 네 여자친구니까, 네 얘기를 다 들어줬어. 이번 학기 학점이 네 인생을 바꿀지도 모른다는(재수강이라고 있는데, 혹시 아니?), 네 일생일대의 위기의 순간을 난 함께해줬잖아. 그러니 이제 그 교수님 타령은 좀 그만하면 안 될까? 교수가 널 압박해봐야 뭘 얼마나 하겠어. 넌 58명의 학생 중 하나일 뿐이잖아.

조별 과제가 얼마나 어려운지는 나도 잘 알아. 그 모든 게 너에게는 에베레스트만 한 스트레스일 테지. 네가 말한 걔 있잖아? 과제는 뺀질거리면서 안 해놓고, 발표 하나는 기가 막히게 잘해서 교수님의 사랑을 독차지했다는? 걔가 활짝 웃으면서 "이상 2조였습니다" 하고 인사를 하는데 너는 이 세상이 부조리로 가득한 디스토피아로 느껴졌다고 했지. 그 아이의 비열한 정치력에 너는 무력감까지 느꼈다고 했어.

맙소사. 그럼 넌 그동안 여기가 유토피아인 줄 알았던 거야? 정치력? 부조리? 맙소사. 이 세상은 원래 나대는 사람 거야! 너에겐 우리 팀 김 대리를 소개해주고 싶어. 자기 근무시간엔 실컷 놀다가 퇴근 직전에야 자기 일을 나한테 주는 여자가 하나 있거든? 금요일 저녁에도 나를 반드시 부르지. 주말에 내가 수습해줘야 할 게 늘 있거든. 하지만 난 그 일을 내가 도왔다고 절대 외부에 알리지 않아. 난 그녀에게 충성을 다해야 겨우 살아남을 수 있거든. 우리 디스토피아는 그래. 그런데 그년 말이야, 윗선에다가 뭐라고 보고했는지 알아?

"저 인턴은 열심히는 하는데 센스가 없어."

이 정도는 돼야 비열이라는 단어가 어울리는 거야. 네가 말한 그 애는 그저 쇼맨십이 좀 있는 애송이일 뿐이라고!

난 널 정말 사랑해. 하지만 그딴 걸로 이 세상 고민을 다 짊어지고 있는 듯한 표정을 하고 있는 건, 정말이지 참기 힘들다고. 아, 그리고 솔직히 말해서 이제 네 친구들이 설치고 돌아다니는 대학가는 좀 지겹긴 해. 생일 선물로 휴대전화 케이스? 좀 심하잖아. 계산대를 지나치는 네 발걸음도 언제부턴가 너무 가벼워졌어. 나, 네 봉이야?

맞아. 지금은 남녀평등의 시대고, 네가 날 먹여 살릴 필요는 없어. 내가 널 먹여 살리는 것도 나쁘지 않아. 하지만 네가 몸담고 있는 그 작은 세상이, 이 세상의 전부인 것처럼 굴진 마.

놀라지 마. 넌 앞으로 더 지랄맞고 개 같은 경우를 많이 볼 거야.

믿어져? 그동안 우리 디자인팀에 인턴이 56명이나 스쳐 지나갔대! 믿어져? 56명! 그런데 그중 단 한 명도 살아남지 못했어. 계약 기간이 끝나면 칼같이 잘라냈더라고. 나는 무려 다섯 달을 밥도 안 먹고 잠도 안 자고 몸종 노릇을 하고 나서야 그 사실을 알게 됐어. 내 일생일대의 기회가 어쩌고저쩌고 개소리를 늘어놓던 선배들 중 어느 누구도 그 사실을 미리 귀띔해주지 않았다고. 어차피 잘릴 텐데, 목숨 걸고 일하는 날 보면서 그들은 무슨 생각을 했을까? 내가 너무한 거 아니냐고 한마디 했더니, 그 사실을 이제야 알았느냐며 내 허접한 정보력을 탓하더라.

"어머, 몰랐니? 그렇게 정보력이 약해서 성공하겠어?"

이쯤 돼야, 이 세상이 좀 두려워지는 거야.

이렇게 돼서 정말 유감이야. 난 너의 탄탄한 몸과 뽀송한 피부를 정말 사랑해. 날 보며 해사하게 웃으면 난 이 세상을 다 얻은 것 같았어. 그럼에도 이 편지를 쓰는 이유는, 글쎄 모르겠다. 네 탓일까? 네가 뭘 잘못한 걸까.

내 문제야. 아니, 이 사회의 문제야. 심각할 필요 없어. 앞으로 네가 겪을 말도 안 되는 이별들에 비하면 이건 꽤 무난한 케이스에 속할 테니까.

꼰대보단 낫다

새로운 세상에 눈뜨고 이리 차이고 저리 차이는 20대 후반 여성에게 '누난 내 여자니까' 하는 노래는 그리 로맨틱하지 않다. 연하남과 얘기를 하고 있으면 타임머신을 타고 3~4년 전으로 돌아가 잊고 싶었던 과거까지 들쑤시는 기분이니까. 대부분의 여자들은 이왕 타임머신을 탈 거, 미래로 날아가 미지의 세계를 엿보고 싶어 하게 마련이다.

그래도 교수님 타령이나 하고 있는 건 귀여운 편이다. 어떤 연하남은 회사생활 자체를 이해하지 못한다.

"좀 이따가 전화한다더니 왜 안 해?"

"뭐 해?"

"얼마나 바쁘기에?"

"벌써 세 시간 지났어."

"카톡 하나도 못 보내? 뭐가 그리 바쁜데? 화장실도 안 가?"

"내 생각은 아예 안 하는구나."

물론 직장인에게 물리적인 시간은 있다. 화장실도 가고, 커피도 한잔 마신다. 하지만 머릿속은 늘 가득 차 있다. 그래서 애인에게 카톡 하나를 보낼 여유는 없다. 회사생활을 해보지 않은 사람은, 쉽게 이해하기 힘든 시추에이션이다.

"체육대회를 왜 꼭 가야 해?"

"아프다고 핑계 대고 안 가면 안 돼?"

"왜 워크숍을 발렌타인데이에 가?"

"회의를 왜 술집에서 해?"

"나도 아르바이트 많이 해봤거든."

"내가 대체 뭘 모르는데!"

"30분 내로 택시 타. 아냐, 내가 데리러 갈까?"

"도대체 그 남자랑 왜 술을 마시는데!"

회식이 있는 날이면 여자 화장실에선 토라진 연하남을 달래는 여자들의 온갖 애교 쇼가 펼쳐진다. 처음엔 물론 귀엽다. 질투하는 남자, 날 빼앗길까 봐 신경 쓰는 남자, 날 보고 싶어 안달하는 남자, 좀 귀엽긴 하다. 그런데 그게 한 번, 두 번 반복되면 문제가 반드시 발생

한다. 얘는 나밖에 없나 싶고, 세상물정 모르는 바보 천치 같고, 그보다 바쁜 내가 우쭐하게 느껴진다. 그리고 그때, 나보다 더 바쁘고 도도한 다른 남자가 나타난다면 게임 끝. 밥 한번 같이 먹으려면 블록버스터 시나리오 뺨치는 전략을 세워야 하고, 문자메시지 하나 보내면 답이 오기까지 몇 시간은 기본에, 이 세상에 여자 말고도 중요한 게 매우 많을 것 같은 남자가 우리 시선을 잡아끈다. 그와 약속을 했지만 나보다 더 급한 일이 생겨 취소되지 않을까 초조해하고, 그의 주위에 포진한 세련된 여자들 때문에 머리털이 쭈뼛 서면서, 이런 것이야말로 진짜 사랑의 감정이라고 착각하는 것이다.

이렇게 서서히 여자가 멀어질 때쯤 연하남이 저지르는 치명적인 실수가 있다. 바로 어린 여자를 끌어들이는 것이다. 어린 여자야말로 연상녀를 자극하는 가장 효과적인 방법이라고 생각하는 걸까. 네가 나를 안 만나주면 저 어린애들에게 넘어가겠다고 선전포고를 하는데, 이는 대부분 자폭하는 꼴이다. 내 약점을 건드리는, 최고로 치사한 전략을 쓰는 것으로 보이기 때문이다. 평소엔 아닌 척했지만 무의식적으로 나이를 신경 쓰고 있었다는 사실을 깨닫는 것도 소름이 확 돋는 일이다. 회사에선 나름 가장 핫한 영계 취급을 받는데, 내 나이를 나의 약점이라고 생각하는 이 남자와의 관계를 굳이 유지할 필요가 있을까? 여자들은 비교적 빠른 시간 안에 결론을 낸다.

그런데 진짜 드라마는 그 이후부터인지도 모른다. 짜릿한 사회생활 1막이 끝난 이후, 우리의 역학관계는 우리도 모르는 사이에 롤러코스터를 타고 뒤집혀버린다. 3~4년만 지나면, 그 치 떨리던 연하남이 이 세상에서 가장 귀중한 존재가 되는 것이다.

사실 사회 초년생 눈에 멀끔한 직장인들이 꽤 멋져 보이긴 한다. 결코 닳지 않을 것 같은 카드를 박박 긁으며 값비싼 향수 냄새를 폴폴 풍기면, 섹시의 정의는 다시 쓰인다. 그런데 사실, 그거 얼마 못 간다. 앞에서 멋지게 카드 긁어봤자 월급에서 다 빠져나가는데 한도가 없겠나? 처음에야 당신이 영계니까 팍팍 쓰지, 좀 지나면 딱히 그렇지도 않다.

그뿐인가? 배를 한번 보자. 키 작고 크고, 마르고 뚱뚱하고를 떠나서 와이셔츠 단추 사이가 꽤나 벌어져 있을 거다. 이 남자는 안 그렇다고? 오호, 그렇다면 주위를 잘 봐라. 그 남자 주변에는 여자들이 줄을 서고 대기하고 있을 거다. 30대에 배 안 나오고 머리숱 많은 남자는 무조건 경쟁률이 높다.

그들은 꾸준히 친절하지도 않다. 처음에야 밥 사주고, 얘기 들어주고, 잘 웃어주지만, 그러던 놈들이 여자는 크리스마스 케이크라는 둥, 노산은 걱정 안 되느냐는 둥 헛소리를 늘어놓는 데에는 그리 오랜 시간이 걸리지 않는다. 당신보다 더 '싱싱한' 영계가 들어오면, 즉시 당신은 그들의 진짜 모습을 보게 될 거다. 모든 남자들이 배 불룩 나온 속물로 보이는 순간은 빠르든 늦든 언젠가는 꼭 온다.

그러다 연하남을 한번 만난다고 생각해보라. 세상이 정화되는 기분이다. 그들은 피곤하다고 코 골며 먼저 곯아떨어지거나, 당신을 품에 안고 걸 그룹에 고개를 돌리지 않는다. 그런 게 바로 섹시다! 물론 학점 얘기, 교수님 얘기가 듣기 괴롭긴 하다. 그런데 나이 있는 남자들은 뭐 대단한 얘기라도 하는 줄 아나? 이 세상에서 가장 치열한 논쟁을 벌이긴 한다. 회사 내 미녀 순위로! 유명 정치인을 줄줄이 씹으며 이 세상 걱정도 하긴 한다. 했던 말 또 하면서! 아저씨가 스스로의 논리력에 도취해 내뱉고 있는 헛소리를 듣고 있노라면, '내 인생을 바꾼 영화' 리포트가 어려워 쩔쩔매는 연하남은 당신 생애 가장 사랑스러운 남자일 거다.

업계 관계자로 돌아가기

업계 해박한 지식을 가진 그가 멋있어 보였다. 내가 절대 내다볼 수 없는 높은 장벽 저 너머의 세계를 그를 통해 공짜로 들여다보는 게 좋았다. 혼자 힘으로는 절대 다다를 수 없는 사람도 소개받았다. 그와 함께 있으면, 나는 몇 년을 '타임워프'해 내 찌질한 동기들을 몇 만 광년 앞지르는 것 같았다.

그가 가진 쟁쟁한 인맥, 수년간의 사회생활로 다져진 매너, 그리고 유머는 모두 성적 매력으로 느껴졌다. 높은 분들의 이름이 수시로 뜨는 그의 휴대전화도, 루이뷔통 명함지갑에 나란히 꽂혀 있는 명함들마저도 나를 잔뜩 흥분시켰다. 그는, 달랐다.

그러나 이런 감정은 오래가지 않았다. 결과적으론 똑같았다. 사귄 지 몇 달 되자 그는 업계 관계자라는 포장지를 벗고 '그냥 남자'가 됐다. 그의 일상을 지배하고 있는 가족이라는 존재, 너저분하게 깔려 있는 옛 여자친구들, 때로는 기가 막히게 일방적인 섹스가 우리의 블링블링한 연애를 방해했다. 그제야 나는 비로소 깨달았다. 그를 사랑하지 않음을.

그가 꺼내놓는 사적인 이야기엔 별 관심이 생기지 않았다. 어제 만났다는 고향 친구가 왜 힘든지, 병원에 입원 중이라는 어머니 상태가 어떤지, 옛 여자친구는 왜 아직도 자정이 넘어서 전화를 해대는지, 진심으로 궁금하지 않았다. 더 깊이 알고 싶지도, 이해하고 싶지도 않았다. 내가 궁금한 건 오로지, 그의 생활이 얼마나 화려한가, 도대체 어떻게 해서 그 화려함을 손에 넣었는가 하는 거였다.

따지고 보면 그는 별것도 아니었다. 그 정도의 성공은 그 또래 남성이라면 누구나 가지고 있는 것이었다. 일각에선 그의 전성기가 끝났다고도 했다. 그가 입에 음식을 물고 이래저래 늘어놓는 충고들이 좀 우습게 느껴지기도 했다.

이별의 때가 온 것 같다. 그러나 그를 도발해선 안 된다. 그가 잔뜩 열받아 우리의 비밀 연애를 폭로라도 한다면 타격은 내가 더 클 것이다. 그는 습관처럼 말했다.

"내가 누굴 억지로 띄우진 못해도, 매장시킬 순 있어."

그렇다고 이렇게 전혀 마음이 동하지 않는 관계를 지속할 순 없었다. 하지만 그를 포함해 그에게 소개받은 든든한 인맥을 잃고 싶지도 않았다. 딜레마였다.

일단, 할 말이 있다며 그를 불러냈다. 어떻게 하면 벌처럼 쏘고 나비처럼 감싸주는, 깔끔한 이별이 가능할까.

시나리오 1. 집에서 내정한 정혼자가 있다고 한다.

하아, 이걸 대체 누가 믿나.

시나리오 2. 실은 독신주의라고 한다.

누가 결혼하자고 했나?

시나리오 3. 비밀 연애에 좀 지친다고 한다.

공개하자고 하면 어쩌지?

시나리오 4. 나를 향한 사랑이 예전 같지 않은 것 같다고 한다.

더 잘한다고 하면 할 말이 없잖아.

시나리오 5. 옛 남자친구가 내 애를 데리고 나타났다고 한다.

응?

비싼 슈트를 빼입은 그가 내 맞은편에 앉는다. 역시, 설레진 않는다. 그는 휴대전화를 테이블에 올려두며 입을 열었다.

"자기가 그때 말한 일러스트 작가 있잖아, 나 어제 상갓집 갔다가 만났어. 술 좋아한다더라. 조만간 같이 한잔하자."

나는 침을 꼴깍 삼켰다.

"근데 오늘 할 말은 뭐야?"

"어? 아!"

"뭐?"

"그거요? 뭐였지? 까먹었네, 하핫!"

출혈 없는 이별은 없다

업무적으로 친해지고 싶어 접근했는데, 그 사람이 날 이성으로 봐줄 때가 있다. 솔직히 이때는 갈등을 안 할 수 없다. 화려한 경력을 가진 사람은 섹시하게 마련이지만, 사실 그건 드라마 얘기고, 냉정하게 봤을 때 사회적 성공이 외모 및 성적 매력과는 큰 상관관계가 없음을 입증하는 사례가 의외로 많다.

뭐, 20대 중반쯤 됐으면 이런 상황에서 무난하게, 뒤탈 없이 거절하는 법 정도는 잘 알고 있을 거다. 최대한 깔끔하게, 하지만 기분 나쁘지 않게, 다른 남자가 있음을 암시하면 되는 거다. 그렇다고 남자가 있다고 소문이 나면 다른 '상큼이'들을 못 만나니 '아, 걔가 나한테 별 관심이 없구나' 하고 상대가 눈치챌 정도로만 툭 던지면 된다. 어린 여자들에게 전문적으로 들러붙는 변태가 아니라면 잽싸게 알아차릴 거다.

문제는 덜컥 흔들려버린 후다. 연애는 뭐, 흥미진진할 거다. 진짜 문제는 연인 자격으로 단물 다 빨아먹고 났을 때 비로소 시작된다. 처음에는 신기해 보이기만 하던 그 모습이 더 이상 멋져 보이지 않을 때, 당신의 머리도 웬만큼 커져버렸을 때, 이제 이 남자를 벗어나야 할 것 같은 직감에 사로잡힐 때, 업무적으로 멋있는 것과 별개로 더 이상 로맨틱한 키스를 나눌 수 없을 것 같다는 생각이 들 때, 우리는 매우 중요한 순간에 맞닥뜨린다. 지리멸렬한 남녀 관계는 끊되, 어색하지 않은 업계 관계자로 남을 것. 그러나 한 선배의 의견은 간단했다.

"그 남자가 너 좋아해?"

"네."

"허허, 그럼 절대 깔끔하게 끝나지 못할 거야."

이 세상에 아무것도 잃지 않는 이별은 없다. 더구나 '관계자'와의 이별은 더욱 많이 잃는다. 어쩌면 얻은 것보다 더 많이 잃을 수도 있다. 헤어진 이후, 매우 평범한 모임조차도 가도 되는지 안 되는지를 고민해야 할 거고, 어디선가 우연히 마주치기라도 하면 여우주연상 빰치는 연기력도 선보여야 한다.

"예전엔 저 사람이랑 친하지 않았니?"

주위 사람들의 이런 물음에도 그럴듯한 변명을 내놔야 한다.

마음 편히 일하다가도 그 사람을 아는 사람, 그 사람과 친한 사람, 그 사람의 적인 사람을 무수히 마주쳐야 하며, 그때마다 적당한 표정을 지어내기 바쁠 거다. 혹시 그 사람이 우리 둘 사이에 있었던 은밀한 얘기를 안주 삼아 떠들고 다니진 않을지를 생각하면 한밤중에도 가슴이 벌렁거린다. 하지만 그렇게 껄끄러우면서도, 또 웃으며 때로는 비굴하게, 뻔뻔하게 찾아가 이것저것 부탁을 해야 하는 날이 올지도 모른다.

세상은 넓은데 업계는 손바닥이다. 절대, 다신 못 볼 사이가 돼선 안 되는데, 이건 정말 어려운 일이다. 그나마 비밀 연애면 좀 낫지, 공개라도 됐다면 수만 배 더 껄끄럽다. 친구 좀 잃고, 엠티 몇 번 못 가는 대학교 CC와는 차원이 다른 문제다. 정신 바짝 차려야 한다.

확실히 뭔가 안 좋다. 예전 같지 않다. 여자는 무심히 고깃덩이만 내려다봤다. 남자의 썰렁한 농담에도 늘 웃어주던 입꼬리는 이따금씩 아주 잠깐 올라갔다 이내 내려갔다. 그나마도, 억지로 웃는 척해주고 있음이 분명한 표정이다. 스테이크가 반이나 남았는데도 여자는 힘없이 포크를 내려놓았다.

"왜 안 먹어? 고기 좋아하잖아."

"……그냥."

'그냥'은 대화를 이어가기 싫다는 표현이다.

"어제 그거 봤어? 지난번에 자기가 말한 드라마 있잖아."

"아니, 피곤해서 일찍 잤어."

"아……."

"왜?"

"아니, 그냥. 사람들이 재미있다기에 나도 볼까 해서."

"응."

또 다시 침묵이 흘렀다. 남자는 머리를 급하게 굴렸다. 하지만 아무리 생각해봐도 공통의 관심사가 없다. 그렇다고 어제 회식 때 갔던 룸살롱 언니들 얘길 할 수도 없지 않은가.

그러고 보니 이렇게 마주 앉아 저녁 식사를 하는 것도 꽤 오랜만이다. 회사는 툭하면 야근을 시켰고, 아침 일찍 비상 회의를 소집했으며, 최근 기러기 아빠가 된 상무는 틈만 나면 직원들을 끌고 룸살롱에 갔다. 접대용으로 발급된 법인카드 영수증에는 술값이 차곡차곡 쌓였고, 이렇게 접대(?)를 해댄 만큼의 실적을 보여주는 건 오롯이 부하직원들의 몫이었다.

하긴, 회사가 갑자기 바빠진 건 아니었다. 예전에도 퇴근시간은 11시, 12시였다. 아내와 함께 살던 상무는 퇴근을 죽기보다 싫어해 부하직원들을 잔뜩 데리고 포장마차를 전전했다. 그때도 바쁘기는 마찬가지였지만, 그때 남자는 분명 연애를 했었다.

야근이 끝나고, 그는 새벽 1시든, 2시든 핸들을 틀어 여자를 보러 갔다. 화장을 다 지우고 침대에 누운 여자를 굳이 일으켜 세워 집 밖으로 나오게 만들었다. 민낯을 보여주기 싫다는 여자를 5분이라도 끌어안고 돌아와야 편히 잠이 왔다. 야근을 하는 도중에도 저녁만큼은 같이 먹으려고 여자의 회사 앞까지 달려갔고, 여자가 야근을 할 때면 녹초가 된 몸을 스타벅스의 딱딱한 의자에 기대어 두세 시간씩 거뜬히 기다렸다. 무슨 일이 있어도, 전쟁이 터져도, 연인은 하루에 한 번 이상 얼굴을 봐야 한다는 게 그의 지론이었다. 그랬었다. 그러나 이젠 그랬던 적이 있었는지조차 기억이 나질 않는다.

여자는 후식으로 나온 음료를 딱 한 모금 마시더니 일어섰다.

"엇, 벌써 가게?"

"응."

"왜? 그거라도 더 마시고……."

"피곤해."

여자는 언제부턴가 피곤하단 말을 입에 달고 살았다. 남자도 조금 짜증이 났다.

"무슨……."

남자는 무슨 일이라도 있는 거냐고 물으려다 입을 닫았다. 구체적으로 물어보면 헤어지자는 말이 나올 것 같았다.

"응?"

"아니야. 일어나자."

여자는 택시를 잡으러 도로에 내려섰다. 여기는 여의도. 여자의 집은 꽤 멀었다. 왕복 택시비는 4만 원에 육박할 것이다.

"데려다 줄게."

"괜찮아. 자기도 피곤하잖아."

"어…… 응."

사실이었다. 내일도 아침 일찍부터 회의가 있다. 집에 가서 자료라도 한번 훑어보고 자려면, 지금 집으로 가야 한다.

"그럼 갈게."

"아니, 그래도."

마침 택시 한 대가 여자 앞에 섰다. 이럴 땐 택시가 참 빨리 온다.

"노원으로 가주세요."

여자는 택시 문을 닫았다. 허리를 숙인 채 어정쩡하게 여자를 보던 남자는 쌩하고 출발하는 택시 번호판을 물끄러미 바라봤다. 여자는 택시에 오른 후, 단 한 번도 남자에게 시선을 주지 않았다.

마침, 남자 앞에 빈 택시가 한 대 섰다. 이 차를 타고 쫓아가면 여자의 환히 웃는 얼굴을 볼 수 있을까. 남자는 아주 잠깐, 택시를 향해 손을 들었다가 이내 내린다.

예쁜 여자도, 집 가까운 여자는 못 이긴다

연애의 롱런 여부를 결정짓는 건 '거리'다. 심리적 거리가 어쩌고 하는 게 아니다. '서로의 집이 얼마나 가까운가'라는 매우 객관적이고 명쾌한 척도다. 30대 남성 A씨는 당당하게 말했다.

"이상형? 집 가까운 여자."

어이없는 답변이지만, 꽤 많은 남자들이 고개를 끄덕인다. 다 필요 없다. 그냥 집 근처에서 봐도 되는 여자면 딱 좋다는 거다.

그녀를 보기 위해 러시아워를 뚫고 강을 건너갔다가 할증 붙은 택시요금을 지불하며 끝내는 하루는 직장 남성에게 결코 로맨틱하지 않다. 남자도 피곤하니까. 얼굴은 보고 싶은데 몸이 안 따라주면 그 또한 스트레스다. 하지만 일을 줄이거나 이사를 할 수도 없으니, 최선책은 그녀를 보고 싶어 하는 마음을 없애는 것이다. 사람은 합리적인 동물이다. 직장인들은, 그게 가능하다.

물론 여자들도 잘 안다. 직장생활이 얼마나 피곤한지, 매번 먼 거리에 있는 여자친구를 데려다 준다는 게 얼마나 귀찮고 번거로운 일인지 매우 잘 알고 있다. 웬만한 공주병이 아니면, 남자친구 없이 집에 못 간다거나 매일 뽀뽀를 못 받았다고 얼굴에 버짐이 피는 여자는 없다. 문제는 '달라졌음'에 있다. 평생 핫할 수 없는 걸 알면서도, 언젠가부터 그 뜨뜻미지근함이 당연시되고 있다는 데에 여자들이 반발하는 것이다.

물론 직장인은 늘 피곤하다. 그런데 처음엔 굳이 집 앞까지 데려다 주고, 불쑥 찾아오고, 며칠만 못 봐도 칭얼대던 그 남자가 점차, 언제나 달고 다니던 '피곤함'을 무기로 내세워 오늘은 각자 집에 갈 것을, 일이 늦게 끝나 얼굴은 다음에 봐야 할 것을, 며칠 못 봐도 이 얼굴이 어디 가지는 않음을 설파하고 있는 꼴을 보는 건 결코 유쾌하지 않다.

남자들은 이를 '2라운드 돌입'이라고 한다. 어떻게 늘 뜨거울 수 있느냐, 어떻게 매일 잠을 안 자가며 여자 품 안에 안겨 있느냐, 어떻게 매번 얼굴을 못 본다고 안달일 수 있겠느냐. 이제 관계가 '안정기'에 접어든 만큼 서서히 그 열정을 줄여가며 다시 '밸런스'를 맞춰야 하지 않겠느냐는 것이다.

하지만 여자들은 이를 '변심'이라고 한다. 1라운드에서 2라운드로 접어든다는 것 자체가, 변심을 뜻하는 것이다. 일상의 밸런스를 찾고 싶어 한다는 것 자체가 예전만큼 나를 사랑하고 있진 않음을, 나 없이 못 사는 정도는 아님을, 그래서 다른 여자들에게도 비집고 들어갈 틈을 열어두고 있음을 감지하는 것이다.

물론 자존심 강한 여자들은 이 2라운드 돌입이 서운하다는 사실을 결코 입 밖에 내지 않는다. 자신 역시 일을 중시하고 성공을 지향하는 사람인데, 남자더러 나만 바라보라고 할 수는 없는 노릇이다. 하지만 서운한 건 서운한 거다. 뜨겁고 짜릿한 1라운드는 끝나버렸다는 게 마치 내 매력의 유통기한이 다했다는 뜻 같아 불안하기도 하다. 이성으로 꾹꾹 눌러놓은 서운함은 언젠가 폭발한다. 늘 웃는 얼굴로 "괜찮아", "이해해" 하고 말하던 여자가 어느 날 갑자기 돌변해 소리를 질러댄다.

"괜찮다며?"

"이해한다며?"

이런 말이 남자의 입에서 툭 튀어나오는 순간, 상황은 극으로 치닫는다. 여자는 '남자의 사랑을 갈구하지만 이내 관심 밖으로 밀려나버린, 그래놓고도 쿨한 척하느라 거짓말로 버텨온' 자신의 민낯을 들키고 만 것이다. 자신 스스로도 인정하기 싫었던 민낯.

그래도 이건 여자 쪽에서 열정을 갖고 있을 때 얘기다. 싸움도 애정이 있어야 한다. 여자도 무덤덤해진 상태라면, 언젠가 이런 말이 입 밖으로 툭 튀어나온다.

"아, 남자친구가 있긴 한데, 연애는 안 해요. 남자친구라고 하기도 뭐. 암튼, 있긴 있는데, 잘 모르겠어요."

이런 말 하는 여자, 의외로 굉장히 많다. 사실 티가 잘 안 나서 그렇지, 여자들이 먼저 2라운드에 들어가기도 한다. 한밤중에 불쑥 찾아온 남자가 로맨틱하게 느껴지는 것은 민낯으로 나가도 상큼한 20대 초반 때 얘기다. 지금 이 나이에 자다가 일어나 그대로 나가면, 상대는 이별 통보로 받아들인다. 사실 그 야밤에 비비크림 바르고, 덜 구겨지고 몸매 라인도 살짝 잡아주는 트레이닝복으로 갈아입고 나가서는 달랑 5분 얼굴 보고 돌아오는 거, 진짜 피곤하다. 클렌징 오일 바르고 다시 세수를 하고 나면, 젠장, 아이크림부터 넥크림

까지 다시 발라야 하는데! 퇴근하고 돌아와서 씻는 것도 귀찮아죽을 판에 이게 무슨 개고생이냐는 생각이 불쑥 떠오른다.

물론 내게도, 사랑이란, 하늘과 땅이 뒤집히고 세상이 그 남자를 중심으로 돌고 있는 거라고 믿었던 때가 있었다. 그런데 그거, 얼마 못 가더란 말씀.

내 마음을 뒤흔들었던 그 남자는 퇴근시간이 나보다 한 시간 가량 늦었다. 거기다 내가 있는 곳으로 오는 데에는 30분이 넘게 걸렸다. 내가 미리 그놈 근처로 갈 수도 있었지만, 그놈 회사 근처엔 당최 뭐 먹을 게 없었다. 그래서 난 평일에 그를 만날 때마다 약 두 시간 동안 주린 배를 잡고 그를 기다려야 했다. 믿을 수 있나? 나는 그를 기다리며 1분 1초마다 싸늘하게 식어가는 사랑을 두 눈으로 똑똑히 봤다.

사랑으로 뒤집힌 하늘과 땅은, 음식이 안 들어와 뒤집힌 내 위장을 이기지 못했다. 결국 커피숍의 맛없는 치즈 케이크를 우걱우걱 씹어 먹어야 했고, 그때마다 그 인간을 중심으로 돌고 있는 내 세상이 한심하게 느껴졌다. 하지만 그놈 면전에 대고 그런 말을 할 수 있겠나? 그게 그놈의 잘못도 아닌데. 퇴근시간은 원래 회사마다 다 다른 건데. 일부러 늦게 오는 것도 아닌데. 나는 비싼 식당으로 가서, 배가 부르다며 음식을 다 남기는 방식으로 내 뒤틀린 감정을 표출했다. 불행히도 그 남자가 그걸 금방 알아차릴 정도로 센스 있는 놈은 아니었다.

그러다 나는 나보다 퇴근시간이 30분 빠른 남자를 알게 됐다. 그 남자가 더 매력적이었나? 내 마음을 더 세게 흔들었나? 글쎄, 그건 잘 모르겠다. 확실한 건, 어느 날 보니 내가 이 남자를 더 자주 만나고 있더란 거다. 자연스럽게 두 남자는 오버랩됐다. 물론 그 두 남자는, 누구는 선택받고 누구는 버림받은 결정적인 기준이 퇴근시간이라곤 상상도 못 할 거다. 뭐, 직장인의 연애란 다 그런 거다.

차라리 아이돌

그것은 예술의 경지였다. 가녀린 오른쪽 손가락은 신들린 듯 마우스를 클릭했고, 정적 속 딸깍딸깍 소리는 나의 심장박동수를 급히 높여놨다. 모니터에선 그 남자, 아니 소년이 눈을 감았다 뜨는 찰나의 순간이 캡처에 갇혀 나의 C드라이브에 안착했다.

나는 경건하기까지 한 클릭 행사를 마치고 폴더를 열었다. 소년이 무대 위에서 단독 샷을 받은 10여 초의 순간이 방금 내가 만든 82장의 사진 속에 보관됐다. 나는 조심스럽게 숨을 들이쉬고, 첫 번째 사진부터 클릭했다.

1번 사진은, 에잇, 흔들렸다. 2번, 젠장, 다른 멤버의 손이 들어왔다. 6번, 7번을 지나 45번, 46번 사진까지 봤지만 '독 짓는 늙은이'만큼이나 꼬장꼬장한 나에게 만족은 쉽게 찾아오지 않았다. 72번, 나의 눈은 먹이를 포착한 맹수의 그것처럼 희번덕였다.

"잡았다!"

나는 감격스러운 듯 두 손을 맞잡았다. 솜털도 아직 벗겨지지 않은 이 소년은 정확히 나를 응시하고 있다. 격렬한 안무에 앞머리가 촉촉이 젖었는데, 그의 눈은 믿을 수 없으리만큼 상큼하게 웃고 있었다. 난 숨을 가다듬고 포토샵을 실행시켰다. 그는 감히 크게 손댈 것도 없는 완전체였다. 사진 크기를 줄인 후 트위터와 페이스북을 열었다. 소년은 내 프로필 사진란에 쏙 들어갔다.

반응은 즉각적이었다. 고향 친구 하나가 '이번엔 또 누구냐'고 묻는다. 나는 얘가 얼마나 대단한 그룹 멤버인지 읊었다. 친구는 금방 심드렁해졌지만, 나는 댓글로 이들의 최신 뮤직비디오 링크까지 연결해줬다. 오늘도 이렇게 전도에 성공하는구나! 나는 홍보대행사 직원과 같은 사명감으로 주먹을 꼭 쥐었다.

우리 패거리도 즉각 나의 새 프로필 사진을 알아차렸다. 요즘 다른 그룹에 빠진 친구 하나는 이에 질세라 그들의 최신 뮤직비디오 주소를 올렸다. '한드빠'인 회사 동기는 송중기의 움짤을 올렸다. 나는 잠깐 눈을 반짝였지만, 역시 땀에 푹 젖은 아이돌만 한 건 없다.

나도 안다. 이들은 연예인일 뿐이다. 내게 모닝콜을 해주지 않으며, 백허그도 해주지 않는다. 당연히 오르가슴도 없다. 함께 식사는 커녕 내게 아는 척도 안 할 녀석들이다. 사실 내게 그런 게 전혀 필요 없진 않다. 실은 매우 절실하다. 그런데 소개팅에 나가보면 진짜 가관이다. 어깨 넓이보다 머리가 더 큰 남자, 셔츠를 꽁꽁 싸매 바지에 집어넣어 입은 남자, 달 표면보다 거친 피부를 가진 남자들이 나와서는 지리멸렬한 자기 자랑을 쏟아냈다.

전 남자친구가 가끔 생각나긴 한다. 하지만 그는 '밥 먹을래?'라는 카톡 말고는 당최 데이트 신청하는 방법을 몰랐고, 밥-영화-술이라는 코스만을 신봉했다. 두근두근, 콩닥콩닥과는 거리가 있었다. 그는 어두컴컴한 골목길에 날 밀어붙여 뜨거운 키스를 퍼붓지도 않았고, 사람 많은 곳에서 큰 소리로 사랑한다고 외치지도 않았다. 내가 밤늦게 친구들과 술을 마시다 연락이 두절돼도, 걱정스러운 얼굴로 날 찾아 나서지 않았다. 대신 '일찍 들어가'라는 카톡 하나만 덜렁 와 있을 뿐이었다.

내 페이스북 댓글은 어느새 57개를 돌파했다. 요즘 대세라는 남자 연예인들이 총출동했고, 우리는 서로 질세라 '꺄악', '추릅', '하트 뿅뿅'을 외쳤다. 그때, 아이돌이라고는 동방신기와 빅뱅밖에 모르는 회사 언니가 댓글을 달았다.

'너네, 몇 살이니?'

이후로는 그 어떤 댓글도 달리지 않았다.

아이돌은 MSG다

요즘 아이돌, 참 섹시하다. 어쩜 저리 큰 키에 저렇게 작은 얼굴이 가능한지, 어떻게 저런 하얀 피부에 남성적인 매력이 뚝뚝 흘러넘치는지, 국가의 미래를 위해 유전자를 영구 보존하고 연구라도 해야 하는 거 아닌가 싶다. 그들은 꼰대와 찌질이에 지친 우리 삶을 단번에 촉촉하고 샤방하게 만들어주고, 태권브이의 무쇠 주먹 같던 우리 심장을 그야말로 무장해제시킨다.

내 직업이 연예부 기자이다 보니, 아무래도 아이돌에 푹 빠진 20~30대들을 자주 보게 된다. 소개팅보다 주말 가요 프로그램이 좋고, 송년파티보다 아이돌 콘서트가 좋다는 그들. 뭐, 20~30대 여자들이 무슨 죄가 있겠나. 이들을 노리면 돈이 된다는 걸 간파한 연예 기획사들이 이들의 취향을 완벽하게 분석해서 맞춤형 남자들을 줄줄이 대령하는데, 외롭고 팍팍한 우리가 안 넘어가고 배기겠나.

다시 한 번 말하는데 요즘 아이돌, 참 괜찮다. 이제 더 이상 아이돌은 무지개 색깔 머리를 하고 세상을 바꾸겠다는 둥 헛소리하는 조무래기들이 아니다. 그들은 급이 다른 명품 옷을 온몸에 휘두르고 골반을 살짝살짝 튕겨준다. 안 넘어가는 게 오히려 이상하다.

그런데, 20대를 막 지나온 언니로서 한마디 하지 않을 수 없다. 얼른, 당장, 지금 즉시, 그 마우스와 리모콘을 내려놓고, 머리를 감고, 화장을 하고, 밖으로 나가라! 앨범 살 돈 있으면 립스틱이나 하나 더 사라. 콘서트 갈 돈 있으면 야한 원피스를 하나 더 사라. 드라마 볼 시간 있으면 요가 수업에 한 번 더 가라. 친구들이 모인 자리에서 누가 연예인 얘기를 꺼내면 입을 틀어막고 요즘 물 좋은 클럽이 어딘지, 남자들이 뿅 가는 향수는 무엇인지를 논하라.

당신이 어지간한 여신급이 아닌 이상, 남자는 거저 생기지 않는다. 방구석에 처박혀 〈인기가요〉나 봤다가는 진짜 남자는 결코 낚을 수 없다. 매일 밤 10시 미니시리즈를 본방사수하는 여자는 진짜 오르가슴의 '프라임 시간대'를 놓치는 거다. 제대로 된 연애를 해본 적 없는 게 분명한, 욕구불만의 아줌마 작가가 쓴 판타지 로맨스물 따위, 절대 눈길도 주지 마라.

MSG만 퍼먹다가는 진짜 육수를 마시고도 싱겁다고 느끼는 법이다. 한때 'MSG광'으로서 진짜 안타까워서 하는 말이다. 진짜 음식들은 절대 그 맛을 내지 못한다. 그러니 아쉽더라도 그걸 받아들이고 입맛을 바꿔야 한다. MSG만 먹고 그 맛만을 바라다가는, 평생 욕구 불만에 시달릴 수밖에 없다.

나도 처음엔 남자들을 욕했다. 우와, 진짜 아저씨잖아. 저 피부 좀 봐, 세수를 하긴 한 걸까. 이 시추에이션에서는 이렇게 해야지, 이 남자야. 너는 드라마도 안 보니. 하지만 이내 깨달았다. 이래저래 따져봤자 남는 건, 까탈스러운 년이 된 내 이미지밖에 없다. 새 남자는 내가 눈이 더럽게 높을 것 같다고 중얼거리고, 전 남자친구는 "맙소사, 너도 김태희가 아니거든" 하고 욕을 내뱉는다.

제대로 된 아이돌 하나를 키우는 데 1인당 보통 1억 원이 넘게 든다. 그 돈은 다 노래 가르치고, 피부 벗겨내고, 춤 가르치고, 얼굴 뜯어고치고, 다이어트 시키고, 비싼 옷 입히는 데 쓴다. 이성한테 어필하기 위해 억 단위 돈을 쓴 놈이다. 그 정도 돈을 쓰고 저 정도 안 멋있으면 그게 더 이상한 거 아니겠냐.

드라마 속 남자는 또 어떤가. 상상력 풍부한 작가와 시청자 눈 뒤집히는 포인트를 정확히 아는 피디가 잔머리를 굴려 가상의 인물을 하나 만들면, 수천만 원짜리 명품을 뒤집어쓴 톱스타가 그 인물을 연기한다. 그 남자에게 마음을 주느라 그 화려한 밤 10시를 집에서 보내고 있다면, 당신은 당신 인생에서 가장 예쁘고 섹시한 시기를 그깟 바보상자 앞에서 허비하고 있는 것이다.

나가서 아무나 만나라. 아무리 뭐 같아도, 별 지랄맞은 경우를 다 봐도, 현실에 존재하지도 않는 허상을 보고 가슴 설레는 것보다는 낫다. 판타지보다는 실전 경험이 피와 살이 되는 법이다. 20대를 텔레비전 앞에서 죽치다가 마감한 여자와, 다양한 연애 마일리지를 쌓으며 보낸 여자는 30대에 게임이 안 된다. 20대에 아이돌에 열광하던 여자에겐 여전히 텔레비전 앞자리가 마련되지만, 경험치를 차곡차곡 쌓아 올린 여자에겐 제대로 실력을 발휘할 장이 마련된다. 고기는, 먹어본 년이 먹는 거다.

그러니, 아이돌이니 드라마니 하는 것은 정말 심심할 때, 영 입맛이 없어서 양념 한 방울이 필요할 때, 요즘 트렌드가 뭔지 파악하는 정도로만 즐기기를. 한 번 본 드라마를 또 보거나 뮤직비디오의 한 장면을 캡쳐하기 시작할 때, 당신은 당신 앞길에 놓인 빨간불을 직시해야 한다. 특히 온라인상에 그런 '길티 플레저guilty pleasure'를 커밍아웃하는 행위는 절대 해선 안 된다. 온라인에서의 흔적은 절대 완벽하게 지워지지 않는다. 지금 당장은 저 어린 남자가 내 남자 시장의 전부일 것 같지만, 후회할 날이 조만간 찾아온다. 내가 이딴 글을 썼다니! 누가 볼까 심장이 쿵 내려앉는 그 순간이.

입장을 바꿔 생각해봐라. 당신이 맘에 드는 남자를 만났다. 트위터와 페이스북도 찾았다! 그런데 그 남자가 요염하게 허리를 돌리는 현아 사진을 움짤로 만들어 올려놓고 '@.@' 요런 이모티콘을 올려둔 걸 봤다고 생각해봐라. 페이스북에 걸 그룹의 건강을 진심으로 걱정하는 구구절절한 장문의 글을 올렸다고 생각해봐라. 당신은 그 남자를 진지한 남자친굿감으로 생각할 것인가!

물론 쉽지 않은 일이란 건 안다. 나도 하루 종일 강동원을 취재하고 돌아오는 길에 우연히 회사 선배를 만났다가 뒤로 나자빠질 뻔한 적이 있다. 웬 외계 괴물이 날 덮치는 줄 알았으니까! 하지만 뼈를 깎는 고통으로 눈을 낮춰야 한다. 내 인생에 강동원은 없음을, 강동원만 바라다가는 그나마 있는 내 주위 '평균'들도 다 놓치고 말 것임을 쿨하게 받아들여야 한다. 그 '평균'마저도 너무나 아쉬울 때가 곧 다가온다.

명심하라. 내 몸이 가장 싱싱하고 아름다울 때, 닥치는 대로 다 경험하라! 성에 안 차도 일단 해봐라! 손에 잡히지 않는 허상 따위 무시하고 현실에 부딪혀라! 아끼면, 똥 된다.

3.
화려한 싱글은 없다

더럽고 치사해서 사직서를 다 쓰고도 차마 제출할 수 없었던 것은, 달력에 시뻘겋게 표시된 '월세 내는 날' 때문이었다. 그날만 지나면 내 통장 잔액은 충격적으로 줄어들 테고, 그 잔액으로 내가 재취업을 할 때까지 버틸 수 없는 것은 불 보듯 뻔했기 때문이다. 거기다 카드값, 휴대전화 요금, 인터넷-IPTV 요금, 관리비 등 다 계산하고 나면 사직서 파일쯤이야 사뿐히 휴지통행이다.

내가 변했다고?

새벽 1시에 가까운 시간, 휴대전화에서 요란한 벨소리가 울렸다. 수면제 한 알을 삼키고 막 잠이 들려던 나는 두 눈을 번쩍 떴다. 누가 죽었나? 무슨 사건이지? 이 시간에 또 어디에 불려 나가야 하지?

나는 심호흡을 한 번 하고 휴대전화를 봤다. 다행히도 화면에 뜬 이름은 부장도, 선배도, 매니저도 아니었다. 오늘 저녁에 만난 친구 지희였다. 집에 잘 들어갔는지 물어보는 전화인 듯했다. 나는 안도의 한숨을 쉬고 전화를 받았다.

"여보세……."

"너 아까 왜 그랬어?"

지희의 첫마디는 너무나 의외였다.

"응? 뭐?"

"나랑 만나는 자리에 왜 그 남자를 부른 거야?"

뭔가 귀찮은 일에 휘말린 듯했다. 하지만 당최 그게 뭔 일인지 알 수가 없었다. 자기랑 만나는 자리에 남자가 나타난 게 기분 나쁜 건가, 아니면 그런 남자를 부른 게 기분 나쁜 건가. 그것도 아니면 둘 다인가. 아니 도대체, 그게 왜 기분이 나쁠 일인가!

"너도 괜찮다고 했잖아."

몇 시간 전, 지희와 나는 저녁을 먹기로 하고, 여의도에서 만났다. 둘이서 한창 스파게티를 먹고 있을 때 전화가 왔다. 타사 선배였는데, 혹시 여의도 근처면 밥이나 먹자는 것이었다. 나는 당연히 지희에게 물었다.

"친한 선배 기자가 근처에 있는데, 같이 밥 먹을까?"

나는 맹세할 수 있다. 지희는 너무나 온화한 표정으로 선배를 빨리 부르라고 했다. 그리고 스파게티를 다 먹고 근처 호프집에서도 지희는 매우 밝은 표정을 짓고 있었다. 그런데 지금, 지희는 기가 막히다는 듯 숨을 푹 내쉬었다. 나는 이번 통화가 쉽게 끝나지 않으리란 걸 직감했다.

"너는 기자라면서 그 정도 눈치도 없니?"

기자라는 놈이 왜 그렇게 일도 못하고, 빠릿빠릿하지 못하고, 욕심도 없느냐고 호통을 치는 건 우리 부장 하나면 충분했다. 오랜 친구한테서까지 그 소리를 듣고 있자니 분노가 치솟았다.

"내가 뭐!"

"난 불편했어!"

"그래? 알았어, 미안. 그런데 그게 이 시간에 전화로 할 말이야?"

내 목소리가 조금 높아졌다. 고압적인 내 말투가 어딘가 부장을 닮은 것 같다고 생각했지만 이내 그 생각을 지우기로 했다.

"우리 사이에, 이 시간에 전화도 못 해?"

나는 잠깐 할 말을 잃었다.

"그 남자, 여자친구도 있다더라."

이건 또 뭔 소리란가.

"그게 뭐."

"네가 처음에, 둘이 닮았다는 둥, 잘 어울린다는 둥 그랬잖아."

둘 다 쌍꺼풀 없는 눈을 갖고 있기에 한마디 한 것뿐이었다. 처음 만나는 사람들끼리 어색하지 말라고 설레발 좀 친 게 다였다. 나는 대답 대신 한숨을 내쉬었다.

"난 그런 남자 세컨드나 하라는 뜻이니?"

"너 열폭이 좀 심하다."

"너, 변했구나."

"뭐라고?"

"전에도 그렇고, 오늘도 20분이나 늦었잖아. 아니, 나타나준 것만 해도 고마워해야 하나?"

"전에는 어쩔 수 없었던 거 알잖아. 가수가 죽었는데 어떡해! 오늘도 부장이 갑자기 뭘 시켜서…… 미안하다고 했잖아."

"별로 안 미안해 보이던데? 너 진짜 변했어. 만나봐야 일 얘기밖에 안 하고."

"내 근황이 일밖에 없는 걸 어떡해! 그러는 너는 맨날 선본 얘기만 하잖아! 너 솔직히 지금껏 공부한 게 아깝지도 않냐? 나이가 몇인데 벌써부터 시집 타령이야!"

"참나, 넌 뭐 그렇게 대단한 일을 한다고."

맞다. 내 일은 전혀 대단하지 않다. 그렇다고 이런 말에 모멸감을 느끼지 않을 만큼은 아니었다.

"여기자는 다 또라이라고 하더니, 너도 마찬가지구나."

지희가 덧붙였다. 나는 온몸의 피가 정수리 한가운데로 몰려드는 것을 느꼈다.

"뭐라고? 다시 말해봐."

"……."

"네가 뭘 안다고 그래? 그렇게 앞뒤좌우 꽉 막혀가지고 사회생활이나 하겠어?"

나는 내 입에서 어떤 말이 나가는지 자각하지 못했다. 하지만 멈출 수 없었다.

"절대 못 하지! 그래서 네가 여태껏 백수인 거야!"

7년차 베스트 프렌드와 인연이 뚝 끊기는 순간이었다.

맺을 때가 있으면 끊을 때도 오는 법

20대 후반이 되면, 친구는 크게 두 종류로 나뉜다. '미리약속파'와 '그때봐서파'. 미리약속파는 친구 간의 예의를 중시한다. 약속을 정할 땐 적어도 며칠 전에 전화를 해서 의향을 묻는 게 기본 에티켓이라고 생각하며, 약속 시간에 10분이라도 늦으면 매우 미안한 얼굴로 사과해야 한다고 믿는다. 약속 자리에 누가 올 것인지 미리 체크하는 것은 당연지사. 누가 오느냐고 꼬치꼬치 캐물은 다음에야 약속에 응하고, 친하지 않은 사람이 불쑥 나타나는 걸 싫어한다. 특히나 친하지 않은 사람이 있는 자리에서, 자신이 조금이라도 소외된다 싶으면 금방 시무룩해져 집에 가고 싶어 한다.

반면 그때봐서파는 약속을 미리 잡는 걸 영 부담스러워한다. 어차피 안 지켜질 가능성이 높기 때문이다. 이번 주 금요일 저녁에 약속을 잡아놔봤자, 상사가 퇴근하는 자신을 붙잡고 "야근 좀 더 해" 하고 말하면 꼼짝없이 사무실에 갇혀야 하는 처지다. 그냥 갑작스레 시간이 날 때 "지금 홍대에 있는 사람 다 모여!" 하고 번개 형식으로 만나는 게 편하다. 친구를 만날 기회가 적으므로, 한번 만날 때 최대한 많은 사람을 불러 모으려는 경향도 있다. 약속 시간에 늦거나, 갑자기 참석을 못 하는 것도 대수롭지 않게 여긴다. 업계 특성상 자신 역시 그런 식으로 무수하게 바람을 맞기 때문이다.

대학을 졸업하면 친구들은 양극단으로 나뉘게 된다. 처음에는 미리약속파가 여러 번 양보한다. 매우 싫은 내색을 하기는 하지만, 친구니까 참는다. 그러나 이런 관계가 1년 이상 지속되긴 어렵다. 미리약속파는 그때봐서파의 바쁜 척이 눈에 거슬리기 시작한다. 그때봐서파는 미리약속파의 고지식함이 갑갑하게 느껴진다. 이들 사이에 싸움이 붙으면, "네가 뭐 그렇게 대단한 일을 한다고"와 "네가 무슨 애냐?" 하는 대사가 필수항목으로 등장한다. "너, 변했다"도 마찬가지. 20대 후반의 여자들은 이런 식으로 절친한 친구를 잃는다.

나는 전형적인 그때봐서파다. 나도 약속 시간에 한 시간씩 늦을 때가 있으므로, 친구 역시 그럴 수 있다고 생각한다(하지만 집에서 드라이나 하다가 늦는 것은 다른 문제다). 고등학교 친구, 대학교 친구, 직장 친구를 다 따로 보다 보니 시간이 모자라서 이들을 서로 소개하고 다 같이 볼까 생각해본 적이 있다. 친구들이 진지하게 남자 얘기를 늘어놓을 때마다 속으로 다른 생각을 한다. 나도 정말 싫긴 한데, 자꾸만 일 얘기를 하게 된다. 술자리에 새로운 사람이 올 때마다 두 눈을 반짝이며 좋아한다. 이런 나를, 미리약속파 친구들이 반길 리가 없었다. 결국 나는 사회 초년생 시절, 미리약속파 친구들을 모두 잃었다.

그중 가장 가슴이 아픈 케이스를 소개할까 한다. 5년 이상을 절친하게 지낸 친구가 있었다. 그녀는 내게 친구이자 부인이었고, 또 남편이었다. 그 친구가 없는 내 일상은 상상하기가 어려울 정도였다. 나는 외부에 발설하면 정말 큰일이 날 법한 일들을 그녀에게 모두 말했고, 기록이 남을까 봐 일기장에조차 쓰지 못했던 진짜 고민을 털어놨다. 그 정도로 그 친구와 나는 가까웠다. 아니, 가까웠다고 믿었다.

그러던 어느 날, 친구는 갑자기 냉랭해졌다. 그냥 넘어갈까 하다가 나도 갑자기 욱해서는 도대체 왜 그러느냐고 물었다. 정말, 도대체 왜 그러는지 감조차 잡히지 않았다. 그런데 친구의 한마디.

"이제 너 그만 볼래. 너, 너무 변했어."

휴대전화를 붙들고 한 시간을 넘게 싸운 것 같다. 친구는 내가 보기엔 너무나 사소한 일들을 몇 개 늘어놓았고, 나는 당연히 코웃음을 쳤다.

"그리고, 네가 말한 거 있잖아, 인터넷에 올릴 거야."

소름이 돋았다. 친구는 진심으로 나를 증오하고 있었다. 도대체 왜? 솔직히 지금도 100퍼센트까지는 모르겠다. 친구는 분명 조목조목 내가 잘못한 부분을 말했겠지만, 내 귀에 들어오진 않았다. 나는 세상에서 가장 불쌍한 피해자 역할에 푹 빠져버려서, 사태 파악에는 큰 힘도 들이지 않았던 것 같다. 내게는 이게 대체 내 적성인지도 모르겠는 버거운 직업이 있었고, 시도 때도 없이 소리를 질러대는 상사가 있었고, 월급의 절반가량을 뚝 떼어 가는 무서운 월세가 있었다. 그런 와중에 친구의 하소연이라니? 제발! 너까지 이럴 건 없잖아? 그게 내 솔직한 심정이었다.

그때는 나도 화가 많이 났다. 그래, 갈 테면 가라. 너 같은 친구 필요 없다. 난 너무나 화가 난 나머지, 그 친구 편을 드는 사람들과도 모조리 싸웠다. 나의 스물일곱 살은 이렇게 가혹했다. 그리고 지금, 나는 어렴풋이 친구를 이해하게 됐다. 친구는 절대 '공짜'로 유지되는 게 아니었다. 시간을 들여 만나고, 성의껏 얘기를 들어주고, 같이 울고 웃어줘야 했던 거다. 비록 집에 돌아올 때 '차라리 집에서 잠이나 한숨 더 잘걸' 하는 생각이 들지라도. 그날 가장 건설적인 순간이 서로의 앞에 놓인 음식을 품평한 것이었다 하더라도.

20대 후반, 갑자기 들이닥친 다양한 과제와 장애물 앞에서 친구는 뒤로 밀리기 가장 쉬운 존재다. 그리고 그건 아직 나를 우선시해주는 친구들에게 큰 상처가 된다. 입 밖에도 꺼내기 민망할 정도로 사소한 일이 모여 결정적 계기를 형성하는 거다.

귀찮고 피곤하지만, 베스트 프렌드 역시 출근하지 않으면 해고당하는 회사로 봐야 한다. 도무지 못 해먹겠다고? 친구한테까지 맞춰줘 가며 스트레스 받고 싶지 않다고? 그럼 화끈하게 절교하는 것도 나쁘지는 않다. 코드 맞는 사람들만 만나기에도 우린 충분히 바쁘고 정신없으니까.

세상은 굶는 여자들의 것인가

이 자세에 문제가 있는 걸까. 나는 몸을 틀어 반대로 누웠다. 이것도 아니다. 베개에 얼굴을 묻고 엎드린다. 윽, 이건 더하다. 정자세로 돌아누워 배 위에 양손을 가지런히 모은다. 여긴 지리산 골짜기다. 새가 지지배배 울고, 청아한 물소리와, 피톤치드를 가득 머금은 공기가 온몸을 간질인다. 나는 가부좌를 틀고 앉아 무념무상에 빠져든다.

꼬르륵.

젠장, 안 통한다.

여긴 홍대에서 가장 잘나가는 클럽이다. 저기 멀리, 아이돌 뺨치게 생긴 남자가 나를 주시하는 중이다. 나는 그의 시선을 의식하지 않는 척하면서 배에 힘을 주고 최대한 요염한 포즈를 취한다. 남자가 다가온다. 아, 가까이서 보니까 더 잘생겼다. 하지만 나는 도도한 표정을 유지하며 티를 내지 않는다. 남자가 손을 뻗어 나를 잡으려는데, 순간 남자가 족발로 변한다.

나는 몸을 벌떡 일으켰다. 아니야, 안 돼. 이럴 순 없어. 나는 다시 눕는다. 육중한 내 몸에 놀란 침대 매트리스가 꿀렁 소리를 낸다. 에이씨. 나는 다시 몸을 일으켜 냉장고로 직행한다. 냉장고 문에 붙은 현아의 사진을 한동안 쳐다본다. 그녀는 지방이라곤 찾아볼 수 없는 허리를 한껏 틀며 이렇게 말하고 있다.

"냉장고 문을 여는 순간, 이 몸매는 날아가는 거야."

나는 포스터 가장자리를 손에 쥐고 그대로 쭉 뜯어버린다. 냉장고 문이 모습을 드러냈다. 허겁지겁 문을 열었지만, 그 안엔 생수와 김치가 전부다. 며칠 전 폭식주의보가 내렸을 때 시킨 치킨과 보쌈은 몇 시간 전 쓰레기봉투에 담아 1층에 버렸다. 아직 쓰레기차가 안 왔을 테니, 치킨과 보쌈은 1층에 그대로 있을 거다. 포장째로 버렸으니 깨끗한 상태일 거라는 생각까지 하다가, 이내 고개를 내젓는다.

아, 맞다. 라면이 하나 있다. 나는 귀신에 홀린 듯 냄비를 꺼내 물을 따른다. 가스레인지에 불을 붙이고 라면 봉지를 뜯는다. 생라면 파편이 튀어 오른다. 나는 선혈이 뚝뚝 떨어지는 심장을 손안에 넣은 흡혈귀처럼 두 눈을 번뜩인다.

라면을 툭툭 부러뜨려 게걸스럽게 씹다가, 퍼뜩 정신이 든다. 나는 가스레인지 불을 끄고 물을 버린다. 뜨끈한 수증기가 부엌을 휘감는다. 그 와중에도 나는 생라면을 씹고 있다. 나는 얼른 라면 봉지를 들고 화장실로 간다. 주먹으로 세게 내려친 후 내용물을 변기에 넣고 물을 내린다. 라면 조각들이 소용돌이를 일으키며 저 멀리 바다로 나아갈 준비를 한다.

목욕을 해야겠다. 나는 옷을 모두 벗고 욕조에 뜨거운 물을 받는다. 왼발부터 욕조 안으로 들어가는데, 뜨거운 물에 내 살들이 익는 것만 같다. 이렇게 푹 삶아지면, 발라내기 쉬울 텐데. 나는 푹 익은 백숙 다리를 뜯듯 내 종아리 살을 뜯어내는 상상을 한다.

목욕도 별 도움이 안 된다. 맨몸으로 전신 거울 앞에 선다. 며칠 굶었다고 내 몸은 별반 바뀌지 않았다. 옆구리엔 여전히 살이 두둑히 붙어 있다. 원래도 존재감이 미미했던 가슴은 더 작아졌다. 이건 저주다. 옆구리 살을 칼로 쓱싹 썰어 가슴에 갖다 붙이는 상상을 해본다.

아…… 괴롭다. 그래도 확실히 식욕은 가셨다. 물기를 닦고 다시 침대 위에 눕는다. 천장에 붙은 소녀시대가 젓가락 같은 다리를 내놓곤 그대로 잘 거냐고 묻는다. 그래, 저 소녀들을 볼 때마다 윗몸일으키기를 열다섯 번씩 하기로 했었지. 나는 상체를 몇 번 들어 올리다

가 그대로 털썩 눕는다.

늘씬한 나를 상상한다. 44사이즈의 하늘거리는 원피스를 입고 지금의 내 손목만 한 종아리를 드러낸다. 완벽한 S라인은 뜨거운 햇살을 받아 세상에서 가장 섹시한 그림자를 만들어낸다. 그래, 정신 차려야지. 나는 셀로판테이프를 찾아 다시 일어선다. 그리고 냉장고로 가 현아의 포스터를 다시 붙인다.

꿀꺽.

얼마 남지 않은 20대, 섹시한 몸매로 한순간도 살아보지 못하고 30대를 맞을 순 없다고 다짐한다.

새벽 1시. 또 이렇게 배고픈 하루가 시작된다. 나는 체중계에 올라선다.

53.6킬로그램.

육중하다.

몸무게는 원죄다

틴탑이라는 보이 그룹이 있다. 날렵한 몸으로 칼 같은 군무를 춰서 인기를 모으고 있는 그룹인데, 굳이 자세히 설명하지 않아도 다들 잘 알 거다. 어느 날 이들을 인터뷰하다가 우연히 몸무게 얘기가 나왔다. 멤버 중 두 명이 54킬로그램이라고 해서 뜨악했는데, 또 다른 한 명은 51킬로그램이라고 해서 놀라 자빠질 뻔했다. 그들은 나보다 가벼웠다…….

그날 저녁, 나는 실로 오랜만에 식욕부진을 겪었다. 아마 좀비 영화를 처음 보고 난 후로 10여 년 만일 것이다. 그러다 '내가 왜 꼭 (매력적인) 남자보다 가벼워야 하지?'라는 생각이 들었다. 적정 몸무게가 여자 쪽이 더 가볍긴 해도, 그렇다고 모든 남자보다 가벼울 필요는 없는 거 아닌가.

여자는 평생 다이어트를 한다는 말이 있다. 제대로 다이어트를 시도해본 적도 없는 나 같은 여자도 있겠지만(나의 의지박약을 너무나도 잘 알기에) 적어도 평생 몸무게의 압박에서 자유롭지 못하다는 점에선 일견 맞는 말이다.

혹자는 이 모든 게 여자들이 남자의 눈을 너무 의식해서 생기는 일이라고 한다. 남자한테 잘 보여 팔자 펴겠다는 욕구가 너무 강한 나머지 자신의 몸을 혹사하는 거란다. 이건 뭣도 모르는 소리다. 90킬로그램인 여자가 50킬로그램이 되는 거라면 몰라도, 55킬로그램의 여자가 50킬로그램을 목표로 하는 건 인생 역전을 위해서는 아니다.

여자는 남자가 월등히 많은 회사보다 여자가 월등히 많은 회사에서 더 외모에 신경을 쓰게 마련인데, 이는 남자를 차지하기 위한 박터지는 경쟁률 때문이라기보다는 여자들끼리의 상승작용 때문이라고 보는 게 맞다.

언젠가 가요 제작자들이 왜 보이 그룹보다 걸 그룹이 더 대중적으로 히트하느냐에 대해 분석한 적이 있다. 답은 간단했다. 보이 그룹은 벗어봤자 여자만 보지만, 걸 그룹은 벗으면 남자는 물론이고 여자들이 더 열심히 본다는 것. 여자들은 예쁜 여자에 관심이 많다. 예쁜 여자 그룹에 들어가 그 그룹에서 제일 잘나가는 '퀸'들과 자신을 동일

시하고 싶은 강렬한 욕구도 있다. 날씬해진 후에 얻는 남자들의 시선은 오히려 '부가 수입' 같은 거랄까.

날씬해진다는 것은 이 사회에서 보다 유리한 위치를 차지한다는 의미도 있다. 지금은 탄탄한 몸에 딱 달라붙는 옷이 부의 상징이다. 프라다를 입은 통통한 여자보다 자라ZARA를 입은 날씬한 여자가 더 부티 나 보인다. 늘씬한 여자와 뚱뚱한 여자가 동시에 똑같은 프레젠테이션을 한다면, 신뢰도는 늘씬한 쪽이 더 높을 거다. 그 여자가 더 열심히, 더 부지런하게 프레젠테이션을 준비한 것처럼 보이니까.

저렴한 남자들의 값싼 멘트도 힘을 보탠다. 저 멀리 걸어가는 여자의 다리를 굳이 유심히 들여다보고는 저런 몸매로 미니스커트를 입는 건 민폐라며 여자들에게 설파하는 모습, 꽤 흔하다. 내가 장담컨대, 이와 같은 기준으로라면 그 남자들은 얼굴도 내놓고 다녀선 안 된다. 더 끔찍한 건 우리의 동지라고 믿었던 여자들도 이런 사회 풍조에 무심결에 동참한다는 거다. 사랑하는 친구가 가자미눈을 뜨면서 "저 여자 뱃살 좀 봐" 하고 말하는 광경은 참으로 슬프다.

생각 같아서야, 이따위 말도 안 되는 시선에 맞서 하루 2만 칼로리씩 섭취하겠다고 선언하고 싶지만, 어려서부터 열혈 페미니스트라고 홀로 자부해온 나조차도 이는 결코 쉽지 않다. 초면에 너무나 해맑은 표정으로 "다이어트는 안 하세요?" 하고 묻고, 뚱뚱한 여자를 몰래 손가락질하며 "우리는 살을 빼자" 하고 도원결의하는 이 잔혹한 사회에서 혼자 십자가를 지고 싶진 않으니까.

나도 문제긴 문제다. 누가 내 뇌에 뭘 심어놨는지는 몰라도, 내 눈에도 마른 게 더 예뻐 보이긴 한다. 조금이라도 살이 오른 연예인을 보면 '은퇴하고 싶나'라는 생각이 들고, 통통한 친구가 뭘 더 먹겠다고 나서면 말리고 싶다. 백화점 직원이 "왜요, 55사이즈도 충분히 맞을 것 같은데" 하고 말해주면 괜히 입이 귀에 걸려 당장 지갑을 열고 싶다. 캐러멜을 듬뿍 바른 팝콘을 시키면서 다이어트 콜라를 고집하는 여자나, 후식으로 치즈 케이크까지 챙겨 먹으면서 먹는 내내 살찐다고 칭얼대는 여자들을 보며 한심하다고 고개를 내젓지만, 나 역시 체중계 바늘이 휙휙 돌 때마다 심장이 철렁한다.

우리를 두 번 절망시키는 건 마른 여자들의 염장질이다. 밥 반 그릇 겨우 비우고 "나 너무 많이 먹지? 호호" 하는 여자들. 가만히 있는 사람 꼬드겨 야식 거하게 먹이고는 다음 날 아침 눈 좀 부은 것 가지고 살쪘다고 '지랄'하는 여자들.

뭣도 모르는 남자친구는 먹을 거 다 먹고도 마른 여자도 많다며, 무식하게 굶는 것보다는 운동을 해서 빼라고 꼭 한 소리를 보태서(안 빼도 예쁘다며?) 초인적인 힘으로 식욕을 꾹 참고 있는 우리를 게으르고 머리 나쁜 여자 취급한다. 시험 망치고 나니 앞에 앉은 친구가 하나 틀렸다고 울어대고, 뒤에 앉은 친구가 만점의 비결은 교과서라고 인터뷰하는 꼴이다. 우리 엄마는 그 인터뷰를 보고, 애를 잘못 낳아 과외비만 날린다고 한탄하는 모양새!

모든 개소리는 무시하라. 내 눈에 예뻐 보일 때까지 내 몸을 바꾸겠다는 건 한심한 것도 아니고, 무식한 것도 아니다. 강철 체력으로 이리 뛰고 저리 뛰어도 남자들이 버티고 앉아 있는 세계에서 자리 잡을까 말까인데, 쫄쫄 굶어서 세상을 어떻게 호령하느냐는 말도 못 들은 척해라. 쫄쫄 굶어서 쓰러지면 낭패지만, 소녀시대가 되면 그 순간 세계를 접수하는 거다.

다만 기대치를 조금 낮출 필요는 있다. 우리가 냉장고 문에 붙여놓은 여자 연예인들은 절대 '건강'하지 않다. 실제로 먹을 거 다 먹는 걸 그룹은 분명 있지만, 그들은 "우리 고기 무지 좋아해요" 하는 말 뒤에 "대신 하루에 안무 연습만 여덟 시간 해요" 하고 굳이 덧붙이지 않는다. 실제 인터뷰가 끝나면, 연예인들은 체중 조절 따위 따로 안 한다는 멘트를 뒤집는다.

"다 필요 없어요. 그냥 굶어요. 그런데 그렇게 말하면 안 되니까, 요즘 유행하는 운동도 하고 좋은 음식도 먹었다고 해주세요."

그러니 그들을 따라잡겠다고 엄한 돈 쓰지 말기를. 아예 안 먹는 사람을 어떻게 따라잡나. 그들이야 건강 잃어도 돈을 많이 벌지만, 우린 건강 잃으면 직장도 잃는 거 아니겠나. 보다 현실적인 가이드라인을 잡고 자기 페이스를 잃지 않기를 바란다.

아아, 외면보다 내면의 아름다움이 더 중요하며, 그깟 체중 따위가 사람을 평가하는 기준이 될 순 없다고, 나도 말하고 싶다.

한국, 안 떠나나 못 떠나나

"여기 샐러드, 샐러드가 아직 안 나왔어요."

미연이가 완벽한 원어민 발음으로 샐러드를 외쳤다. 안 나온 게 샐러드뿐만이 아닌데도 굳이 샐러드를 두 번이나 말한 건 다른 의도가 있을지도 모른다고 아주 잠깐 생각한다.

뉴욕에서 어학연수 중인 미연이는 2주 전 잠깐 한국에 들어왔다. 7년 전 수능 시험 외국어 영역에서 30점 받은 걸 아직도 똑똑히 기억하는데, 미국 물 좀 먹었다고 이제 문자메시지도 영어로 보내고 지랄이다. 트위터에도 어찌나 영어만 써대는지, 몰래 언팔했다.

"너희들, 정말 그대로다. 나만 변했어!"

미연이가 'ㄹ'을 'r'에 가깝게 발음하며 말했다. 우린 그대로인 반면, 자기는 매우 세련돼졌다는 뜻 되시겠다. 나와 유진이의 표정이 살짝 굳는다.

"진짜 오랜만이다! 잘들 지냈어?"

내가 뭔가 답을 하려는데 미연이의 목소리가 더 높아진다.

"유진이 넌 싱가포르 언제 가? 거기 진짜 좋잖아."

유진이의 표정이 활짝 펴진다.

"너, 싱가포르 가봤어?"

유진이가 의자를 당겨 앉는다.

"작년에 친구 따라서 가봤어."

내가 그 두 사람의 대화에서 알아들은 건 거기까지다. 유진이는 남자친구와 결혼식을 올리고 싱가포르에 가서 살 계획이다. 가서 외로우면 어떡하느냐는 둥, 영어 공부가 힘들어죽겠다는 둥 엄살을 늘어놓고 있지만 표정은 '이보다 좋을 수 없음'이다.

두 사람의 대화에 가속도가 붙었다. 랍스터랑 같이 먹는 빵이 어쩌고, 옥상에 수영장이 붙어 있다는 호텔이 어쩌고저쩌고 블라블라. 대화의 주제는 미국으로 넘어갔다. 유진이는 지난해에 잠깐 다녀왔던 시애틀 얘기에 한창이다. 미연이는 뉴욕에서 새로 만나기 시작한 남자친구 얘기로 한참을 떠든다.

나는 두 사람 간의 대화에 아주 잠깐 공백이 생겼을 때 기습적으로 "난 한국이 좋아" 하고 말했지만 이내 후회한다. 내 말은 뉴욕에서 새로 뜬다는 뭐시기 커피숍 얘기에 간단하게 묻혔다.

갑자기 내 인생이 너무 시시하게 느껴졌다. 매일 점심, 언제 잘리나 노심초사하는 상사들과 김치찌개를 먹고, 주말마다 〈무한도전〉이나 보면서 낄낄대던 내 일상은 비루했다. 내 평생, 이 복닥거리는 대한민국에서 살아갈 생각을 하니 아찔하기까지 했다. 얼떨결에 한국이 좋다고 말했지만, 순 뻥이다.

내 나라가 별로라고 느낀다고 해서 죄책감을 느끼진 않는다. 얼마 전, 식사 자리에서 한 언니가 그랬다. 할 수만 있다면 대한민국 국민들 모두 이민 갈 거라고. 못 가는 것뿐이라고. 하긴, 능력 좀 있는 간부급 사람치고 자녀를 한국에서 키우는 경우는 거의 없다. 기러기 아빠들끼리 뭉치는 모임에서는 저녁마다 술판을 벌이는데, 참석 인원이 기하급수적으로 늘고 있다고 한다. 유진이는 결혼이 아직 이르다고 생각했지만, 싱가포르에 함께 가자는 남자친구의 프러포즈에 냉큼 "예스" 했다. 내 사촌 언니의 꿈은 튼실한 회사에 다니는 신랑감을 만나, 그 월급으로 애들을 데리고 캐나다에 나가 사는 것이다.

나는 바쁜 일이 있다며 먼저 자리에서 일어선다. 신이 난 두 친구는 예의상 잠깐 아쉬워하더니 이내 싱가포르 얘기로 컴백했다. 커피숍을 나서는데 앳된 아르바이트생이 "다음에 또 오세요" 하고 외친다. 그래, 다음에 또 오겠지. 평생 동안 줄곧 오겠지. 나 혼자 이 빌어먹을 대한민국을 지키고 앉아서 피폐하게 늙어가겠지. 괜히 성질이 나서 커피숍 문을 쾅 하고 닫았다. 유리문이 내는 소리는 내 예상보다도 훨씬 더 컸다. 아주 얼핏, 미연이의 얼굴이 보인다. '저런 무개념! 우리 미쿡에선 있을 수 없는 일이야!'라고 말하는 것 같다.

행복한 한국인은 대체 어디에 있나

내가 신입이었을 때, 5년차 선배는 내게 이렇게 물었다.

"너, 이 회사 계속 다닐 거냐?"

"네."

"왜?"

"……."

"5년 후에 나처럼 되고 싶냐?"

나는 그 말 속에 숨겨진 지독한 자조를 알아차리지 못했다. 그로부터 3년 후, '자존심'이나 '자아' 따위는 갖은 풍파에 휩쓸려 잃어버리고, 폭삭 늙어버린 몸뚱이밖에 안 남은 어느 날, 나는 내 직속 후배들에게 "이 회사 계속 다닐 거냐"고 질문하면서 비로소 선배의 마음을 이해하게 됐다. 나 역시 "3년 후에 나처럼 되고 싶으냐"고 물었는데, 후배들 역시 그 말에 숨은 뜻을 전혀 이해하지 못하는 눈치였다. 후배들도 지금에야 그 말을 이해하고 땅을 치며 후회하고 있겠지.

나는 주위를 둘러봤다. 10년 후엔 저 선배처럼, 15년 후엔(매우 성공한다는 전제하에) 저 부장처럼, 20년 후엔(미친 듯이 일만 했다는 전제하에) 저 국장처럼 될 게 분명했다. 아니, 내가 몸담고 있는 업계는 날이 갈수록 쇠락의 길을 걷고 있었고, 이는 내가 저들처럼 되기도 어렵다는 뜻일 수도 있다.

문제는 멋있게만 보였던 그들의 속살이 드러나기 시작했다는 것이다. 나는 저들처럼 성공하겠다는 목표가 얼마나 허망한 것인지 알아차렸다. 태반은 자녀들을 해외에 유학 보내 교육비를 감당하느라 헉헉댔고, 태반은 월말마다 펑크 난 카드값을 메꾸느라 사랑하는 인생의 동반자에게 목소리를 높였다. 집을 사지 못해 결혼이 틀어지거나, 둘째를 임신했다가 해고의 위험에 처하는 사람도 있다. 회사 내에선 그 누구도 롤 모델로 삼을 수가 없었다.

그래서 나는 회사 밖으로 눈을 돌렸다. 드라마나 영화처럼, 그 삭막하고 추운 곳에서 드라마틱하고 짜릿한 인생역전 스토리가 펼쳐

질지도 모를 일이었다. 하지만 거기에도 "3년 후 나처럼 될래?"는 유효했다.

회사의 부당한 처사에 불만을 품고 멋있게 회사를 박차고 나갔던 언니는 "너희 회사에 자리 없냐. 비정규직도 되고, 연봉이 절반으로 깎여도 된다"고 했다. 직장인 되기를 거부하고 창업 전선에 뛰어들었던 후배는 신용불량자 신세라며 내가 사준 베트남 쌀국수를 3분 만에 흡입하고 한 그릇 더 사달라고 했다. 취집이나 하겠다며 부잣집에 시집간 친구는 나와 만난 두 시간 동안 단 1초도 쉬지 않고 강박적으로 시부모 욕을 해댔다. 진심으로 정신과 상담을 권하고 싶었다.

그 어디에도 답은 없었다. 이 좁은 땅덩어리에서는 답이 나오지 않았다. 상위 1퍼센트로 다시 태어나지 않는 한, 고만고만한 서민으로서 20년 넘게 달려온 상황에서 뾰족한 수가 없었다. 그냥 관성적으로 앞으로 나아갈 뿐이다. '5년 후 저 모습', '10년 후 저 모습'을 향해서.

그래서 많은 사람들이 외국행을 택한다. 그리고 매우 간간히, 외국에 나가서 운수대통한 사람들이 있다. 출산휴가가 무려 50주나 돼, 6시에 칼퇴근해, 길을 걷고만 있는데도 남자들이 쫓아와! 매우 유혹적인 말들이다.

"외국도 나름의 문제가 많으니 신중하라"는 진부한 조언은 차마 못 하겠다. 웬만한 나라라면, 지금의 한국보다 삶의 질이 높을 것 같긴 하니까. 그리고 외국에서 지내다가 잠깐 한국에 들어온 사람들의 표정은 정말 행복해 보이니까! 지지리도 힘들고 적응 못 하는 사람도 있을 텐데, 그 사람들은 한국에 안 들어오고 있는 것일 뿐이라고 예측해보는 수밖에.

강아지의 유혹

하루 종일 두 다리가 퉁퉁 붓도록 뛰어다녔는데, 점심을 오후 4시에야 겨우 먹을 정도로 엄청나게 바빴는데, 그런데 도무지 내가 무슨 일을 했는지 알 수가 없다. 성과는 도무지 나오지 않았고, 상사는 세상에서 가장 한심한 버러지를 보듯 날 쳐다봤다. 난 언제쯤 일을 잘할 수 있을까. 벌써 입사한 지 3년이나 지났는데, 나는 아직도 일이 너무 어렵다. 지난달에 입사한 신입이 금방이라도 나를 추월해 성공할 것 같은 불안감이 수시로 덮친다. 이렇게 헤매고 있는데, 누구 하나 손을 내밀어주지 않는다. '그래, 일은 혼자 배우는 거지'라고 매번 내 자신을 다잡아보지만, 나를 한심해하기만 할 뿐 도움 되는 조언 한마디 안 해주는 회사 사람들이 너무 원망스럽다.

회사 사람뿐만은 아니었다. "밥은 먹었니", "감기는 안 걸렸니" 하고 묻는 엄마의 평범한 안부 전화에도 내 감정이 폭발해버릴 것 같다.

"엄마, 나 알고 보니까 진짜 별거 아닌 거 있죠. 나, 우리 회사에서 있으나 마나 한 존재예요. 진짜 하찮은 인간이니까요. 엄마도 이제 내가 밥 먹든 말든 관심 갖지 마세요. 우리 회사 사람들 모두 그러거든요."

이렇게 확 질러버리고 싶다. 그래서, 결국 오늘도 전화를 받지 못했다.

남자친구는 오늘도 헛소리다. 대기업에 못 들어갈 바에야, 차라리 어학연수를 또 가겠단다. 그래도 안 되면 수능을 다시 볼까 고민도 하겠단다. 나는 멍한 표정으로 들어준다. 그러면 또 왜 그렇게 늘 울상이냐고 한 소리 한다.

"그렇게 피곤해할 거면 아예 보지 말자."

날이 잔뜩 선 그의 말투는, 오늘 하루 종일 날 부려먹고는 "이딴 식으로 할 거면 다음 계약은 없다"고 큰소리친 거래처 최 부장과 닮았다. 모두가 날이 서 있고, 나는 그 날에 베여 피를 철철 흘리고 있는데 그 누구도 나를 돌아보지 않는다.

어떻게 커피숍을 뛰쳐나왔는지 기억도 나지 않는다. '쟤 미친 거 아니야?'라는 표정을 하고 있는 남자친구를 뒤로하고 무작정 걸었다. 가로수길 이쪽 끝부터 저쪽 끝까지, 걷고 또 걸었다. 행복한 사람들이 내 어깨에 툭툭 부딪힌다. 나는 무작정 걷는다.

그러다 문득, 깊은 밤 속에서도 밝게 빛나는 어떤 건물 앞에 선다. ㅇㅇ동물병원. 유리창 건너편엔 손바닥만 한 생명체가 몸을 잔뜩 웅크리고 쌕쌕 잠들어 있다. 순간, 나는 세상이 멈추는 것을 느낀다. 이렇게 평화로운 세계가 있던가. 괜히 눈물이 툭 떨어질 것 같다. 한참을 쳐다보고 있자니 내 마음에 일었던 격랑은 어느새 사라지고, 잔잔한 파도가 내 마음 깊은 곳 어딘가를 간지럽힌다.

나는 '두드리지 마시오'라고 적혀 있는 안내문을 무시하고 유리창을 톡톡 두드린다. 녀석이 까맣고 깊은 눈을 동그랗게 뜬다. 난 가게 안으로 들어간다. 그리고 기어이 녀석을 안는다. 내 손에 쏙 들어온 생후 2개월의 하얀 강아지는 아주 작은 혀를 내밀어 내 손등을 핥는다. 순간, 세상은 촉촉해진다. 나는 그대로 지갑을 꺼낸다.

"이 강아지, 지금 바로 입양 가능하죠?"

강아지 주인의 자격

팍팍해지기 쉬운 사회생활, 나는 강아지를 기르는 것보다 더 좋은 해결책을 찾아내지 못했다. 방심하는 순간 뒤처지고, 뒤돌아서는 순간 가열차게 씹히고, 착해지는 순간 무시당하는 사회라는 정글에서, 나만 졸졸 쫓아다니는 생명체를 마주한 순간의 그 따뜻함이란……. 그 따뜻함으로 빙산도 녹일 수 있을 것 같았다.

특히, 혼자 사는 여자라면 더욱 그럴 거다. 회사를 마치고 돌아와 강아지와 동네 한 바퀴 산책하고, 맛있는 요리를 만들어 나눠 먹고, 품에 꼭 안고 함께 잠들면, 진심으로 말하건대, 남편 따위 필요 없다.

그러나, 불행하게도 이건 판타지다. 우선, 혼자 사는 여자가 키우는 강아지는 절대로 성격이 좋을 수 없다. 외로움을 많이 타는 강아지는 하루 종일 자신을 가둬놓고 나간 주인에게 어떻게든 섭섭함을 표출한다. 똥오줌을 늦게 가리든, 주인이 없는 사이 집을 그야말로 '개판'으로 해놓든, 툭하면 어디가 아프든.

여자의 일상도 마비된다. 혼자 있을 강아지를 생각하면 도무지 일이 손에 잡히지 않는다. 얘가 철창 안에 잘 있는지, 배가 고프진 않은지, 전깃줄을 갉아 먹는 건 아닌지 불안해진다.

나도 혼자 살 때, 강아지를 입양한 적이 있다. 나는 늘 택시를 타고 총알같이 퇴근했다. 부장이 퇴근하라고 하든 말든, 내 일만 마쳤다 하면 쌩하니 택시를 타고 "아저씨! 빨리요, 빨리! 강아지가 혼자 있어요!" 하고 외쳤다.

물론 해결 방법은 있다. 오피스텔 근처에 있는 동물병원 중에는 출근 시 강아지를 맡아주는 서비스를 하는 곳이 있다. 낮에는 동물병원에서 또래 강아지들과 놀다가 저녁에 주인의 품에 돌아오는 게 가능하다. 물론, 돈은 꽤 든다.

돈 얘기가 나와서 말인데, 강아지를 '충동구매' 하기에 앞서 냉정하게 따져볼 점이 정말 많다. 그중 몇 가지 소개하자면 아래와 같다.

1. 돈이 많이 든다.

강아지값이 50만 원이라고 해서, 50만 원만 있으면 되는 게 아니다. 동물병원에서 처음 데려올 때 접종비는 따로 받지 않는다 해도, 강아지 집, 샴푸, 사료, 영양제, 철창, 귀 청소액, 발톱깎이, 기저귀, 배변판 등을 사면 20만 원은 그냥 날아간다. 유기견을 입양해도 위의 물품은 거저 생기는 것이 아니기 때문에 결국 많은 돈이 들어간다. 이후로도 수시로 돈 들어갈 일이 생기는데, 나 같은 경우엔 두세 달에 한 번은 10만 원 정도씩 썼다. 매달 먹여야 하는 심장사상충 같은 약은 물론 발톱 관리, 털 관리, 목욕 서비스 등까지 생각하면 결코 만만치 않다.

2. 시간도 많이 든다.

처음 몇 달간은 일주일에 한 번씩 동물병원에 데려가 주사를 맞혀야 한다. 콧물을 흘리거나, 어딘가 불편해 보이기만 해도 병원에 데려가야 한다. 수시로 공이나 인형을 물고 와서 놀아달라고 하는데, 그때마다 상냥하게 함께 놀아줘야 한다. 동네 산책도 빼놓을 수 없다. 가끔은 새벽부터 일어나 놀아달라고 하는데, 10분만 더 자고 싶은 유혹을 뿌리치고 결국 놀아주게 된다.

3. 진짜 사랑해야 한다.

강아지는 절대 주인의 맘대로 되지 않는다. 대소변을 꽤 오래 못 가릴 수도 있고, 밤늦은 시간에 마구 짖을 수도 있다. 하루만 세수를 안 시켜줘도 얼굴이 꾀죄죄해진다. 그때마다 진심으로 강아지를 위

해 참고 인내할 수 있을까. 반드시 스스로 되물어봐야 한다. 자신 없으면 절대 입양하지 않는 게 좋다. 강아지는 한번 써보고 아니다 싶으면 환불하는 가전제품이 아니다.

이 모든 관문을 통과하고 강아지를 키울 수 있겠다는 자신이 있고, 강아지랑 놀아줄 다른 가족이 있고, 모든 경비를 부담할 수 있는 경제력과 스스로 강아지를 끝까지 책임지겠다는 각오가 돼 있다면, 그렇다면 강아지(고양이도 마찬가지다) 입양을 적극 추천한다.

쓸모없는 사람은 냉정하게 즉시 내치는 이 차가운 사회에 시달리고 집에 들어왔을 때, 강아지가 한껏 꼬리를 치며 뜨겁게 나를 반기는 모습을 상상해보라. 날 싫어하는데 속내를 숨기면서 꼬리를 칠 리 없고, 나한테 꼬리쳐봤자 별 이득 볼 것도 없는 녀석이 그렇게나 반기며 내 품에 안기는 모습은 매번 눈물이 왈칵 날 정도로 사랑스럽다.

내 품에 안겨 두 눈을 꼭 감고 잠드는 모습은 또 어떻고. 뒤에서 날 욕하는 건 아닌지 걱정 안 해도 되고, 나한테 잘해주는 저의가 뭔지 의심하지 않아도 되는 상대. 20대 후반에, 그런 상대를 만나기란 얼마나 어려운 일인가. 자신의 체중을 모두 내게 맡기고 평화롭게 잠든 이 생명체는, 아이러니하게도 내 삶을 좀 인간답게 만들어준다.

내 고민에 비하면 그런 건 아무것도 아니야

"야! 뭐 그런 걸로 고민하고 그래?"

민주가 끼어들었다. 벌써 세 번째다.

"난 심각해."

다소 기어들어가는 목소리로 내가 말했다.

"그건 아무것도 아니야!"

민주는 또 지랄맞은 상사와 폭증한 업무량, 분위기 못 맞추는 남자친구 얘기를 꺼냈다. 매일 밤 10시가 넘어서 퇴근하는데 저녁 약속에 나올 수 있었던 오늘은 그야말로 기적에 가까웠던 거라고, 거듭 강조해 말했다.

그녀의 고충은 모르는 바 아니다. 그렇다고 일이 따분하고, 내 적성에 안 맞는 것 같다는 내 고민이 아무것도 아니라고 말하는 것은 도무지 이해가 되지 않는다.

"야! 따분한 정도는 복 받은 거라니까! 일이 진짜 힘들잖아? 적성 같은 거 고민할 시간도 없어! 그런 생각이 드는 것 자체가 부럽다, 야!"

난 입을 다물었다. 굴지의 대기업에 다니고 있는 민주는 이 세상에서 자신이 제일 바쁘고 힘들고 정신없는 줄 안다. 뭐, 어느 정도 사실이긴 했다. 그러나 그거 하나로 몇 시간째 혼자서 떠드는 걸 들어주고 싶진 않았다.

"그래도 넌 좋은 회사 다니잖아. 그 정도는 참아야지."

"야! 너나 나나 연봉 차이도 별로 안 나."

민주는 어마어마한 인센티브를 제외한 기본 연봉을 예로 들었다. 2~3년 후면 실 수령액이 내 연봉의 거의 두 배가 될 테지만, 이 또한 민주의 '엄살' 항목에선 빠진다.

"병원 한번 가려고 해도 더럽게 눈치 봐야 하고, 주말에도 툭하면 불러내서 일 시키고. 진짜 다 때려치우고 유학이나 갈까 봐. 야, 나 진짜 심각하다니까!"

나는 짐짓 걱정하는 표정을 지어준다. 하지만 진짜 더는 듣고 있을 수가 없다. 나도 너처럼 그 누구한테든 자신 있게 내밀 수 있는 명함과 써도 써도 남아도는 월급을 받으면 그깟 늦은 퇴근과 주말 근무 따위 목숨 바쳐 할 수 있을 거라고 말해주고 싶었다.

"네 자리에 못 가서 안달인 애들이 얼마나 많은데. 힘내."

민주가 기가 막히다는 듯 눈알을 또르르 굴렸다.

"그런 말 들을 거였음 너한테 고민도 안 털어놨어."

어색한 침묵이 흘렀다. 참아야 한다, 참아야 한다, 참아야 한다. 참아야 한다고 세 번 되뇌었지만 나는 결국 실패하고 입을 열고 만다.

"말 한번 잘했다. 늘 망하느니 마느니 하는 콧구멍만 한 회사 다니면서 쥐꼬리만 한 월급이라도 받으려고 아등바등 사는 나한테 그런 고민을 털어놓은 거 자체가 잘못된 거지!"

민주는 충격을 받은 듯 아무 말도 하지 못했다. 충격을 받은 건 나도 마찬가지였다. 만날 때마다 자기 힘든 얘기만 늘어놓는 민주에게 지쳐가고 있었지만, 그렇다고 이렇게 톡 쏴줄 생각은 없었다. 내 말투엔 적개심이 뚝뚝 흘러넘쳤다.

"미안. 미안해."

민주가 들릴 듯 말 듯 중얼거렸다.

두 달 후, 다른 친구로부터 민주 소식을 전해 들었다. 그 좋은 회사에 진짜 사표를 냈단다. 그리고 훌쩍 어디론가 여행을 떠났다고 했다.

"정신과에서 우울증 진단까지 받았다더라."

그 정도로 힘들었던 건가. 너무나 미안하고 안타까웠다. 그러나 그 생각도 얼마 가진 못했다. '그래도 모아놓은 돈이 있으니 여행도 훌쩍 떠날 수 있고 참 팔자 좋네' 하는 생각이 서서히 고개를 들었던 것이다.

우리가 남자 얘기만 읊어대는 이유

사람은 자신과 비슷한 사람들과 친분을 쌓게 마련이다. 방학 때마다 유럽을 여행하고 돌아오는 대학생과, 편의점 · 술집 · 공사장을 전전하며 아르바이트를 하는 대학생이 허물없는 친구가 되기란 정말 쉽지 않으니까. 하지만 동일한 카테고리 안에 있는 친구들끼리 모였다 해도 우정을 시험하는 시기는 또 한 번 닥친다. 바로 취업 직후다.

생각해보면 20대 초반에는 우리 고민의 스펙트럼이 참으로 얇았다. 짝사랑, 등록금, 성적, 취업 중 하나일 가능성이 매우 높았으니까. 그래서 네 고민이 곧 내 고민, 내 고민이 곧 20대의 고민이었던 시절이 분명 있었다.

그런데 내가 이상해진 건지, 나만 빼고 이상해진 건지, 갑자기 친구들과 말이 안 통하는 순간이 온다. 더럽고 아니꼬운 사회 초년생 시절이 다 고만고만해 보여도 한 시간만 얘기해보면 서로의 대화가 묘하게 논점을 벗어나 겉도는 걸 느낀다. 큰맘 먹고 상대의 얘기를 들어주다가도, 어느새 친구가 말하는 것마다 트집을 잡는 나를 발견한다.

취직하자마자 갑이 된 친구와 평생 을의 위치에서 일해야 하는 친구는 대화에서 엇박을 내고, 마초들이 득실대는 회사에서 일하는 친구와 마녀들이 진을 친 회사에서 일하는 친구는 서로 누가 더 힘든지 경쟁하듯 목소리를 높인다. 직장에 다니는 친구는 대학원에 다니는 친구를 은근히 무시하고, 대학원에 다니는 친구는 그런 직장인 친구가 꼴불견이다. 나보다 잘나가는 애가 나를 배려해 겸손한 척하는 것도 거슬리고, 나보다 못 나가는 애 앞에서 말조심해야 하는 것도 번거롭다.

이럴 때 써먹으라고 지구상에 내려준 존재가 하나 있다. 바로 남자다. 나는 친구들과 만나면 남자 얘기만 하고 있는 나를 종종 발견한다. 딱히 좋아하는 남자가 있는 것도 아니고, 연애를 못 하고 있는 게 뭐 그렇게 엄청난 일도 아닌데, 친구들만 만나면 그렇게 솔로인 내 신세를 한탄한다. 평소엔 외롭다고 생각도 안 하면서 친구들만 만

나면 외롭다고 청승을 떨고, 딱히 그립지도 않은 옛날 남자친구 얘기를 또 화제에 올린다. 나뿐 아니라, 친구들도 남자 얘기를 참 열심히 해댔다. 자기 남자친구, 남자친구의 친구, 친구의 남자친구 등 끝도 없이 남자들을 나열해댔다. 그러면 나는 또 그걸 열심히 듣는다.

그러고 보면 우린 참 현명했던 건지도 모른다. 다른 얘기 해봐야 서로 성질만 건드리고, 재미도 없을 테니 시답잖은 남자 얘기나 줄줄이 늘어놓는 것이다. 적어도 남자 문제 앞에서 우리는 똑같이 어리바리한 20대 후반 여자일 뿐이니까. 여기에 술까지 곁들이면 금상첨화. 별 영양가도 없는 남자 얘기로 시간을 때운 후 술집으로 끌고 가서 술을 진탕 먹이고, 오바이트할 때 등을 두드려주는 것. 그것이 우리가 우정을 유지하기 위해 할 수 있는 최선의 방법이다. "또 보자"고 빈말을 날려준 후 콜택시에 몸을 구겨 넣어주면, 앞으로 몇 달간은 '녀석들 한번 봐야 하는데'라는 죄책감에서 벗어난다.

진정한 소통은 애초에 불가능한 건지도 모른다. 내 고민은 내 입을 거치면서 여러 차례 '미화'의 과정을 거치고, 그 고민은 네 귀를 통하면서 여러 차례 '왜곡'의 과정을 거치는데, 그걸 어떻게 소통이라고 할 수 있을까. 그렇다고 나도 사회적 체면이 있는데, 미화 없이 내 얘기를 어떻게 다 툭 꺼낼 것이며, 나도 사회가 어떻게 돌아가는지 대충 아는데 진실을 외면한 채 친구의 '엄살'을 언제까지 있는 그대로 들어줄 것인가.

'어머나, 이제 우리에게 우정은 없는 것인가?' 하는 생각이 드나? 걱정 안 해도 된다. 문명의 이기가 있으니까. 어렸을 땐 다른 학교로 전학만 가도 관계가 싹둑싹둑 잘렸다. 그런데 요즘은 얼마나 좋은

지 모른다. 문자메시지 단체 전송만 이용하면 내 '친구'들에게 하나씩 문자를 돌릴 수 있다. 이름을 부르지 않고도, 우리는 교묘하게 너에게만 보내는 메시지인 척할 수 있다. 조그마한 휴대전화 키를 찍는 수고도 없이(언제부턴가 귀찮아졌다), 컴퓨터로 일괄적으로 메시지를 보낼 수도 있다.

트위터나 페이스북은 더 편하다. 미니홈피처럼 따로 클릭해서 들어가지 않아도 된다. 시도 때도 없이 근황을 나불대고, 친구의 시시콜콜한 멘션을 늘 보게 되니까 굳이 연락을 따로 하지 않아도 된다. 몇 개월씩 못 만나도 트위터에서 매일 봐왔으니까, 이대로 연락이 끊기는 건 아닌가 걱정하지 않아도 된다. 참 편리한 세상 아닌가!

그렇게 얇고 긴 인연이 대체 뭔 소용이냐고? 사회생활을 하면 할수록 또 달라진다. 무조건 내 현실이 가장 어렵고 힘든 것 같았던 사회 초년생 시절을 지나면, 다양한 직업군의 친구들과 만나는 게 가끔은 절실하게 필요하다. 나 같은 경우에는 회사를 두어 번 옮기고, 다른 직업에도 도전하면서 친구들의 소중함을 깨달았다. 직장만 바꿔도 세계가 얼마나 달라지는지 몸소 체험하고, 직업마다 나름 고충이 심각하다는 걸 알고 나서야, 친구들이 하는 말이 헛소리나 엄살이 아니란 걸 깨달은 거다. 물론, 여전히 말이 안 통하고 별 재미는 없지만, '내 업계'를 벗어난 얘기도 가끔 들어줘야 한다는 걸 본능적으로 느끼기도 한다.

'왜 친구들을 만나면 별 관심도 없는 연애 얘기만 하게 될까', '왜 내 고민을 아무도 이해 못 해주지?' 이따위 생각으로 괴로워할 필요 없다. 또래들이 모두 겪고 있는, 너무나 당연한 일이니까. 괜히 억지로 소통하겠답시고 상처를 주고받고 인연 끊지 말고, 당분간 그렇게 내버려두기를. 멀어지는 것 같아도, 예전 같지 않아도, 억지로 붙잡을 순 없다. 30대가 되면 또 언제 그랬느냐는 듯 죽이 맞을 수 있다. 상사의 유형이 비슷하다든지, 똑같이 솔로라든지, 같은 동네에 살게 됐다든지 하는 매우 사소한 일로 금방 가까워진다. 30대에는, 그런 넉살이 생긴다.

굶을까 시킬까

토요일, 잠을 실컷 자고 나니 텔레비전에선 주말 음악 프로그램이 끝나가고 있었다. 걸 그룹 멤버 중 하나가 상체를 푹 숙이며 기어이 카메라에 가슴골을 보여주는 데 성공할 때만 아주 잠깐 눈이 번쩍 떠질 뿐, 이내 온몸이 축 처지고 눈은 또 감긴다.

신입 사원이 된 이후로 난 토요일마다 이 시간에 일어난다. 금요일 밤을 불사르고 아침 해를 보며 집에 들어와서는 화장도 지우다 말고 잠들어버리는 것이다. 그런데 오늘은 피부가 아주 보송보송하다. 맞다, 어젯밤에는 11시에 잠들었다. 심지어 수면팩까지 붙이고. 남들이 '불금'이라고 부르는 금요일 밤에 12시도 되지 않아 잠든 것도 어이없는데, 이 시간에 일어나다니. 지금껏 깨워주는 사람은커녕, 부재중 전화도 한 통 없었다.

화장실에 가고 싶다. 그런데 당최 몸이 움직이지 않는다. 방광만 잠깐 꺼내서 쭉 짜고 도로 넣고 싶은 마음이 간절하다. 일단 참는다. 참자. 귀찮으니 참자. 에잇, 결국 몸을 일으킨다.

이리저리 왔다 갔다 하니 배가 좀 고픈 것 같다. 아니, 배가 고프다기보다는 뭔가를 먹어야만 할 것 같은 기분이다. 토요일 이 시간, 느지막이 일어날 때면 언제나 맞닥뜨리게 되는 이 비루한 기분. 아무리 고차원적이고, 정서를 함양시키는 일을 한다 하더라도, 나라는 존재는 결국엔 음식 덩어리를 우걱우걱 집어삼켜야 살 수 있는 동물에 불과한 것이다.

우주인들이 먹는다는 그 밥 대용 알약 좀 구할 수 있으면 좋을 텐데. 그냥 포도당 주사를 사놓고 그때그때 맞을까. 물에 푹 담갔다가 이제 막 꺼낸 솜뭉치 같은 내 몸뚱이를 이끌고 끼니를 해결하는 것보다는, 왼쪽 소매를 걷어붙이고 정맥을 찾을 때까지 주삿바늘을 찔러대는 게 더 나을 것 같다.

뭘 좀 시켜 먹을까 싶어서 휴대전화를 찾는데, 발에 툭 하고 뭐가 걸린다. 피자 상자다. 그 바람에 뚜껑이 훽 열렸는데, 맙소사, 지난주에 시켜 먹고 남은 피자가 허옇게 응고돼 있다. 다시는 보고 싶지 않은 광경. 피자는 패스다. 행여나 또 뚜껑이 열릴까 조심조심 피자 상자를 들고 현관으로 향한다. 쓰레기 더미를 쌓아둔 현관 구석에는 치킨 상자도 있다. 저건 언제 시켜 먹었지? 기억도 안 난다. 나 혼자 닭 한 마리를 다 먹진 않았을 거다. 그렇다고 남은 걸 데워 먹을 만큼의 용기도, 정신도 없다. 저건 절대 뚜껑이 열려선 안 된다. 치킨도 패스.

집 밥을 먹고 싶다. 밥에 간장과 참기름을 넣고 계란 프라이에 비벼 먹고 싶다. 된장찌개에 밥을 비비고 총각김치 하나 덥석 물어뜯는 것도 좋다. 갑자기 입에 침이 고인다. 뭐라도 안 먹으면 큰일 날 것 같다. 부엌으로 간다. 계란말이라도 만들어볼까. 싱크대에 냄비와 접시가 잔뜩 엎어져 있다. 별생각 없이 뒤집는다.

으악! 이건 무슨 냄새야. 3일 전에 끓여 먹고 남은 라면이 냄비 안에서 썩고 있다. 접시 위에 놓인 검은 봉지에는 말라붙은 떡볶이가 고개를 빼꼼히 내밀고 날 쳐다본다. 먹은 것도 없는데 토할 것 같다. 끔찍한 광경에 정신을 차릴 수 없어 휘청이다가 식탁 위에 올려놨던 바나나를 짚는다. 시커멓다. 정체불명의 조그마한 벌레들이 날기 시작한다.

지긋지긋해. 나는 침대로 돌아와 벌렁 눕는다. 배가 고프다. 뭔가 먹어야만 해! 결국 시켜 먹기로 한다. 피자 패스. 치킨 패스. 빨간 국물 패스. 보쌈을 시킬까. 그 많은 걸 혼자 어떻게 다 먹지? 먹고 남은

음식들은 또 저 꼴이 될 텐데. 짜장면은 어제저녁에 먹었고…….

야식업체 책자만 뒤적이다 보니 〈무한도전〉이 시작된다. 에라, 모르겠다. 휴대전화를 집어 던진다. 넋 놓고 텔레비전을 보다 보니 벌써 8시. 진짜 뭘 안 먹으면 죽을 것 같은데. 나는 어떻게든 피하고 싶었던 그것을 결심한다. 편의점 가기. 그런데 이 시간에 또 세수를 하자니 귀찮아죽겠다. 여름이라 반팔 셔츠 안에는 브래지어도 해야 한다. 차라리 굶어 죽고 말겠다. 결국 냉장고를 연다. 김치와 소주. 그래, 이 정도면 됐어!

변기는 절로 하얘지지 않는다

살림, 그거 아무나 하는 거 아니다. 버거운 월세, 혼자 자는 것에 대한 두려움, 먹어도 먹어도 우리를 허기지게 만드는 외로움 정도는 그냥 '껌'이다. 독립을 준비 중이라면, 그동안 우리가 얼마나 어마어마한 노동력(주로 엄마)을 착취하며 안락한 삶을 누려왔는지 객관적으로 봐야 한다. 각 가정마다 차이는 있겠지만 눈뜨면 대령돼 있는 아침밥, 세탁기에 휙 던져놓으면 가지런히 개어져 있는 빨래, 몇 달, 몇 년을 써도 새하얀 변기는 결코 절로 이루어지는 게 아니다. 직접 해봐라. 요리, 청소, 빨래, 어느 하나 만만한 게 없다.

그래도 그나마 재미있는 게 요리다. 이것저것 자르고 끓여서 뭔가를 뚝딱 만드는 건 분명 창의적이고 성취감 있는 일이다. 마트도 가는 것만 귀찮을 뿐, 막상 가면 이리저리 카트를 끌고 다니며 물건을 쓸어 담는 재미가 쏠쏠하다. 내가 정성껏 만든 음식을 누군가에게 먹이는 것도 꽤 재미있는 일이다. 물론 짜증 나는 순간도 있다. 마트 영수증에 찍힌 총액을 보거나, 음식 맛을 본 상대의 반응이 시큰둥하거나, 아무리 연습해도 레시피대로 안 될 때 등등.

하지만 진짜 울화통이 치미는 순간은 따로 있다. 바로, 요리라는 이 세상에서 가장 비효율적인 일이 쏟아내는 그 어마어마한 뒤처리들이 눈에 들어오는 순간이다. 15분 만에 흡입할 걸 만드는 데 길게는 한 시간이 넘게 걸린다는 일도 어이없는데, 그 과정에서 온갖 냄비와 접시, 칼과 도마 등 씻을 게 무수히 나온다.

보통 설거지라 하면 내가 먹은 밥그릇과 숟가락, 젓가락을 씻는 일 정도로 생각했겠지만 실상 요리의 세계는 보다 더 광범위했다. 멸치 국물을 만들기 위해선 실제로 큰 냄비에 멸치를 끓여야 하고, 멸치 국물을 만든 후엔 그 냄비를 씻어야 한다! 벌써 진이 빠지지만 멸치 국물을 만든 건 요리의 제1단계에 불과하다. 계란을 풀어서 넣으라는데, 젠장, 계란은 또 어디 풀겠는가. 노른자가 찐득하게 달라붙은 그릇도 씻어야 한다. 돼지고기를 썬 도마는 어떻고. 뜨거운 물을 끓여서 소독까지 해줘야 뭔가 개운하다.

그러니 찌개 하나만 끓여도 설거지 거리가 싱크대에 한가득. 정작 내가 밥을 먹을 때 쓰는 숟가락이며 그릇은 아직 꺼내지도 않았는데, 식사 후 나를 덮칠 설거지 거리는 이미 어마어마하게 쌓여 있다. 결국 우리는 식사도 하기 전에 설거지에 질려 입맛을 잃는다. 이쯤 되면, 국도 아니고 찌개도 아닌 들척지근한 국물로 한 끼를 때우는 일 따위는 스트레스 축에도 못 낀다.

설거지가 끝났다고 완전히 끝이 아니다! 내가 언젠가 독신을 포기

한다면, 그건 음식물 쓰레기 때문이다. 음식물 쓰레기봉투는 1인 가정을 전혀 배려하지 않은 크기를 자랑하며 매번 우리를 시험에 빠뜨린다. 밥 한 번 먹고 나온 음식물 쓰레기를 넣으면, 봉투는 "이것도 넣은 거냐"며 95퍼센트의 공복률을 자랑하는데, "어이쿠, 몇 번 더 모아서 버려도 되겠네" 하고 싱크대 구석에 놓는 순간 악몽은 시작된다. 매일같이 밥을 해 먹기 힘든 독신녀들은 2~3일에 한 번 싱크대를 들여다보는 게 고작일 텐데, 2~3일 동안 상온에 방치해둔 음식물 쓰레기를 발견한다고 생각해봐라. 윽, 상상도 하기 싫다. 일주일쯤 되면 콧구멍만 한 원룸에는 음식물 쓰레기 냄새밖에 안 난다.

그렇다고 매끼 밥을 먹을 때마다 그 큰 봉투를 일회용처럼 쓰자니 뭔가 어마어마한 낭비를 하는 것 같은 죄책감에 사로잡힌다. 음식물 쓰레기를 말려준다는 기계를 살까 생각도 해보지만, 그런 본격적인 주방 기구를 사는 건 왠지 우리답지 못하다는 생각도 든다.

그래서 나는 변기를 애용했다. 먹다 남은 라면, 김치찌개, 남은 밥 등등 모두 변기로 직행! 처음엔 되게 편하다. 음식물 쓰레기를 죄다 삼켜주니까. 문제는 2주쯤 지난 후에 발생한다. 내 예상과 달리 변기는 음식을 꿀꺽 삼키기만 하는 게 아니었다. 그중 일부는 도로 토해놓는다. 미세한 음식물 찌꺼기는 자기들끼리 뭉쳐서 변기에 고인 물 가장자리에 시커먼 띠를 형성한다. 맙소사!

청소는 또 어떤가. 내 독신생활의 8할은 머리카락을 치우는 일이었다. 누가 머리카락을 쥐어뜯으며 한바탕 싸우고 간 것처럼, 내 방에는 늘 머리카락들이 음산하게 흩어져 있었다. 며칠만 내버려두면 머리카락끼리 연합전선을 구축, 토네이도처럼 내 방을 쓸고 다니는 진풍경도 볼 수 있다.

희한하게도 갑자기 내 방의 모든 머리카락을 줍고 싶은 욕망이 끓어오를 때가 있는데, 주로 잔뜩 밀린 일을 처리해야 할 때다. 또, 약속시간에 늦어 뛰어도 모자랄 판에 후두둑 떨어진 머리카락이 그렇게 거슬릴 수가 없다. 하나를 줍고 나면, 그것은 마치 마약처럼 우리를 사로잡아 결국 마지막 하나까지 다 줍고 털썩 주저앉게 만든다. 제일 짜증 나는 건, 머리카락을 '올킬'했다고 생각하며 득의양양하게 허리를 쭉 펴는 순간, 가장 먼저 치웠던 그곳에 머리카락이 떡하니 또 떨어져 있는 걸 보는 거다. 귀신이 곡할 노릇 아닌가.

빨래도 만만하게 볼 상대는 아니다. 속옷은 꼭 정성스럽게 손빨래를 한다는 사람도 있는데, 퇴근하고 녹초가 된 몸으로 세면대에서 팬티를 빨고 있는 자신의 모습을 거울로 보면 기분이 어떨까. 그래서 굳이 세탁기에 넣고 돌리면, 흙이 잔뜩 묻은 청바지와 사이좋게 굴러다니는 팬티를 보는 기분 역시 묘하다. 잔뜩 늘어져 청바지를 휘감고 있는 브래지어 끈을 보면 왠지 심란하기까지 하다.

도대체 어디까지 드라이를 맡기고, 어디까지 손빨래를 해야 하는 걸까. 단돈 몇만 원짜리 셔츠에도 드라이클리닝을 하라고 표시가 돼 있으면 이건 따라야 하나 말아야 하나. 옷값보다 드라이값이 더 나오는 게 과연 상식에 부합하는 일인가!

겨울에는 니트들의 습격이 시작된다. 울샴푸로 빠는 것까진 오케이. 그런데 물을 잔뜩 먹은 니트를 들어 올려 손으로 짜는 일은 정말이지, 천하장사나 할 수 있는 일이다. 니트가 서너 개 되면? 상상만 해도 허리가 아프다.

나는 니트를 빠는 게 너무나 지긋지긋해서 쿨하게 세탁기에 집어 넣었다. 설마 무슨 일이 있기야 하겠어? 고작 촉감이 좀 안 좋아진다고, 옷 모양이 좀 망가진다고 손빨래라는 말도 안 되는 짓을 하는 건 바보 같다고 생각한 것이다. 그리고, 세탁이 끝나고 세탁기 문을 연 순간, 나는 정확히 다섯 살짜리 여자애가 입으면 예쁠 것 같은 아동용 니트 하나를 얻었다.

그 남자는 내가 탄 택시 번호를 외웠나

내게도 그런 시절이 있었다. "이제 집에 가야 해" 하고 말하기가 무섭게 "네가 빠지면 어떡해" 하고 남자들이 줄줄이 내 양팔을 잡고 놔주지 않던 그런 시절. 그런데 어느 순간부터인가 그 남자들이 기를 쓰고 지나가는 택시를 잡아다가 그 안에 취하지도 않은 나를 구겨 넣는 일이 잦아졌다. 나 진짜 더 마실 수 있다니까!

그래도 이 남자는 다르다. 업무상 만났지만 사생활에 대해 더 많은 얘기를 나눴고, 자정이 지났지만 시계를 보지 않았다. 사실 업무로만 보자면 꼭 오늘 이 자리를 만들 필요가 있었던 건 아니다. 나는 모 은행 본점에서 근무하고 있고, 그는 신사동 지점에서 근무하고 있다. 그가 넘긴 데이터 중 하나가 살짝 잘못돼서 내가 어제 야근을 하긴 했지만, 사실 그 정도는 미안하다며 음료수 한 잔 사주면 될 일이다. 굳이 이렇게 저녁에 술을 살 것까진 없다는 얘기다.

남자는 지나가던 택시를 세운다. 그 모습이 왠지 우아해서, 뒤에서 한번 안아보고 싶은 충동이 든다. 나는 〈블랙 스완〉의 여주인공 뺨치는 기품 있는 동작으로 택시에 탑승한다. 우리 집 앞까지 데려다

줄 단계는 아니다. 나는 방금 화장실에서 두드리고 온 반짝이 파운데이션이 제 역할을 할 수 있도록 달빛을 화사하게 받는 위치에 얼굴을 고정했다.

"집에 도착하면 꼭 전화해요."

남자는 진심으로 나를 염려했다. 우리 집까지 같이 가자고 하고 싶지만, 참아야 한다. 절박해 보이면 안 돼. 나는 여유 있게 고개를 끄덕인다.

"전화 기다릴게요."

남자가 힘주어 말했고, 나는 다시 한 번 고개를 끄덕인다. 택시 문이 닫혔다. 남자는 택시 번호판을 보고 있다. 택시가 곧 출발했다.

방금까지 아무리 멜로 영화를 찍고 왔다 해도, 야심한 시각에 혼자 탄 택시 안은 금방 호러 영화로 돌변할 준비가 돼 있다. 나는 필요시 언제든 차 밖으로 뛰어내릴 수 있는 자세로 긴장을 놓지 않는다. 어두운 거리 위로 보이는 표지판이 정확히 우리 집 쪽을 가리키고 있는지 체크하는 것도 잊지 않는다.

드디어 집에 도착했다. 기사 아저씨는 내가 여자인지 남자인지에 별 관심이 없는 눈치다. 카드를 내밀어 계산을 하고 차에서 내린다. 자, 이제 휴대전화에서 딩동 소리가 나야 하는데, 엇, 휴대전화가 없다. 술집에 두고 왔다! 지금이라도 술집으로 달려갈까 잠시 고민하지만, 다시 택시 속에서 공포에 시달릴 수는 없는 일이었다.

결국 화장을 지우고, 옷을 갈아입고, 침대에 누웠다. 하지만 잠이 올 리 없다. 마음이 불편해서 죽을 것만 같다.

새벽 2시. 난 아직 그에게 전화를 하지 못했다. 혼자 사는 내 집에는 전화가 따로 없다. 남자의 번호도 못 외웠다. 이 남자, 날 찾아 헤매고 있을 게 분명하다. 벌써 경찰서에 신고했을지도 모른다. 우리 집을 알아내려고 회사에 침입해 사원 기록을 훔쳐내고 있을지도 모른다! 부재중 전화가 100통쯤 와 있을까. 그러다 배터리가 나갔을 거다. 전원이 꺼져 있다는 메시지에 남자가 얼마나 놀랐을까! 내가 이러고 있어선 안 된다. 남자에게 전화를 해줘야 한다. 나는 무사하다고. 기사 아저씨는 나를 우리 집에 잘 데려다 줬다고. 그러니 맘 놓고 자도 된다고.

새벽 2시 반. 나는 벌떡 일어났다. 잠옷 바람으로 큰길까지 뛰었다. 추위에 덜덜 떨다가 결국 택시를 잡아탔다. 그리고 여의도에 있는 술집 앞에 도착했다. 아침까지 영업하는 그곳 계산대 옆에는 내 휴대전화가 놓여 있었다.

"휴대전화를 놓고 가서요."

종업원이 잠옷 차림인 나를 보고 흠칫 놀랐지만 그에게 신경 쓸 여력이 없다. 나는 재빨리 잠금을 해제하고 부재중 전화를 확인했다.

'부재중 전화 1통.'

뭐?

문자메시지함에 새 메시지가 표시되어 있다.

'전화 안 받네요. 그럼 잘 자요.'

오장육부 깊숙한 어느 곳에선가 시작된 분노의 불길이 식도를 타고 올라왔다. 휴대전화를 다시 살펴본다. 하지만 아무리 뒤져봐도 정말 그게 다였다. '전화 안 받네요'와 '잘 자요'가 어떻게 '그럼'이라는 단어로 연결될 수가 있지? 전화를 안 받는데 어떻게 한 번 더 해볼 생각조차 안 할 수가 있지?

나는 머리가 홱 돌았다. 남자의 번호를 눌렀다. 남자는 전화를 받지 않았다. 이게 진짜! 나는 씩씩거리며 음성메시지를 남겼다.

"잘 자요? 잘 자라고요? 여자가 혼자 택시를 타고 가서 전화를 안 받는데, 잘 자라는 말이 나와? 어디 끌려가서 죽었으면 어쩔래요? 경찰한테 뭐라고 할 건데요? '어, 이상하네요. 잘 자라고 했는데 그 여자가 왜 거기 가 있죠?' 이럴 건가요? 택시 번호는 외우긴 했어요? 말해봐요! '어, 번호는 모르겠고, 검은색이었나?' 이러고 말 거죠? 참 나! 검은색도 아니고 흰색이었거든요?"

삑. 메시지는 녹음됐다.

애초에 기대를 말자

야심한 시각, 낯선 택시 기사 아저씨와 단 둘이 차를 타고 어두컴컴한 거리를 달려와 사람의 온기 없는 집 안에 들어서서 더듬더듬 불을 켜야 하는 현실. 사실 이건 그리 외로운 게 아닐 수도 있다. 진짜 외로운 건 그때부터다. 내가 만약 집에 무사히 도착하지 못했다면, 이 세상에서 그 사실을 눈치챌 사람이 과연 있을 것인가를 떠올릴 때.

집에 도착해 샤워를 마치고 나와, 15분 전에 도착한 '잘 들어갔느냐'는 문자메시지를 볼 때의 기분은 정말 묘하다. 답이 없는 상태로 15분이나 지났는데 전화가 없네? 만약 무슨 일이 생겼으면, 어쩔 건데?

처음에는 그렇게 문자메시지로라도 챙겨준다는 사실이 고마웠다. 그래서 1초라도 빨리 답을 해주고, 상대를 안심시켜주는 게 예의라고 생각했다. 그러나 그런 마음이 그리 오래가진 않았다. 어느 날 한번 깜빡하고 답을 하지 않았는데, 그럼에도 불구하고 상대는 다음 날 아침까지 잠만 잘 자더라는 사실을 깨닫게 된 것이다. 정말 현실은 지독하게 외로웠다.

그런데 사회생활을 하다 보면 이마저도 배부른 소리란 걸 실감하게 된다. 택시를 타고 헤어지면 거기서 끝. 잘 들어갔느냐고 문자메시지라도 한 통 보내주는 직장 동료는 진짜 괜찮은 놈이다. 혹은 흑심이 있는 놈이거나.

온갖 추악한 범죄에 노출되게 마련인 여자의 몸으로, 각종 회식과 술자리를 즐기려면 영악해질 수밖에 없다. 별 영양가가 없는 술자리라고 판단되면, 미적대지 말고 12시 전에 자리를 박차고 일어서는 게 낫다. 자신의 모든 창의력을 발휘해서 미리미리 다양한 핑곗거리를 만들어둬라.

흔히들, 먼저 자리에서 일어서면 내 점수가 깎이지 않을까 걱정하는데, 의외로 별로 그렇진 않다. 직장 상사와의 공식적인 회식이 아닌 한, 사회에서 만난 동료나 친구들과의 자리에서는 적당히 머리를 쓰는 게 오히려 더 낫다. 미련하게 술 다 받아먹고 대자로 뻗어서 친구들을 피곤하게 만드느니 말이다. 1차에서 2차로, 2차에서 3차로 술집을 옮길 때 잽싸게 택시 위에 올라타서 귀엽게 인사를 하고 떠나면, 욕은 한 번 먹을망정 진상이 되진 않는다. 싸울 일도 없고(술자리 도중에 일어서면 분위기 깼다고 욕은 욕대로 먹고, 도망도 실패하게 마련이다).

끝까지 자릴 지켜야 하는 상황이라면, 차라리 페이스를 조절해서 아침까지 마시는 게 낫다. 새벽에 꼭 택시를 타야 한다면 비슷한 방향의 누군가와 동승하고, 그마저도 쉽지 않다면 몇천 원을 더 주더라도 콜택시를 부르는 게 좋다. 아니면 술자리를 시작하는 순간, 누가 나의 동승자가 될 수 있을지 반드시 미리 체크해두고, 그 사람이 갑자기 만취해 어디론가 사라지지 않게 잘 챙기는 것도 한 방법. 애초에 내가 계산할 술자리라면 무조건 집 근처로 불러들이는 것도, 조금은 얄밉지만 어쩔 수 없는 전략이다.

내가 어렸을 때는 여자도 남자와 똑같이 술자릴 즐겨야 한다는 강박관념이 있었다. 그래서 3차, 4차, 동이 트도록 술자리를 쫓아다녔고, 누구든 나보다 주량이 세다는 놈을 눈 뜨고 봐줄 수 없었다. 그렇게 몇 년 살아보니, 결국 나만 손해였다. 남자들이 맘껏 마시고 아무 데나 굴러다니며 자는 동안, 나는 이상한 택시 기사 아저씨로부터 도망치느라 야밤에 전력 질주를 해야 했고, 집 앞 골목길에 무리 지은 껄렁한 남자들을 피하기 위해 저 멀리 돌아서 걸어야 했다. 내 옆으로 자동차가 설 때마다 심장이 내려앉는 듯했고, 누군가 말이라도 걸면 그 상대가 누구든 즉각 뭔가를 내려칠 준비를 해야 했다. 택시가 달리기 시작할 때 문이 잠기며 나는 '철컥' 소리는 언제 들어도 공포 그 자체였다.

술자리에 남자가 이렇게 많은데, 설마 날 혼자 집에 보내겠어? 잘 들어갔는지 어련히 잘 체크해주겠어? 그런 생각은 일찌감치 접는 게 좋다. 직장인은 밤새 놀고도 다음 날 쌩쌩한 학생들과 매우 다르다. 같이 술 마신 여자가 집에 잘 들어갔는지보다는 1분이라도 더 자야겠다는 생각이 100만 배 강하다. 그러므로 남자들이 으레 하는, "집에 가서 전화해"라는 말은 그냥 흘려듣는 게 좋다. 흑심이 있지 않은 한, 전화 한 통 안 받았다고 그 새벽에 집까지 찾아와주진 않으니까. 또 대부분 집이 어딘지도 모르고 말이다. 결국 내 몸은 내가 챙기는 수밖에 없다.

은행, 이 사기꾼

알아요. 이번 메일이 벌써 여덟 번째죠. 메일을 여덟 번이나 보내는 나도 대단하지만, 이 메일을 죽어라 무시해버리는 당신도 대단하긴 마찬가지예요. 협박을 해도, 회유를 해도, 설득을 해도, 사정을 해도, 욕을 바가지로 해도 어쩜 그리 '불가능하다'는 똑같은 답변만 내놓을 수 있죠? 이미 일곱 번이나 설명했지만, 나는 또 한 번 말하지 않을 수 없어요. 당신이 이해하지 못한 게 분명하니까요.

사건은 지금으로부터 1년 전에 발생했어요. 저는 입사 3개월을 맞아 큰맘 먹고 은행에 들렀죠. 직장인이 은행에 가기가 얼마나 어려운지 아세요? 점심을 샌드위치로 대충 때우고 은행으로 직행해도 점심시간 내에 볼일을 볼 수 있을까 말까라고요. 저는 매월 30만 원씩 넣는 적금 계좌를 하나 만들 생각이었어요. 신입 사원이 처음 적금 계좌를 만들 때, 얼마나 설레는지 아세요? 하긴, 잘 아니까 나를 꼬드겼겠죠. 첫 월급에 들뜬 만큼, 잘 넘어갈 거라 생각하고 기뻐했겠죠. 이 악마 같은 인간!

당신은 적금만 하나 들려던 내게 직장인이라면 누구든 하고 있다는 펀드를 추천했어요. 네, 그건 원망하지 않겠어요. 사람들이 펀드를 많이 하는 건 사실이니까요. 하지만 당신은 날 속였어요. 꾸준히 돈만 넣으면 돈이 자동으로 불어난다며 당신의 개인 통장까지 보여줬잖아요? 나는 분명히 리스크가 큰 건 하고 싶지 않다고 했지만, 당신은 그건 몰라서 하는 말이라고, 꾸준히 돈을 넣기만 하면 언젠가는 돈을 불릴 수 있다고 맹세했어요. 나는 당신의 말을 믿었죠. 당신은 은행 이자로는 꿈도 꿀 수 없는 200만 원이라는 돈을 펀드로 벌었다고 했잖아요? 다른 활동 없이 펀드, 그 하나만으로! 정말이지, 지금 생각해도 달콤한 유혹이군요.

나는 결국 월 20만 원짜리 적금 하나에 월 10만 원씩 펀드를 부을까 고민하기 시작했어요. 하지만 당신의 유혹은 끝나지 않았죠. 보

통 신입 사원들이 한 달에 50만 원 이상씩 펀드를 붓는다며 나를 흔들기 시작했어요. 나도 그 말에 공감한 나머지 적금 30만 원에 펀드 20만 원을 생각했죠. 하지만 당신은 결코 만족하지 않았어요. 펀드의 비중을 늘리는 게 좋다고 했죠. 그래서 저는, 적금은 20만 원씩, 펀드는 40만 원씩 넣게 됐어요. 매달 60만 원이 빠져나가는 바람에 제 등골은 확 휘었지만, 그래도 나는 당신을 믿었어요. 200만 원이 불어났다는 당신의 통장을 믿었어요!

하지만 내 통장에는 돈이 들어오지 않았어요. 세 달 내내 마이너스였죠! 120만 원 이상이 찍혀 있어야 할 통장엔 96만 원이 전부였어요. 나는 어렵게 또 시간을 내서 당신을 찾아갔죠. 당신은 그 특유의 착해 보이는 눈망울을 깜빡이며 돈을 조금만 더 넣다 보면 분명히 플러스가 될 거라고 했어요! 빠른 손실 회복을 위해선 돈을 더 많이 넣으라고 해서 오히려 한 달에 45만 원씩 펀드를 넣게 되었죠!

그리고 지금, 어떻게 됐죠? 여전히 마이너스예요! 당신의 은행은 뭐가 그리 당당한지 매달 문자메시지로 제게 알려주죠.

'당신의 ○○ 주식형 투자 수익률 −48.5%.'

젠장! 지금 장난하느냐고요! 나는 많은 걸 원하지 않아요. 당신의 말에 들떴다가 맛보게 된 그 극심한 좌절감, 은행에 당신을 만나러 갔다가 허탕 친 일, 그 돈을 적금에 넣었으면 받게 됐을 이자, 모두 내 탓으로 돌리죠. 그저 당신은 원금만 내놓으면 돼요. 어려운 거 아니잖아요?

나는 너무나 바빠요. 내가 일을 마치고 달려가면 당신의 그 빌어먹을 은행은 이미 문을 닫은 뒤죠. 제가 이토록 상세하게 설명했는데도 당신이 날 기억하지 못한다면 그건 고소감이라고 생각해요. 얼른 답변 주세요. 제 원금, 언제 돌려줄 건가요?

요즘 쥐는 소 뒷발에 안 밟힌다

내게도 펀드가 있다. 내가 갓 입사했을 당시에는 펀드 광풍이 불었고, 너도 나도 몇 백씩 벌었다는 풍문이 유행가처럼 울려 퍼졌다. 귀가 두꺼운 나는 버티고 버티다가 결국 은행에 가 펀드를 몇 개 들었다. 월급에서 착착 빠져나간 돈은 펀드에서 제법 불었고, 나는 재테크의 여왕이라도 된 양, '이 세상, 별거 아니군' 하고 생각했다.

물론, 모든 스토리가 그러하듯 행복은 그리 오래가지 않았다. 갑자기 금융위기 따위의 단어가 뉴스를 장식하더니, 펀드 수익률이 마이너스 70퍼센트에 달하는 충격적인 결과를 낳았다. 상황을 채 파악하기도 전에 순식간에 벌어진 일이었다.

나는 은행에 달려갔다. 직원은 이럴 때일수록 돈을 더 넣어야 한다고 했다. 이건 또 무슨 사기를 치려는 거냐고 소리를 쳤다. 주식으로 재미를 본 친구 녀석도 이럴 때일수록 빚을 내서라도 주식을 더 사야 한다고 했지만, 내 간은 작았다. 마이너스 70이라는 숫자를 보면 눈이 뒤집힐 수밖에 없는 거다.

뉴스에선 펀드가 만약 0퍼센트가 되면 오히려 수수료를 더 물어내야 할지도 모른다고 했다. 나는 차마 팔지도, 사지도 못하는 펀드를 십자가처럼 짊어지고 한숨만 푹푹 내쉬었다. 그리고 결국 펀드에 돈을 넣는 것을 중단시켰다. 이미 30퍼센트밖에 남지 않은 내 원금이 100퍼센트로 돌아올 때까지 기다리기로 했다. 직원은 돈을 계속 넣어야 회복 속도가 빠를 거라고 했지만 나는 그대로 자리에서 일어섰다. 그리고, 그 펀드는 지금도 처분하지 못하고 있다. 매월 초마다 문자메시지가 날아온다.

'당신의 ○○ 주식형 투자 수익률 −27%.'

젠장. 언제 팔 수 있을까. 하아, 모르겠다.

누군가는 주식을 한다. 직장 동기의 친척, 나이트에서 만난 있어 보이는 아저씨, 동창회에서 만난 금융회사 직원 등 수많은 달인들로부터 고급 정보를 얻어내서 있는 돈 없는 돈 다 처박는다. 하지만 사실 이 세상의 99퍼센트에 속하는 우리가 알 정도면 그건 이미 고급 정보가 아닌 거다.

물론 정보가 맞는 경우도 있다. 어떤 사람은 확실한 정보를 통해서 투자 수익률이 200퍼센트를 넘어섰다고 했다. 이쯤 되면 진짜 세상과 돈이 만만해 보인다. 월급이 시시해 보이고, 제대로 된 한 방을 바라게 된다. 결국 그 사람은 친구, 가족, 회사 사람 돈을 다 끌어다가 회심의 '몰빵'을 했고 결국, 드라마처럼 그 많은 돈은 휴지 조각이 됐다. 한때 상장 열풍이 불었던 연예계엔 그와 같은 피해자들이 즐비한다. 인생은 그런 거다. 경제에 어느 정도 눈뜨기 전에는 리스크 있는 투자만큼은 절대 피하라고 강조하고 싶다.

직장인이라면 펀드 대신 보험을 추천한다. 특히 각종 스트레스에 민감한 몸을 가졌다면, 그래서 여기저기 잔병치레를 많이 한다면 의료실비보험 하나쯤은 들어두는 게 좋다. 한 달에 수만 원 투자해서, 상해나 질병으로 인한 병원비를 상당 부분 돌려받을 수 있다. 뭐, 건

강할 자신이 있다면 서른 살 넘어서 들어도 된다.

그리고 또 하나, 연말정산 혜택을 주는 연금을 하나 드는 것이다. 한 달에 10~20만 원 정도, 버리는 셈 치고 붓다 보면 연말정산이 꽤 쏠쏠해진다. '그까짓' 세금 좀 덜 돌려받아도 된다고 생각하겠지만 문제가 그리 간단하진 않다. 도로 토해내야 하는 경우도 있으니 말이다.

나는 2007년 연말정산 때 17만 원을 토해내야 했다. 욕을 백만스물두 번 정도 하고 나서야 내가 17만 원을 더 내야 한다는 사실을 받아들였는데, 그때 주위 사람들이 연금을 추천했다. 언젠가 은행 직원이 연말 정산이 어쩌고 하면서 비슷한 상품을 추천한 적이 있는데, 난 그건 못 들은 척하고 펀드나 들어댔으니 진짜 바보인 거다.

그러고 나서 2009년, 나는 소설을 쓰기 위해 잠깐 회사를 그만두면서 연금 납입 금액을 한 달에 1만 원으로 줄였다. 그 후 2010년 말에 다시 취직을 했는데, 2011년이 되면서 바보같이 연금 납입 금액을 도로 높이는 걸 깜빡했다. 그 결과, 2011년 연말정산 때 나는 21만 원을 내야 했다. 진짜 미치고 팔짝 뛸 노릇 아닌가. 아무 이유도 없이(적어도 내 기준에서는) 생돈을 내야 하다니. 돈을 안 내고 버틸 자유조차 누리지 못한 채, 월급에서 강제로 돈을 쑥 빼 가는 꼴을 보고만 있을 수밖에 없다니.

나의 21만 원은 지금 무엇에 쓰이고 있을까. 다른 사람들의 '21만 원'과 모이고 모여 꽤 막중한 일을 하고 있을 것 같다. 어느 '나리'께서 허리 운동 삼아 골프 한 게임 땡기고 있을지도 모른다. 아! 왠지 양주로 변했을 것 같다. 그래서 어느 정정한 '나리' 무릎 위에 앉아 한쪽 가슴을 내주고 있을 언니들 손에 쥐어졌을 거다. 식도를 따라 졸졸 흘러내려간 나의 21만 원은 이 나라를 위해 기꺼이 한 몸 바치는 언니들의 장운동을 활발하게 해줄 테지. 아아, 비싼 똥이 되었구나, 기특한 것.

"아니요. 저기서 좌회전이 안 된다고요. 아까 그렇게 말씀드렸잖아요. 저기서 우회전을 했어야죠. 요렇게 돌아서 동작대교 방향으로 가야 한다고요!"

"아가씨가 언제 그랬어……."

우락부락한 아저씨가 말끝을 흐린다.

"아까 분명히 그렇게 말씀드렸거든요! 이렇게 가면 유턴하는 데까지 무지 가야 한다고요! 전 지금 늦었어요!"

"아, 거참, 일단 가봅시다."

밤길에 마주치면 내게 말을 걸기도 전에 내가 먼저 핸드백이며 지갑이며 다 내줘야 할 것 같은, 조폭같이 생긴 택시 기사 아저씨는 한참을 구시렁대더니, 택시 요금을 무려 500원이나 덜 받았다. 미안하다고도 덧붙인다. 기사 아저씨들이 왜 대뜸 내게 반말을 하는지에 대해 혼자 끙끙 앓으며 기분 나빠하다가, "아저씨, 그런데 왜 말을 놓으시죠?" 하고 도도하게 물은 지 1년여 만에 얻은 쾌거였다. 기사 아저씨가 내 기에 눌린 거다.

이 사회는 모든 것이 기 싸움이다. 회사에선 네 나와바리(縄張り, '구역'이라는 뜻의 일본어로, 주로 기자들이 쓰는 은어다), 내 나와바리를 두고 끝없는 '땅따먹기'가 벌어졌고, 술자리에선 주당 타이틀을 두고 치열한 경쟁이 펼쳐졌다. 하다못해 친구를 만나도 누구 집에서 더 가까운 곳에서 만나느냐를 두고 팽팽한 긴장감이 흘렀다. 제일 어려운 상대는 역시, 사회생활의 달인들이었다. 부동산 중개인, 집주인 아줌마, 택시 기사, 택배 기사 등등, 내가 조금 착하게 보이는 순간, 나는 그들의 일거리를 떠안아주고 고맙다는 말도 못 듣는다.

"아저씨, 제가 집에 있는데 왜 경비실에 맡기신 거죠? 5층까지 올라와주세요."

이 말을 하는 게 뭐가 그렇게 어려웠을까.

"기사님이 엉뚱한 길이 옳다고 고집부리시는 바람에 700원 더 나왔어요. 그 부분은 내지 않겠어요."

이게 뭐라고. 나는 하다못해 연봉 협상에서 내가 원하는 연봉을 똑 부러지게 말하는 것조차도 어려웠다. '아, 겸손해야 하는데', '싸가지 없어 보이면 안 되는데' 이런 생각만 했기 때문에 나는 늘 손해를 보고 살아야 했고, 어느 순간 이런 내 삶에 정말이지 신물이 났다.

"정말 기가 세신 것 같네요."

난 그저 아메리카노를 한 잔 주문했을 뿐인데, 소개팅남은 이런 멘트를 날린다.

"네?"

"아니, 그냥, 오라도 그렇고, 말투도 그렇고."

"그래서, 비호감인가요?"

"정말 직설적이네요, 하하."

뭐가 또 직설적이라는 거야? 남자는 웃기만 할 뿐, 비호감이 아니라는 말은 하지 않았다. 나는 씁쓸하게 따라 웃었다. 내가 남자였다면, 소개팅녀는 내 카리스마에 홀딱 반해 사랑에 빠졌을 텐데.

남자는 무지하게 지루했다. 사회·문화적인 테마에 대해 던지는 멘트는 상식 그 이상도 그 이하도 아니었으며, 나름 한답시고 날리는 유머는 이게 웃으란 건지 뭔지 헷갈렸다. 나는 번번이 그의 의견을 묵살했고, 그보다 더 세고 야한 농담을 던져주며 기세를 올렸다. 주도권은 완전히 나에게 넘어왔다. 남자는 "오! 그런 생각은 못 했는데", "내가 들어본 말 중에 제일 재밌어요"를 반복하며 완전히 내 페이스에 말렸다.

헤어질 시간. 남자는 술집 앞에서 택시를 잡아주며 이렇게 말했다.

"진짜 매력적이십니다. 이런 분을 알게 돼서 정말 좋네요. 앞으로도 자주 봬요."

남자는 너무나 정중하게 90도로 인사를 했다. 나도 엉겁결에 고개를 숙였다. 나를 택시에 태우고 또 한 번 깍듯하게 목례를 하는 남자를 보며 느꼈다. 내가 인맥이 됐구먼.

'척'의 필요성

"오빠, 여기로 좀 와줘어엉."

이런 말을 할 데가 없는 싱글 여성으로 살아남기 위해선 싸움닭이 돼야 한다. '여자는 자기주장을 똑바로 하면 비호감이 된다'는 사실을 빌미로 너무 많은 사람들이 우리를 벗겨먹으려 들기 때문이다. 운전을 하다가 접촉 사고가 났을 때, 택시 요금으로 사소한 시비가 붙었을 때, 업무상 누가 나에게 손해를 끼쳤을 때, 많은 남자들은 '어린 여자'들이 착한 얼굴을 하고 자기들에게 오히려 고개를 조아려 주기를 바란다. 여자가 계산기 집어 들고 우렁찬 목소리로 내 몫을 조목조목 따지고 들 때, 회사 상사조차도 "거 참, 일 잘하네"라는 말 속에 '저래서 시집이나 가겠어?'라는 함의를 품고 있는 현실.

그저 당연히 해야 할 말을 했을 뿐인데, 어느 순간 우리는 세상 제일가는 드센 여자가 돼 있다. 마초들의 세계에서 오롯이 살아남기 위해 그들과 보호색을 맞췄을 뿐인데, 여자 특유의 말솜씨와 하이톤의 목소리가 결합되면 '변종 마초 마녀'가 탄생하고 마는 것이다. 그저 존중을 받고 싶었던 우리는 결국 두려움의 대상이 돼 있다.

사회생활은 예상치 못한 곳에서 삐걱댄다. 자기들이 알고 있는 드센 여자의 이미지에 나를 끼워 맞추려 한다. 여자 후배를 혼이라도 내면 백설공주에게 독이 든 사과를 내미는 왕비에 비유하고, 그저 일이 좋아서 할 뿐인데 데이트가 없어서 해소되지 않는 성욕을 일로 푼다는 농담이 사실인 양 떠돈다.

실제로 연애가 물 건너가기도 한다. 나는 혼자 사는 직장 여성으로서의 스트레스가 극에 달했을 때, 눈이 마주치는 거의 모든 남자들과 싸웠다. 급한 일이 있는데 남자친구가 전화벨이 세 번 넘게 울리도록 전화를 받지 않기에 아주 조금(!) 화를 냈을 뿐인데, 그는 "나를 부하직원 다루듯 하지 마!" 하는 말을 끝으로 내 인생에서 꺼져줬다. 그저 취미와 특기가 궁금했을 뿐인데, 어떤 소개팅남은 "왜 저를 취조하시죠?" 하는 말을 남기곤 홀연히 사라졌다.

그래도 난 그게 옳다고 생각했다. 누차 강조하지만, 이 세상은 착한 여자보단 미친년이 살아남기 쉬우니까(그건 진리다). 하나를 얻으면 또 다른 하나를 잃는 법. 하지만 우리는 워낙 욕심이 많은지라 미친년이면서도 사람들의 호감도 얻고 싶다. 불행은 거기서부터 시작된다. 호감을 얻기 위해선, 우린 간, 쓸개 다 내주고도 "아무것도 몰라요, 아잉" 하는 머리 빈 여자가 돼야 하니까. 남자 직원보다 연봉을 적게 받으면서도 "에이. 저분이 더 능력 있으시죠, 힝" 하는 소탈한 여자가 돼야 하니까.

왜 강한 여자를 사랑해주지 않느냐고 투덜대는 것은 아무 의미가 없다. 그런다고 남자들의 취향이 바뀌는 건 아니니까. 솔직히 우리도 '남자답지 못한 남자'는 별로지 않나. 그들의 탓만 하며 혼자 방바닥을 긁다 보면, 몇 가지 속임수를 취하는 게 훨씬 더 편하다는 결론에 다다른다. 다음은 내가 찾아낸, 비호감을 좀 누그러뜨려주는 몇 가지 방법이다.

1. 원피스와 친해져라.

나는 '패션 피플'이 아니므로 왜인지는 모른다. 그런데 원피스를 입으면, 똑같은 행동을 해도 조금 더 여성스러워 보인다고 한다. 갑자기 열을 받아 욕지거리를 내뱉지 않는 이상, 꽤 여자다운 여자로 보일 수 있다. 원피스 효과를 실감하고 한동안 색깔별로 입고 다녔는데, 그동안은 "기 세다"는 말을 덜 들었다.

2. 스킨십을 생활화하라.

사장님을 만져드리라는 뜻이 아니다. 일도 똑 부러지게 하고, 소리 지를 땐 지르되, 결정적일 때 살짝 터치를 가미해 '나도 36.5도의 체온을 가진 사람이다', '난 너를 싫어하는 게 아니다', '난 히스테리를 부리는 게 아니다'라는 걸 보여주는 거다. 난 이 방법을 남자들한테서 배웠다. 눈물이 쏙 빠지게 혼내놓고 어깨를 한번 툭 쳐주는데 기분이 매우 묘했다. 여자들이 할 때도 효과는 같다.

3. 귀엽게 보이는 방법을 개발하라.

여자는 귀여워야 한다는 말이 아니다. 권위를 지우라는 거다. 이 방법은 성공한 남자들한테서 배웠다. 취재를 하다 보면 엄청난 부를 쌓은 연예인이나 유명 제작자들을 만나게 되는데 이들의 공통점은 바로, 귀엽다는 거다.

이름만으로도 연예계를 들썩이게 하는 이들은 업무 때문에 보내는 문자메시지에도 꼭 수줍게 웃는 모양의 이모티콘을 넣는다. 고급 소파에 비스듬하게 앉아 거들먹거릴 것 같은 이들은 오히려 자신이 좀 모자라 보이는 에피소드를 먼저 밝히고, 아이처럼 해맑게 웃는다. 사실 이들은 회사 내부에서 막강한 권력을 가진 독재자이지만, 직원들은 "그래도 우리 사장님, 가끔은 귀여워" 하고 말한다. 무시무시한 발톱은 결정적일 때 화끈하게 한 번씩 보여주되, 평소엔 인간적이고 사랑스러운 사람으로 보이는 것, 이것이 바로 성공의 필수 요건이다.

물론, 처음엔 호락호락해 보이지 않는 게 중요하다. 하지만 어느 정도 신뢰를 쌓고 여유를 되찾았을 때, 돌아올 만한 여지는 남겨둬야 한다. 우리가 허튼소리를 하는 사람을 용납 못 하고, 일이 조금만 틀어지면 쌍욕부터 튀어나오는 완벽주의자라는 걸 굳이 '광고'할 필요까진 없었던 거다.

나 역시 여성성은 출세에 방해된다고 생각했다. 말은 최대한 딱딱하고 용건만 간단히, 논쟁이 붙으면 무조건 큰 소리로, 누가 대시라도 하면 당장 달려들어 목을 따버릴 기세였던 적이 있었다. 그것만이 마초들의 세상에서 살아남는 방법이라 생각했다. 하지만 보다 큰 그림을 보면서 내 생각이 틀렸다는 걸 깨달았다. 성공한 사람들은 오히려 섬세하고 남들을 배려하는 이미지로 보이기 위해 부단히 노력한다. 그런데 나는 스스로를 일만 하는 냉혈한으로만 보이게 세팅했던 거다.

모든 건 이미지 게임이다. 실제로 우리가 여성적인지 아닌지는 상관이 없다. 사실 앞서 말한 성공한 사람들이 실제로 남들을 배려하는 착한 사람일 리는 만무하다. 그들의 최측근들은 그들이 자기밖에 모르는 사이코패스라고 입을 모은다. 다만 자기 회사 직원들마저도 속을 만큼 이미지 관리를 잘했을 뿐. 착해빠져서는 절대 이 사회에서 성공 못 한다. 그러니 없는 여성성을 일부러 기를 필요는 없다. 마음껏 싸우고 지르고 두들기되, "그래도 알고 보면 좋은 사람이야"라는 말을 들을 수 있도록 자신의 '트릭'만 잘 개발하면 되는 거다.

그래요! 나, 혼자 사는 여자예요

직장 사람들, 그 사람들이 부른 관계자와 친구들, 또 그들과 함께 온 사람들이 뒤섞인 술자리였다. 사람의 숫자가 늘수록 나는 점점 구석 자리로 밀려났다. 이런 자리에서 내가 할 수 있는 일은 김이 다 빠진 맥주를 홀짝이며 얼른 술자리가 끝나기를 바라는 것뿐이다.

낯을 많이 가리는 내게 이런 자리는 늘 곤욕이었다. 하지만 술에 취했다 하면 아는 사람을 다 불러 모아 인맥을 과시하기 바쁜 선배들 덕분에, 나는 거의 매일 곤욕을 치러야 했다.

오늘도 나는 구석 자리로 밀려나 휴대전화만 들여다보고 있다. 이 발랄하고 유쾌한 사람들 사이에 끼어서 오늘 뜬 유머 검색어나 들여다보고 있는 아이러니. 나는 시계를 한번 보고 한숨을 푹 내쉰다. 말 한마디 안 걸면서 먼저 간다고 하면 또 득달같이 달려들어 붙잡는 게 이런 자리 특성이다.

"그 맥주, 김 빠지지 않았어요?"

귀엽게 생긴 남자 한 명이 다가오더니 선배 언니가 핸드백만 던져둔 내 맞은편 자리에 앉았다.

"그렇네요."

"저 하나 시킬 건데, 같이 시킬까요?"

"네, 좋아요."

남자는 꽤 귀여웠다. 나보다 네 살이 많았지만 나이가 많아 보이지는 않았다. 그의 나이를 듣고 깜짝 놀라는 연기를 해줌으로써 나는 그의 호감을 샀다. 그는 부장이 부른 대학 동창의 회사 직원이었다. 상사와 술을 마시다가 여기까지 끌려온 것이다.

"엉겁결에 따라오긴 했는데, 영 적응 안 되네요."

"전 2년째 적응이 안 돼요."

남자가 웃었다. 웃으니까 더 귀엽다.

"어디 살아요?"

별로 안 좋아하는 질문이다. 집에 돈은 많으냐, 연봉은 얼마나 되느냐를 가장 신사적으로, 그러면서도 가장 단도직입적으로 찔러보는 질문이니까. 그래도 처음 만난 사람과 대화를 이어가기 위해서 반드시 거쳐야 할 관문이기도 했다.

"당산 살아요."

"여기서 가깝네요. 오피스텔?"

"네."

"혼자 살아요?"

"네, 회사가 근처라서."

"언제부터?"

"대학교 때부터."

"네."

대화는 무난하게 이어졌다. 깔깔깔 웃음이 터지진 않았지만 어색하지도 않았다. 이 남자가 데이트 신청을 하면 당장이라도 예스를 외칠 것 같다. 사실 대화가 이어진 지난 30분 동안 나는 "여자친구 있으세요?"라는 질문을 꺼내지 않으면서도 이 남자가 솔로인지를 알아내기 위해 총력을 다했다. 나는 이 남자를 솔로로 결론지었다.

급하고 거하게 마시는 술자리가 늘 그렇듯, 자리는 갑작스레 파했다. 얼큰하게 취한 사람들이 어느새 자취를 감추고, 더 얼큰하게 취한 사람들이 길바닥에 드러누워 택시 탑승을 거부하고, 그나마 정신이 멀쩡한 사람들은 각자 휴대전화를 꺼내 대리운전 기사를 부르기 바빴다.

남자는 택시를 하나 잡았다.

"당산이면 근천데, 데려다 드릴까요?"

나는 활짝 웃었다.

남자는 굳이 엘리베이터까지 같이 탔다. 현관문까지 걷는 동안 서로 손등이 몇 번 닿았다 떨어졌다.

"이제 가셔도 되는데."

"이왕 한 거 풀서비스 해야죠."

복도는 너무나 짧았고, 현관문은 금방 모습을 드러냈다.

"여기예요. 정말 감사합니다."

"감사하면 물 한 잔만 줄래요? 목이 좀 마른데."

아, 이 젠틀한 목소리. 나는 비밀번호를 눌러 문을 열었다. 아차, 집 안은 여기저기 속옷이 널려 있어 난장판일 거다. 남자가 보지 못하게 얼른 문을 닫았다. 남자가 뭔가 말하려다 입을 닫았다.

거울을 잠깐 보고, 제일 예쁜 컵을 꺼내 물을 따랐다. 그리고 현관문을 열고 복도로 나갔다. 남자는 조금 넋이 빠진 것 같기도 했다.

"드세요."

"허."

남자는 코웃음인지 헛기침인지 헷갈리는 소리를 내뱉었다.

"안 드세요?"

"갈게요, 나 참."

남자는 신경질적으로 쿵쿵 걸었다. 땡 하고 엘리베이터 서는 소리가 들렸다. 난 그제야 상황이 파악됐다. 엘리베이터 문이 쿵 닫혔을 때, 그 남자가 내게 전화번호조차 묻지 않았다는 사실을 떠올렸다.

"하."

이제 내가 코웃음을 내뱉을 차례였다.

혼자 보기 아까운 2단 변신

언젠가 내가 소개팅을 주선했을 때의 일이다. 예뻐? 몇 살? 하는 일은? 어디 살아? 누군가를 판단할 때 가장 중요한 질문 몇 가지가 지나가고 이 질문이 나왔다.

"혼자 살아?"

무심결에 그녀가 혼자 산다는 정보를 흘렸을 때, 남자의 입은 귀에 걸렸다. 뭐, 그 남자의 이상형이 독립적인 여성일 수도 있었겠지만, 그 남자의 표정은 그렇게 건전하게 해석되기에는 영 찝찝한 구석이 있었다. 그러던 차에 옆에 있던 다른 남자가 덧붙였다.

물 한 잔만 주시겠어요?
음흉음흉
능글능글
아! 물! 잠시만요.

가, 감사······합니다.

"모텔값은 굳었네."

대충 죽은 척하고 넘어가려는데, 굳이 확인사살을 하는 꼴이었다. 혼자 사는 것을 두고 고작 모텔값을 떠올리는 이 남자들의 저렴함에 고개를 내젓다가, 그래도 나도 나름 여잔데 내 앞에서 아무렇지도 않게 이런 멘트를 늘어놓는 대목에서 더 짜증이 났다.

"그렇게 모텔이 싫으면 너희들이 나와서 살아."

"야, 요즘 월세가 얼만데."

"그 여자, 혼자 산 지 얼마나 됐어?"

나는 선뜻 답하기가 싫었다. 그 질문의 함의가 무엇인지 딱 떠오르는 나도 싫었고, 내가 어떻게 생각할지 뻔히 알면서 아무렇지도 않게 내뱉는 이 자식도 맘에 안 들었다.

"경력 완전 화려한 거 아니야?"

이 저렴한 것들. 이런 놈들도 여자친구랑 뒹굴 땐 세상에서 가장 로맨틱한 척하면서 "난 이만큼 너를 사랑해" 어쩌고 하며 뻐꾸기를 날린다고 생각하니 기가 막힐 노릇이었다.

혼자 사는 여자에 대한 남자들의 희한한 판타지는 꽤 뿌리가 깊은 편이다. 처음 보는 남자에게 혼자 산다고 말했다가, 남자의 눈빛이 돌변하는 광경, 여러 번 봤다. 혼자 사는 여자가 왜 비교적 '개방적인' 여자로 해석되는지 잘 알 순 없지만, 그들에게 '혼자 사는 여자=개방적인 여자'는 이미 기정사실인 듯했다.

레퍼토리도 비슷하다. 밤길이 매우 어두우므로 데려다 준다. 그러곤 곱게 집에 돌아가지 않는다. 꼭 목이 마르거나 시원한 맥주를 한잔하고 싶어 한다. 한번은 집에 한 걸음만 들어가게 해달라고 몇

십 분을 조르다 화장실이라도 쓰게 해달라는 남자도 있었다. 나는 어림도 없다며 버티고 섰는데, 남자는 갑자기 이리 뛰고 저리 뛰더니 맞은편 오피스텔 주차장 바닥에 큰 볼일을 봤다(이 아스트랄한 경험은 《첫날밤엔 리허설이 없다》 에피소드 중 하나로 반영됐다). 끈질기게 따라붙는 남자를 경비실 아저씨가 때려눕힌 적도 있다. 잠깐이나마 호감을 가졌던 남자가 경비 아저씨 밑에 깔려 바동거리는 모습은 우울할 때마다 가끔 생각한다. 기분 전환용으로.

혼자 사는 여자, 그 중에서도 좀 활발한 여자치고 그런 에피소드 하나 없는 여자가 없다(이건 우리가 남자들에게 인기가 있느냐 여부와는 또 다른 얘기다). 이 무서운 세상에 집에 데려다 주겠다는 말을 거부하기란 도통 쉽지 않은데, 그 친절한 신사가 집 앞에 도착하자마자 갑자기 갯과로 돌변하는 광경은 사실 혼자 보긴 아깝다.

학교라는 작은 커뮤니티를 벗어나 사회로 나서면 좀 더 버라이어티한 갯과의 동물을 볼 수 있는데, 그들이 대낮엔 한 회사의 늠름한 상사로, 누군가의 달콤한 남자친구로 정상인 코스프레를 한다는 생각을 하면 국민의 알 권리는 과연 어디까지일까 진지하게 고민하게 된다. 동영상을 찍어 유튜브에라도 올려?

자책하거나 속상해할 필요는 없다. '앞으로 몸가짐을 더 보수적으로 해야 하나'까진 나가지 말기를. 그들이 '개'일 뿐, 우리의 몸가짐에는 문제가 없다. '개' 때문에 우리가 움츠러들 필요야 있나. 그냥 그들의 2단 변신을 재미있게 관람하면 된다. 영 불편하다 싶으면, 애초에 여동생이나 친구랑 같이 산다고 하는 것도 한 방법. 신사답게 물러나는 남자의 멋진 뒷모습을 감상할 수 있다.

닭 모가지를 비틀어도 서른은 오나

"너도 이제 늙는다."

세상에서 제일 친절한 표정을 하고 저런 멘트를 아무렇지도 않게 날려대는 사회라니. 나는 가까스로 표정을 관리한다.

"그럼요. 이제 저도 스물아홉인데요."

"이야, 벌써 네가 스물아홉이야? 시간 참 빠르다."

대리님은 벌써 서른여섯이거든요?

"이것 봐. 눈가에 주름 잡힌다. 얘, 밥은 굶어도 아이크림은 발라야 하는 거야."

나는 표정이 굳는다.

"파운데이션은 뭐 써? 모공 보인다. 다른 걸로 바꿔야겠네. 나이 들잖아? 세상에서 모공이 제일 커 보여."

"먹고살기 힘들다 보니, 하하!"

억지웃음을 짓고 있자니, 온몸의 모공에서 100도씨 수증기가 팍팍 분출되는 것 같다.

"말이 나와서 말인데, 돈은 좀 모았어?"

"네?"

"이제 재테크도 좀 하고 그래야지."

"제 월급 아시면서."

적금 깨서 프락셀이라도 받아야겠다는 생각이 누구 때문에 들었는데요!

"나야 늙어서 정시에 출근하는 것도 힘들지만, 내가 네 나이로 돌아가면 잠도 안 자고 돈 벌 거야. 이제 평생직장도 없잖아. 밑에서 치고 올라오는 애들은 좀 무섭니? 걔 있잖아, 인턴. 스물다섯 살짜리가 3개 국어 한대. 근데 그게 특별한 게 아니라잖아, 걔들 또래들한테는. 정신 바짝 차려야 해."

프락셀 받을 돈으로 영어 학원을 끊어야 하나?

"남자친구는?"

"헤어지려고요."

"때려?"

"네? 아니요."

"시댁이 서울이야?"

"아뇨, 지방이요. 되게 멀어요."

"근데 왜 헤어져?"

"네?"

"그냥 잡아. 별놈 없다. 성격 순하고 시댁 먼 남자면 그냥 '고맙습니다' 해. 어린년이 채 가기 전에."

나는 떨떠름한 기분으로 화장실로 향한다. 거울 앞에 선다. 다크

서클이 내 얼굴에 두 개의 고속도로를 내놨다. 파운데이션으로 커버될 수준이 아니다. 매우 오랜만에 얼굴을 뜯어본다. 헉, 나는 몇 번이나 뒤로 물러섰다 다가서본다. 지금까지는 다크서클과 뾰루지만 신경을 썼었는데, 이제 그건 문제도 아니었다. 볼살이 아래로 처지고 있다. 그 바람에 팔자 주름이 생겼다. 웃지 않아도 선명하다! 얼굴 전체에 모공이 두드러져 보인다. 매일 아침 거울을 봤는데, 왜 몰랐지? 거울 속에는 너무나 낯선 얼굴이 떡하니 자리해 있다.

상큼한 향수 향이 나는 듯하더니, 대학생 인턴이 내 옆에 선다. 어제 나보다 소주를 한 병이나 더 마신 인턴은 격렬한 회식에 반항이라도 하듯 민낯에 헝클어진 머리다. 그런데도 무지하게 예쁘다. 거울에 붙어 눈곱을 떼고 있는 대학생 옆에서 신부화장을 하고도 칙칙한 나는 태어나서 처음으로 '어린것'에게 열등감을 느낀다.

"어제 많이 마시던데, 괜찮아?"

"안 괜찮아요."

"그 나이면 아직 괜찮지, 뭐."

"어우, 저 이제 곧 20대 중반이에요! 중반!"

"중반이 뭐 어때서……."

나이 많은 척 엄살을 떨며 '언니'들을 엿 먹이는 건 어디까지나 내 특권인 줄만 알았다. 막내 역할만 3년 하면서 내 이후에도 여자들이 태어나고 있다는 걸 까먹고 있었던 것이다.

"근데, 너 3개 국어 해?"

"아, 그냥 조금요."

"대단하네."

"어머, 그거 샤넬 파우더에요? 나도 그거 너무 써보고 싶은데 비싸더라고요. 역시 돈 잘 버는 선배는 샤넬도 팍팍 사시네요? 부럽다."

사실 너랑 나랑 월급이 100만 원도 차이 안 나거든.

"암튼, 쉬엄쉬엄해. 안 그럼 나처럼 순식간에 늙는다."

헉, 내가 무슨 말을 하는 거야! 대학생은 숨이라도 넘어갈 듯 깔깔댄다. "아니에요"라는 말이 나올 타이밍인데, 계속 깔깔대기만 한다. 나는 파우치를 닫고 또각또각 걸어 나온다.

"수고하세요!"

대학생이 명랑하게 덧붙인다. "아니에요"라는 말은 끝내 나오지 않는다.

낼모레 서른의 미션

그것은 시종일관 우리를 지배한다. 아무리 떨쳐내려 해도 머릿속을 맴도는 잔인한 전 남자친구의 뒷모습처럼. 난 곧 서른이야, 20대가 얼마 남지 않았어, 난 늙은 거야, 뒤처지는 거야, 어리고 파릇파릇한 것들이 내 남자를 다 채 가겠지, 이렇게 내 인생은 제대로 펴보지도 못하고 지는 거야. 이제 10대들이 우르르 나오는 음악 프로그램은 배알이 꼴려서 보기 싫고, 각종 노처녀들이 등장해 진상을 떠는 로맨틱 코미디도 외면하고 싶고, 어리고 독한 것들이 꿈을 이루겠다며 목숨 걸고 경쟁하는 리얼리티 프로그램은 무섭기까지 한 나이가 된 것이다.

오랜만에 친구들을 만나 현재와 미래 얘기보다 과거 회상을 더 하고, 백화점에 로션 하나 사러 갔다가 넥크림에 아이크림에, 리프팅, 안티 에이징 관련 제품들을 줄줄이 사게 되는 나이. 그야말로 '낼모레 서른'이다.

우리는 나이 서른이 엄청난 무언가라고 배우며 자랐다. 강남 주상복합에 거주하며 깜찍한 외제차를 끌고, 업무로 피곤해진 몸을 고가의 스파와 마사지로 달래주는 커리어우먼. 혹은 잘나가는 남자와 미래를 약속하고 번쩍이는 웨딩드레스와 다이아몬드 반지에 함박웃음을 짓는 새 신부. 세상은 서른 살의 여자가 이도 저도 아니라면, 그냥 인생 종친 거라고 우리를 가르쳤다. '브리짓 존스'나 '김삼순'이 남자들로부터 사랑을 받는 작품을 두고 우리는 '판타지'라고 하지 않았던가. 현실에선 '절대' 있을 수 없는.

이쯤에서 흔히 하는 조언. 서른 별거 아니다, 미디어의 폭력에 휘둘리지 마라, 이제 겨우 시작이다, 이후로도 인생은 어마어마하게 남아 있고 스타트가 조금 늦다고 해서 인생 전체의 질이 바뀌는 것도 아니다, 남들과 같은 수준에 맞추려 아등바등하지 말고 내면의 목소리에 귀 기울여라.

장담컨대, 이런 말을 지껄이는 사람은 절대 우리의 인생을 책임져주지 않는다. 30대 남녀들이 "서른, 그거 별거 아니야"라고 말하는 것은 어린것들이 치고 올라오지 않기를 바라는 마음에서 우리를 안심시키려는 수작일 가능성이 높다.

서른은 무조건 중요한 나이다. 내면의 목소리? 그딴 뜬구름을 잡을 때가 아니다. 30대 여성들과 절친한 내가 확실히 말하건대, 서른에는 적어도 둘 중 하나는 이루어놔야 한다. 부모님 도움을 받지 않고 내 맘대로 인출할 수 있는 돈이 3,000만 원을 '훌쩍' 넘을 것. 죽었다 깨어나도 이건 안 되겠다면, 내 맘대로 고를 수 있는 신랑감 후보가 세 명은 돼야 한다.

둘 다 어려울 것 같다고? 그렇다면 우리는 '낼모레 서른'을 다시 한 번 상기하고 정신 바짝 차려야 한다. 적금을 드는 즉시 생활에 쪼들려 예술생활을 영위할 수 없는, 한 방만 터지면 큰돈도 쉽게 벌 수 있다고 자신하는 아티스트는 제외. 그러나 당신이 일반 직장인이라면, 운 좋게도 비정규직 신세는 면했다면, 이 직장에서 평생 먹고살 작정이라면, "나이 서른이면 5,000쯤 모아놨겠다?"라고 하는 세상의 기준에서 자유로울 순 없다.

그런데 왜 3,000만 원 이상이냐. 요즘은 대학 졸업이 늦으니까 보통 스물여섯 살 때부터 사회생활을 시작한다고 봤을 때 매년 1,000만 원 정도는 모았다는 가정하에 이 같은 계산이 나온 것이다. 따라서 스물네 살에 사회생활을 시작했다면 서른 살엔 5,000만 원이 돼야 한다. 재테크의 달인들은 연봉의 절반을 저축하라고 하는데, 그건 결코 쉽지 않다. 그러나 사회생활을 늦게 시작했다면, 또래들을 따라잡기 위해 좀 더 허리띠를 졸라맬 필요는 있다.

어쨌든, 이렇게 마련된 3,000~5,000만 원은 30세 여성들에게 일종의 '보험'이 된다. 결혼하라고 성화인 부모님을 피해 훌쩍 외국으로 떠날 수도 있고, 본격적으로 재테크를 시작해 이것저것 시도해볼 수 있는 종잣돈도 된다. 사회에서 만난 다양한 인맥들로부터 정보를 얻어 투자를 해볼 수도 있다. 하다못해 주식이라도.

지금도 내가 다니는 회사가 제대로 된 곳인지 확신이 서지 않는데, 하물며 세상물정 잘 아는 30대에 갑자기 이 회사가 만족스러워질 리가 없다. 누구나 한 번쯤은 이직을 하고, 다 때려치우고 외국에 나갈까 고민을 하고, 월급 외에 돈 나올 구멍은 없나 필사적으로 찾게 된다. 그때 필요한 최소한의 자금을, 20대 후반에는 미리 마련해둘 필요가 있다. 200만 원짜리 명품백은 절대 해줄 수 없는 일을 위해서 말이다.

이쯤에서 불만의 목소리가 높으리란 건 안다. 학자금 대출이라고 들어봤느냐고, 20대 취업률이 얼마나 되는지 들어는 봤느냐고 내게 한 소리 하고 있을 거다. 부잣집 애들이야 3,000만 원 모으는 게 쉽겠지만, 대학 졸업하자마자 가장 노릇을 해야 하는 대부분의 직장인에겐 매우 큰돈이긴 하다.

그러나 서른을 앞두고 또 한 가지 받아들여야 할 사실은, 세상은 그런 당신에게 아무 관심이 없다는 거다. "아이고, 그 어려운 형편에 그 정도도 대단한 거야!" 하고 우쭈쭈 해주는 어른은 없다. 그런 건 전교 1등을 한 소녀가장한테나 어울리는 말이다. 세상은 열악한 우리 환경을 결코 헤아려주지 않는다. 부잣집 딸의 통장 잔고든, 가난한 집 딸의 통장 잔고든 3,000만 원은 그냥 3,000만 원이다(진짜 짜증 나는 일이긴 하다).

내 출발선이 한참 뒤에 있다면(진짜 받아들이기 싫지만), 더 열심히 뛰는 수밖에 없다. 그리고 이 사실을 일찍 깨달은 20대 후반들이 주로 착수하는 작업은 직업을 하나 더 만드는 거다. "직장 일만으로도 피곤해죽겠어"라고 불평만 하지 말고 그 직장 일을 이용해 '아르바이트'를 해볼 만한 게 있진 않은지 열심히 찾아보는 거다.

내가 회사에서 하는 일이 월급 받는 거 외엔 아무짝에도 쓸모없는 일이라면, 또 다른 영역으로 눈길을 돌려보는 것도 괜찮다. 친구들이 쓸데없이 예능이나 보면서 시간을 죽일 때, 작은 자금으로 시작할 만한, 몇 년 후 부업거리로 할 만한 사업은 혹시 없는지 열심히 공부를 하거나, 진짜 해보고 싶은 일이었지만 시간이 없어서 시도하지 못했던 일을 조금씩 다시 해보는 거다.

눈치챘겠지만 나의 경우에는 소설 쓰기가 그 대안이었다. 기자 일이 딱히 적성에 맞지도 않았지만, 그렇다고 그만둘 수도 없고, 남들만큼 먹고살려면 기자 월급은 왠지 적어보였고, 그래서 나는 퇴근하기가 무섭게 커피숍에 죽치고 앉아 소설을 끄적이기 시작했다. 당연히 매일 저녁을 샌드위치로 10분 만에 해치웠고, 잠잘 시간이 모자라 늘 졸긴 했지만, 뭔가 새로운 것에 도전한다는 사실이 이상하게도 지겹기만 했던 회사생활에도 활력을 줬다.

그래. 재수 없다고, 열심히 살아서 좋겠다고 비꼬고 싶을 거다. 나도 그렇게 생각했다. 나, 너무 열심히 사는 거 아니야? 한때 도취되기도 했다. 그런데 알고 보니 딱히 그런 것도 아니었다. 수많은 동료와 선후배들로부터 "나도 실은 글을 좀 써놨는데, 어떻게 하면 출판이 가능할까" 하는 질문을 받았으니까. 모두가, 나만큼은 열심히 살았던 거다.

외국어 공부는 물론이고, 이름도 생소한 온갖 자격증을 계속 따는 직장인들도 수두룩하고, 친구들과 동업해서 작은 커피숍이라도 내려고 열심히 돈을 모으는 20대 후반들도 많다. 잠깐 미쳐서 회사를 때려치운다 해도, 다음 대안을 찾을 때까지 '돈 나올 구멍'은 만

들어둬야 하니까. 그리고 그 '구멍'은 준비된 자에게만 보이는 거니까.

"다 귀찮아, 지름신은 절대 못 이겨"라고 한다면 돈 좀 모아둔 신랑감 후보 세 명을 추천한다(아, 나도 한때는 페미니스트였는데……). 왜 한 명이 아니고 세 명이냐고? 20대 중반부터 쭉 만나서 결혼까지 골인하는 커플을 거의 못 봤기 때문이다. 십중팔구는 헤어진다. 요즘 세상에 30대 초반에 결혼한다는 것은, 오래 만나온 남자와 헤어지고도 즉각 다른 남자로 대체할 수 있는 능력이 있음을 뜻한다. 손 놓고 한 남자만 바라보다가는, 글쎄, 신부보다는 노처녀가 되는 게 더 쉽더라는 게 30대 여성들의 중론이다. 어장 관리는 비호감일지언정, 효율적이긴 하다.

그렇다고 결혼이 만병통치약도 아니다. 요즘에는 결혼을 해도 열심히 일해야 한다. 돈 좀 있는 남자를 만났다고 놀 수 있는 시대는 지났다. 매우 극소수의 남자를 제외하곤, 집에서 팽팽 노는 부인을 먹여 살리는 동시에 애들 사교육을 책임질 수 있는 사람은 거의 없기 때문이다. 오히려 여자가 애 낳고 좀 쉬고 싶다는데도, 얼른 회사에 나가라고 등 떠미는 게 요즘 남편이다. 퇴근 후 집에서 된장찌개만 보글보글 끓고 있는 걸 보느니 일 끝나고 부인과 함께 맛있는 식당에 가 밥을 먹고 들어오는 게 더 낫다고 생각하는 남자도 많다.

그러므로 결혼을 꿈꾼다면, 오히려 결혼 후에도 회사가 날 차별하지 않을 만큼 더 열심히 일하고, 더 철저하게 아부하고, 더 재빠르게 좋은 곳에 줄을 서야 한다. 내가 회사에서 얼마만큼 인정받고 있는지를 가혹하리만큼 적나라하게 알게 되는 순간은 바로, "나 임신

했어요" 하고 선언한 후 회사에서의 반응이니까, 우리는 그때를 대비해야 한다.

상상해보라. 시댁에 갔다. 여러 며느리가 모인다. 잘나가는 며느리가 밥 다 먹고 소파에 몸을 푹 파묻는데 내 앞에는 행주가 떡 떨어지는 광경. 그것만큼은 피하고 싶지 않나. 당당하게 늦잠 자고, "어머님, 제가 너무 피곤해서요" 하고 말하고 싶지 않나. 그러기 위해선 내 책상을 '보존'해야 하고, 그 가능성은 20대 후반부터 차근차근 쌓아놔야 한다. 일도 못하면서 번식력만 좋은(!) 여직원에 대해, 세상은 아직도 매우, 정말이지 매우 냉정하니까 말이다.

이러나저러나, '낼모레 서른'들은 대비할 일투성이이며, 한가할 틈이 없다. 내면의 목소리? 그런 거 듣는다고 평화가 찾아올 리 만무하다. 20대 후반에 치른 시험 성적표는 30대 초반에 반드시 받아들게 된다.

이미 다른 회사에 신입 사원으로 들어가기에도 늦어버린 30대. 상사랑 한판 하고 멋지게 사표를 낼 자신감, 혹은 다른 직업을 구할 때까지 당분간 굶지 않을 정도의 통장 잔고가 있을 것인가. 애를 낳고 푹 쉬고 돌아와도 내 책상이 없어지지 않을, 엄청난 실력의 소유자가 될 수 있을 것인가. 이 일이 지긋지긋해 미쳐버릴 것 같을 때, 화끈하게 이직에 도전할 수 있을 것인가. 하다못해 남편한테 "날 먹여 살려!" 하고 외칠 수 있을 것인가.

이들 질문 중 하나라도 "예스"라고 답할 수 있는 조건을 갖추는 것은, 노화 방지 크림만큼이나 중요한, '낼모레 서른'의 필수 아이템이다. 그 어떤 것도 "예스"가 아니라면, 너무 불안해하지 말라는 감상주의자들의 헛소리는 잊어라. 우리는 우리의 '현실'을, "어머, 고객님 눈 밑에 벌써 주름이 잡히셨어요"라는 백화점 직원의 말 만큼이나 심각하게 받아들여야 할 것이다.

월세 빼면 뭐 남나

어른이 되고 싶었다. 홀로 잠에서 깨, 제이슨 므라즈 음악을 최고치로 틀고, 샤방샤방한 꽃무늬가 가득한 욕조에서 최고급 목욕거품을 만끽하고 싶었다. 유기농 샌드위치에 곁들여 따뜻한 아메리카노를 한잔하며 상큼한 아침을 시작하고 싶었다.

설악산 날씨가 어쩌고 하는 아침 뉴스가 울려 퍼지는 거실과 엄마가 고래고래 소리를 지르는 부엌, 술 취한 오빠가 비싼 내 수제 비누를 뭉개놓은 화장실로부터 탈출하고 싶었다. '깔 맞춤'이라고는 찾아볼 수 없는 가구들과 아침부터 집 안을 가득 메운 된장찌개 냄새로부터도.

식탁에 앉으면, 언제나 그렇듯 엄마의 설교가 시작된다. 그저 김치 한 조각이 미끄러져 떨어졌을 뿐인데 이 소소한 광경은 어느덧, 내가 시집도 못 가고, 성공도 못 한 채 서른 문턱에 와 있는 데에는 다 이유가 있다는 대단한 결론으로 나아간다.

"다 큰 계집애가 어젠 왜 또 그렇게 늦게 들어왔어?"

"다 컸으니까 늦게 들어왔지."

"남자친구랑 있었던 거야?"

"네, 밤늦도록 남자친구랑 모텔에서 13번 체위로 뒹굴다 들어왔어요"라고 말하면 다신 안 물어보려나.

"회사 일이 좀 있었어."

"그 회사는 돈도 조금밖에 안 주면서, 작작 좀 부려먹으라 그래라."

"돈 많이 주면 과로사할 때까지 일 시켜."

"말대답은! 남자친구 연봉은 어떻게 돼? 그래도 너보단 더 벌지?"

"헤어졌어."

"뭐? 왜!"

"아, 몰라! 헤어질 때가 됐으니까 헤어졌지!"

"네가 헤어지자고 한 거야? 미친 것! 얼른 가서 잡아! 그 성질머리 진짜."

"내 일에 관심 좀 꺼! 내 나이가 몇인데! 밥 안 먹을래, 늦었다!"

"그 나이 먹도록 그 모양이니까 그런 거 아니야! 오늘 가서 무조건 매달려, 알았지? 네가 어디서 그런 애를 또 만난다고! 아니, 네 친구들은 근면 성실한 남자 잘만 만나서 시집도 잘만 가던데, 넌 대체 애가 왜 그러냐!"

"엄마 닮아서 그렇지!"

"이년이!"

진짜 독립할 때가 됐다. 가족들은 내가 독신이라는 사실을 절대 받아들이지 못했다. 사생활이라는 게 뭔지도 이해하지 못했다. 어디 외출이라도 하고 돌아오면, 내 노트북으로 게임을 하고 있는 오빠와, 책상 서랍을 뒤적이고 있는 엄마와 마주해야 했다. 아빠는 노크도 하지 않고 내 방 문을 불쑥 열었다.

점심을 대충 때우고 회사 근처 부동산으로 갔다. 내 자유와 독립을 위해 월세 정도는 낼 가치가 있다.

"얼마 정도 생각하시는데요?"

글쎄, 얼마 정도지?

"여긴 얼마죠?"

부동산은 대형 오피스텔 1층에 위치해 있었다.

"여긴 워낙 인기가 좋아서, 하나밖에 안 나와 있는데."

"엇! 저 할래요! 얼마죠?"

"좀 싸게 나오긴 했죠. 120."

"네?"

"보증금 1,000에 월 120이에요."

내 월급의 절반을 넘어가는 수치였다.

"아, 네……. 한 달에 120이요? 그것도 좋긴 한데…… 저기 맞은편에 있는 원룸은 어때요? 좀 오래됐으니 더 싸려나요?"

"저기도 하나 나와 있는 게 있는데, 훨씬 싸죠! 잠깐만."

나는 기분이 좋아졌다.

"아, 그래. 저긴 보증금 1,500에 월 85."

맙소사.

"거기다 관리비도 좀 싸지. 15만 원 정도면 돼."

"관리비도…… 있군요."

"어때요. 한번 볼래요?"

"어, 이 동네가 좀 비싼 건가요? 홍대 근처나 공덕이나, 뭐 그쪽은 어때요?"

"여기가 많이 오르긴 했는데, 거기도 다 비슷해."

난 자리에서 일어섰다.

"안 가보고?"

"엄, 엄마랑 같이 올게요."

나는 살짝 목례를 하고 부동산을 빠져나왔다. 나 혼자서 다시 이 부동산을 찾을 일은 없어 보였다. 휴대전화를 꺼내 엄마에게 문자를 보냈다.

'오늘 일찍 들어갈게요. 뭐 드시고 싶은 거 있어요? ^-^'

월세는 없던 끈기도 만들어준다

개그맨들 사이에서 떠도는 말 중에 이런 말이 있다.

"성공하고 싶으면, 적금에 가입하지 말라."

적금을 들면 매달 특정 수익을 거두기 위해 모험과 실험보다는 안정적인 행사 수입에 매달리게 되는데, 그 순간 성공은 저 멀리 달아난다는 뜻 되시겠다. 매우 맞는 말이다. 그런데 바꿔 말해보면, 모험과 실험보다는 안정성이 최고인 우리 직장인들에게 적금은 매우 필요한 셀프 콘트롤러가 된다는 뜻 되시겠다.

직장생활이라는 것이 고작 적금 몇 달 펑크 나는 것보다는 훨씬 더 끔찍하게 마련. 그래서 적금보다 더 절박한 것을 찾아야 하는데, 내 경험상 월세보다 더한 건 없다. 날 먹여 살린 것은 8할이 월세였다. 더럽고 치사해서 사직서를 다 쓰고도 차마 제출할 수 없었던 것은, 달력에 시뻘겋게 표시된 '월세 내는 날' 때문이었다. 그날만 지나면 내 통장 잔액은 충격적으로 줄어들 테고, 그 잔액으로 내가 재취업을 할 때까지 버틸 수 없는 것은 불 보듯 뻔했기 때문이다. 거기다 카드값, 휴대전화 요금, 인터넷-IPTV 요금, 관리비 등 다 계산하고 나면 사직서 파일쯤이야 사뿐히 휴지통행이다.

결국 나는 손가락을 벌벌 떨며 월급날만 목 놓아 기다리는 '월급 중독자'로서의 일상생활로 돌아갈 수밖에 없었다. 월급 없이 월세 내는 날을 맞는 걸 상상하면, 일상생활이 아무리 고되어도 어떻게든 버텨졌다. 그러므로 자신의 의지가 너무 박약한 것이 아닌지 우려되는 사람에겐 독립을 권한다. 툭하면 회사를 옮기고 싶고, 때려치우고 싶고, 삶의 여유 따위나 찾고 싶다는 생각이 들어 스스로 철 좀 들어

야겠다 싶으면, 딴 거 필요 없다. 가족들에 이별을 고하고 독립하라. 매달 월세를 벌어야 한다는 부담감은 감히 적성이나 삶의 질 따위를 고민할 여유를 주지 않는다. 없던 끈기가 생기고, 없던 사교성이 생기고, 없던 실력도 생긴다.

내가 만약 가족들과 오래 살았다면, 혹은 대학을 졸업한 지 2년이 넘었는데도 월세 좀 부쳐달라고 말하는 뻔뻔함을 장착했다면, 나는 절대 지금의 내가 될 수 없었을 것이다. 물론 회사를 옮겨서 더 나은 삶을 살았을 수도 있겠으나, 글쎄, 다른 회사에 가서도 징징대며 내가 사회생활을 하기엔 너무 예민한 종자일지 모른다며 헛소리나 늘어놓았을 것이다. 나는 월세 덕분에 강하게 클 수 있었고, 월세 덕분에 가끔은 져주거나 타협하는 법도 배웠고, 월세 덕분에 충동구매로 월급을 상회하는 돈을 하루에 다 써버리는 일도 하지 않게 됐다.

분홍색 화장실이 갖고 싶거나 누군가의 잔소리로부터 도망가기 위한 것이 독립을 꿈꾸는 가장 큰 이유가 되어서는 안 된다. 그러기엔 독립은 너무 터프하니까. 내 스스로, 내 삶에 진짜 책임지기 위해, 까딱 잘못하면 맨몸으로 길거리에 나앉을 수도 있다는 극도의 공포감에 당당하게 맞서기 위해서만 집을 나서야 한다(물론, 월세란 것이 사회 초년생 평균 월급의 절반을 넘어서는 데다, 월세를 못 내면 거리에 나앉아야 하는 말도 안 되는 사회 안전망에 대한 논의는 차치하자).

독립은 절대 팬시fancy하지 않았다. 홀로 잠에서 깬다는 건 툭하면 알람 소리를 못 들어 지각을 일삼아야 한다는 뜻이었고, 거품목욕은커녕 샴푸질 한번 하고 회사로 튀어 갈 시간도 부족하다는 뜻이었다. 사다 놓은 샌드위치는 눈 깜빡할 사이 상했고, 샤방샤방한 화장실은 금세 물때가 잔뜩 끼어 미끌미끌해졌다.

마트에서 고르고 또 골라 필요한 것만 담았는데, 총액을 보고는 돼지고기와 생리대 중 하나를 도로 갖다 놔야 하는 생활이었고, 강남 미용실에서 파마와 염색 사이를 고민하다 앞머리만 자르고 나와야 하는 생활이었다. 오피스텔로 이사하고 처음 맞았던 어떤 겨울, 난방비가 많이 나올까 봐 공포에 휩싸여 집에 놀러온 친구들을 영하의 온도에 이불 한 장만 던져주고 재운 적도 있다(진짜 미안^^).

책임감이라고는 눈곱만큼도 없었던, 말로만 정의롭고 한없이 게으르기만 했던 내가 변한 것은 다 월세 덕분이었다. 쥐꼬리의 절반을 툭 떼어가는 월세, 그나마 그 쥐꼬리도 없으면 당장 잘 곳이 없다는 공포. 더럽고 치사한 걸 참는 데에는 생활고가 최고였다.

월세 다음 코스도 있다. 바로 대출을 받아 집을 사는 것이다. 월세가 월세를 넘어 '빚'이 되면, 당신은 어느새 사회생활의 달인이 되어 있을 것이다. 강해지고 싶은가? 그 어떤 상황에서도 살아남는 법을 배우고 싶은가? 당장 집에서 나오기를. 분홍색 화장실 따윈 제발 좀 잊어버리고.

내일 일어날 수 있을까

너무 많이 웃어서 목이 쉬었다. 내 주위엔 재미있는 사람들이 참 많다. 우리 부서 회식에 참여하고 있노라면 마치 내가 제일 잘나가는 예능 프로그램에 게스트로 선 기분까지 든다. 과장님은 허를 찌르는 독설이 수준급이고, 대리님은 성대모사 등 개인기가 웬만한 개그맨 빰친다. 동료들은 많이 엉뚱하지만 기본적으로 다 따뜻하다. 가끔 짜증 나고 답답할 때가 있긴 해도 난 참 인복이 많은 사람이다.

나는 원룸 엘리베이터에서도 히죽히죽 웃었다. 과장님이 대리님한테 복어같이 생겼다고 말한 게 계속 생각났기 때문이다. 그러고 보니 진짜 복어같이 생기긴 했다. 복어 모양 휴대전화 고리가 눈에 띄면 하나 사드려야겠다고 생각한다.

엘리베이터에서 내려 걷는다.

또각또각또각또각.

높은 복도 위로 내 구두 소리만 공허하게 울려 퍼진다. 그리고, 그 소리를 배경으로 나를 둘러싼 드라마의 장르가 크게 바뀌는 것 같다. 휴먼 코미디에서 하드보일드로.

또각또 각또 각또각.

자세히 들어보면 박자가 전혀 맞지 않다. 나는 잔뜩 취한 몸을 휘청이며 겨우 내 집에 도착했다. 문을 열고, 화장실 불을 켜는데 갑자기 하늘이 빙글빙글 돈다. 예전에 본 SF영화에서 주인공이 과거로 빨려 들어갈 때, 딱 이랬던 것 같다. 나는 그대로 변기 위로 넘어져 한참을 토한다.

얼마나 지났으려나. 나는 변기에서 오른쪽 뺨을 떼어내며 잠에서 깼다. 조선 시대도, 고려 시대도 아니다. 나는 내 집 화장실에 뻗어 있다. 거울을 보지 않아도 내 뺨엔 변기 자국이 선명하리란 걸 짐작할 수 있다.

아무 소리도 들리지 않았다. 사방은 조용했고, 내 다리는 차가운 타일 바닥 때문에 시큰거렸다. 몸을 움직이기 시작하니, K1 선수한테 흠씬 얻어맞은 듯한 느낌이 들었다. 나는 다시 오른쪽 뺨을 변기 위에 누였다. 아차, 내 얼굴. 나는 가까스로 목을 돌려 왼쪽 뺨을 변기 위에 누인다.

외롭다. 밑도 끝도 없이 외롭다는 생각이 들었다. '외롭다'는 단어가 눈앞에서 사라지지 않았다. 눈을 꾹 감으니, 이제 귓가에서 소리가 울렸다.

'외롭다, 외롭다, 외롭다.'

나는 바닥에 굴러다니는 샤워기를 집어 들었다. 그리고 입 앞에 샤워기를 들이댔다. 마치 마이크처럼.

"실은 저는 전혀 괜찮지 않답니다……."

샤워부스에 맺혀 있던 물방울이 하나 똑 굴러떨어진다.

"평소에 괜찮다고 말한 건 다 개소리예요."

화장실은 여전히 고요했다. 다리는 더 시큰거렸다. 발가락을 꼼지락할 엄두도 나지 않는다. 하지만 기분은 괜찮아졌다. 내 앞에는 마치 〈무릎팍 도사〉의 강호동이 앉아 있는 것 같다. 내가 조금이라도 더 속 깊은 얘기를 해주기를 고대하며 그가 내 두 눈을 똑바로 보고 있는 기분이 들었다.

나는 정말이지 '내 얘기'를 하고 싶었다. 사람들의 하나 마나 한 의례적인 안부 인사에 "잘 지내요", "괜찮아요", "언제 밥이나 한번 먹어요", "소개팅 안 시켜주세요?"라고 말하는 대신, "사는 게 힘들어요", "오늘 저녁에 만날래요?", "헤어진 남자친구를 못 잊겠어요"라고 소리치고 싶었다.

나답지 않게 눈물이 쏟아질 것 같았다. 몸을 일으켜 세면대를 짚고 섰다. 다리에 자르르 통증이 스치고 지나간다. 거울 속 나는, 눈 화장이 다 번져 판다가 돼 있다. 이게 다 무슨 소용인가 싶으면서도 나는 클렌징 오일을 듬뿍 짜서 화장을 꼼꼼하게 지우고 세수를 한다.

오피스텔이 우후죽순으로 들어서고 있는 동네에 위치한 내 집에는, 앞 건물에서 흘러나오는 형광등 불빛이 햇빛보다 더 강하게 스며든다. 창문을 통해, 맞은편 집에서 혼자 라면을 끓이고 있는 남자의 뒷모습이 보인다.

또 참을 수 없는 졸음이 밀려왔다. 눈꺼풀이 무거워졌다. 그때였다. 갑자기 왼쪽 가슴에 쿵 하고 뭐가 부딪힌 것 같다. 심장인가. 뭔가가 내 심장을 세게 쥐어짜는 것 같다! "악" 소리도 내지 못했는데 통증은 5초도 안 돼 사라졌다. 이내 졸음이 밀려왔다. 이대로 눈을 감고 자도 되는 건가.

엉금엉금 기어가 침대에 눕는다. 나는 내일 일어날 수 있을까. 밤새 무슨 일이 있으면 어쩌지? 119를 부를 힘은 있을까. 나는 휴대전화를 베개 옆으로 끌어당겼다. 119를 불렀는데 우리 집 문을 못 열면 어쩌지? 문을 열려고 용을 쓰고 있을 때 나는 생사를 넘나들고 있으면 어쩌지? 문을 열어두고 잘까. 119를 부르기도 전에 뭐가 잘못되면 어쩌지. 사람들은 내 '실종'을 알아차릴까. 내일도, 모레도 쉬는 날인데 회사 사람들이 주말 동안 내가 잘 있는지 체크할 리가 없잖아. 하루 이틀 전화 안 받는다고 우리 집까지 찾아와줄 친구는 있나. 아니, 전화 한 통 할 놈도 없다. 내가 죽어 주말 내내 방치되어 있다 해도 누구 하나 눈치챌 사람이 없다고 생각하니, 없던 병도 생길 지경이다. 내 생애 마지막으로 바라본 것은, 새벽 4시에 혼자 라면을 끓이고 있는 한 남자의 쓸쓸한 뒤통수인가.

나는 휴대전화를 들어 연락처를 천천히 살펴봤다. 강씨, 경씨, 고씨를 거쳐 어느새 이씨, 장씨를 넘어섰다. 하씨, 홍씨를 지나 황씨가 등장하기 시작했을 때, 나는 휴대전화를 내려놨다. 세 번쯤 통화 버튼에 손이 간 적도 있었지만 차마 누르지 못했다. 대신 페이스북을 열어 글을 남긴다.

'외로워서 죽을 것 같다. 하긴, 아무도 관심 없겠지.'

글이 업로드되자마자 전원 버튼을 꾹 누른다. 휴대전화는 요란한 소리를 내며 꺼진다. 전화를 꺼두면, 전화가 안 오는 게 아니라 내가 전화를 받지 않는 거다. 적어도 다시 전원을 켜고 부재중 전화 0통을 확인하기 전까지는. 칫, 겨우 이런 걸 사람들에 대한 반항이랍시고 하고 자빠졌다.

내 외로움에는 나만 관심 있다

나이를 한 살씩 더 먹을 때마다 함께 얻는 게 있다. 주름, 잔소리, 뱃살, 히스테리…… 그리고 지독한 외로움. 신기하게도 진짜 외로움을 많이 타는 사람은 골방에 처박혀 온라인 게임이나 하는 히키코모리가 아니다. 하루 종일 사람들에 치여 살면서 “휴대폰을 어디다 갖다 버리고 무인도로 도망가버리고 싶다”고 입버릇처럼 말하는 사람들이다.

아는 사람이 많아질수록, 각종 회의와 미팅, 술자리가 늘어날수록, 집에 들어서는 우리의 발걸음은 더욱 쓸쓸하다. 하루 종일 웃고 떠드는데, 그 많은 사람들과 인사를 주고받는데, 하다못해 트위터와 페이스북, 카톡까지 끼고 살아도 허전하고, 또 허전하다.

늘 살 맞대고 하하 호호 웃으며 지내는 직장 동료가 진짜 ‘직장 동료’에 불과하다는 걸 느낄 때, 평생을 가족만큼 챙기고 사랑해온 친구가 그 직장 동료만큼도 말이 통하지 않을 때, 목숨보다 날 더 사랑한다고 믿었던 남자친구의 휴대전화 잠금 번호가 달라졌을 때, 우리는 너무 많이 쓰여 진부하기까지 한 ‘외로움’이라는 단어를 또 한 번 사무치게 통감한다.

이때 우리가 흔히 하는 실수는 그 외로움을 커밍아웃해버리는 것이다. 카톡 프로필에 ‘lonely’를 써놓고, 트위터에 관계의 덧없음을 한탄하고, 가슴에서 피를 철철 흘리는 상처받은 소녀의 사진을 페이스북에 업로드한다. 다시 한 번 말하지만 이건 명백한 실수다. "어머, 나와 똑같아"라며 당신에게 마음을 활짝 여는 사람이라면, 그래서 당신을 붙들고 자기도 얼마나 외로운지를 절절하게 쏟아내는 사람이라면, 장담컨대, 당신은 그 사람이 조금 귀찮을 것이다.

사람들은 누구나 외롭다는 사실을 머리로는 받아들이면서도 자기보다 외롭다고 주장하는 사람들의 말을 삐딱하게 받아들이는 경향이 있다. 이 인간 또 징징대는군, 왜 우울함을 전염시키지, 나한테 놀아달라고는 안 했으면 좋겠는데.

인간적으로 아무리 좋아하는 상대라 해도, 그 상대의 외로움과 우울함 등 너무나 빤한 감정들로부턴 도망치고 싶은 게 바로 '사회인'이다. 물론, 단 하나의 예외 정도는 있다. 당신과 자고 싶은 경우. 딱 그 정도.

이렇게 말하는 나도 비교적 자주 커밍아웃을 한다. 업무상 처음 만난 사람에게, 누군지도 모를 사람들이 팔로우 중인 트위터에, 나는 불쑥 이 세상이 얼마나 팍팍해빠졌는지, 그 팍팍한 구성원들이 얼마나 경멸스러운지, 그러면서 또 발랄한 척 웃고 있는 내 모습이 얼마나 가식 덩어리인지를 말해버린다. 그렇게라도 안 하면 미쳐버릴 것 같을 때가 분명 있다.

결과는 늘 똑같다. 막심한 후회. 갑자기 진실한 친구가 생기는 것도 아닐 뿐더러, 나는 감정 기복 심한 '안 프로페셔널'한 사람이 돼 있을 뿐이다. 입장 바꿔 생각하면 쉽다. 밑도 끝도 없이 대책도 없는 신세 한탄을 늘어놓는 사람과 계속 만나고 싶나?

당신이 얼마나 외로운가, 얼마나 불안하고 초조한가, 얼마나 저 사람이 싫은가, 얼마나 이 계약이 절박한가, 얼마나 울고 싶은가, 얼마나 긴장하고 쫄아 있는가 하는 건 당신만 알아야 한다.

사회에서 자신을 얼마나 잘 부각시킬 수 있느냐는, 아이러니하게도 자신의 진짜 감정을 얼마나 효과적으로 감출 수 있느냐가 좌우한다.